Il contesto

160

DELLO STESSO AUTORE

Barzellette per miliziani

Mazen Maarouf

Come un giorno di sole in panchina

Traduzione di
Barbara Teresi

Sellerio editore

Questo volume è stato stampato su carta Arena Ivory Smooth prodotta dalle Cartiere Fedrigoni con materie prime provenienti da gestione forestale sostenibile.

Maarouf, Mazen <1978>

Come un giorno di sole in panchina / Mazen Maarouf ; traduzione dall'arabo di Barbara Teresi. – Palermo : Sellerio, 2024.
(Il contesto ; 160)
Tit. orig.: Sunshine on the substitute bench.
EAN 978-88-389-4755-1
I. Teresi, Barbara.
892.737 CDD-23 SBN Pal0381450

CIP – *Biblioteca centrale della Regione siciliana «Alberto Bombace»*

Titolo originale: *Sunshine on the substitute bench*

Come un giorno di sole in panchina

Una vita in cui non succede mai niente

Durante la guerra, mio padre non era mai spaventato a meno che non ci fossimo noi nei paraggi. Quando era solo, non gli importava. La sua paura era che morissimo davanti a lui, e questo lo faceva pensare per tutto il tempo a noi, cosa che non voleva. L'ho sentito mentre lo diceva a mia madre, aveva aggiunto che credeva di essere una di quelle persone nate per sopravvivere mentre tutti gli altri intorno muoiono. Gli scontri si facevano più cruenti e lui alzava il volume della radio per nascondere il frastuono dei bombardamenti, e così non abbiamo mai dubitato, neppure per un istante, che avesse paura. Riusciva sempre a trovare una canzone che non avevamo sentito prima. Pop, rock, folk, jazz, classica... Sempre musica. Noi gli chiedevamo di spiegarci il significato della canzone e lui diceva che parlava di un tale che viveva una vita in cui non succede mai niente. Era la stessa canzone che avevamo sentito la volta prima.

Per noi bambini era incredibile come mio padre riuscisse a imbattersi tutte le volte nella stessa canzone, ma con una melodia diversa. E pensavamo che la sua insistenza per farci scendere al rifugio fosse dovuta al fatto che lui, invece, stava andando a combattere con i miliziani. Con tutte le fazioni armate che pullulavano intorno a noi, non capivamo chi fossero gli «eroi» e chi i «malviventi», ma di sicuro mio padre era dalla parte degli «eroi». La verità, però, era l'esatto contrario. Non appena scendevamo al rifugio, mio padre si stendeva sul pavimento del salotto, rivestito da cinque pesanti coperte ignifughe che avevamo ricevuto dagli aiuti umanitari, tenendo accanto a sé il suo quaderno degli schizzi. Voleva diventare un disegnatore di fumetti. Tuttavia, la sua immaginazione non gli era affatto d'aiuto nello scrivere storie. Continuava a disegnare personaggi che non dicevano niente, come nei disegni dei piccoli. Erano per lo più immagini di uomini armati e di bambini. Senza testi. Sosteneva di non poter scrivere perché nella sua vita con noi non succedeva mai niente.

Un giorno, mentre i ragazzi parlavano del fatto che nessuno conosceva il volto dei miliziani che andavano in battaglia (non gli stessi che giravano per le strade), ho detto che mio padre andava a combattere quando noi scendevamo al rifugio. Uno di loro mi ha chiesto di descrivere la sua uniforme, così ho preso in prestito l'immagine di una divisa da miliziano che avevo visto disegnata sul suo quaderno. Giorni dopo, al ritorno da scuola, abbiamo saputo dai vicini che alcuni uomini armati avevano portato via mio padre da casa nostra, che stavano cercando un'uniforme militare – identica a quella che avevo descritto allo studente – e che mio padre aveva sorriso dicendo che finalmente nella sua vita sarebbe successo qualcosa. Ho detto ai miei compagni di scuola che mio padre era stato rapito dai miliziani, ma che gli eroi lo avrebbero salvato. E invece sono passate settimane, poi mesi e anni, ma di mio padre non c'era traccia.

In seguito, siamo stati costretti a lasciare il palazzo, insieme agli altri inquilini, perché eravamo profughi e non avevamo il diritto di rimanere lì dopo la fine della guerra. Mia madre ha attaccato alla porta un foglio con l'indirizzo della nostra nuova casa, perché mio padre lo leggesse al suo ritorno. Il cartello è rimasto lì per mesi, finché il proprietario dell'edificio non lo ha strappato durante i lavori di ristrutturazione. Quando l'ha saputo, mia madre mi ha chiesto di scrivere qualcosa sul giornale per spingere mio padre a tornare. Le ho detto che papà era scomparso. «Di sicuro è vivo», mi ha risposto, «ma quello scemo potrebbe pensare che siamo morti e non impegnarsi abbastanza per cercarci. Scrivi qualcosa, fagli sapere che la nostra non è una vita in cui non succede mai niente, come diceva sempre. Ma fa' in modo che abbia ogni volta una forma diversa, tuo padre è un artista, e se vede che scriviamo sempre lo stesso annuncio penserà che non lo apprezziamo abbastanza. E che ha fatto bene a lasciarci».

E così ho fatto.

Quello è stato il mio primo tentativo di scrittura. Un semplice testo di tre o quattro righe che pubblicavo sul giornale ogni mese. Mia madre non ha mai letto quello che scrivevo né fatto domande in proposito. Lavorava e si limitava a pagare le spese di pubblicazione. Diceva che, se lo avesse letto, avrebbe provato dolore. Uno strano presentimento glielo faceva pensare. Ma era convinta che quello che scrivevo avrebbe dato i suoi frutti. E così, con quelle righe striminzite, ho continuato a parlare di un solo argomento, sempre lo stesso, ma in forme diverse. Esattamente come le canzoni che mio padre metteva alla radio durante i bombardamenti. Finché un giorno non è accaduto quello che mia madre si aspettava, e mio padre è tornato da noi.

Era in condizioni pietose, sul viso un misto di ansia, stanchezza e tristezza, ma neppure mezz'ora dopo il suo ritorno tutto questo si è trasformato in rabbia, e abbiamo litigato. Quel giorno mi ha detto che, se avessi deciso di diventare uno scrittore, avrei dovuto evitare la scrittura autobiografica, perché in quella non ero bravo; mi ha detto che se mai l'avessi impiegata, era sicuro che ne avrei fatto un uso improprio. Mi ha sfidato a scrivere di lui per dimostrare di avere ragione, così avremmo visto dove sarei andato a parare.

Nonostante il suo tono di sfida, avevo la sensazione che in realtà mi stesse chiedendo qualcos'altro. Aiuto. Ma io non ho fatto nulla. Ho persino smesso di scrivere. Adesso, dopo tutti questi anni, seguire me stesso nel passato è come seguire un'ombra che in qualunque momento potrebbe assumere le sembianze di qualcun altro. Per questo, di solito finisco per parlare di altre persone che avrei voluto essere. Mio padre, naturalmente, non è una di queste. Eppure, è più di ogni altro la persona di cui avrei voglia di scrivere, consapevole del fatto che non riuscire a catturare la sua personalità mi permette di apparire come se stessi davvero facendo un cattivo uso della scrittura, come aveva detto lui; quindi scrivo di qualcun altro. Qualcuno che mio padre avrebbe voluto essere.

Se vi state chiedendo cosa pubblicassi sul giornale, sperando di attirare l'attenzione di mio padre in quelle poche righe e senza spendere troppo, ebbene si trattava di necrologi nella pagina degli annunci mortuari. Ogni mese pubblicavo il necrologio per la morte di uno dei miei tre fratelli. All'inizio loro se ne erano avuti a male, ma poi avevamo preso a riderci su. «Quando scriverai un necrologio a tuo nome?», scherzavano dandomi dell'ossessivo. Secondo loro è una qualità utile se voglio diventare uno scrittore.

Mio padre non ha mai più disegnato fumetti. E oggi ascolta musica molto di rado. È anche convinto che io scriva solo per ricordare il periodo in cui ci ha abbandonati. Ma ogni volta che stiamo per metterci a litigare, io apro un'app con una playlist sul cellulare e alzo il volume, e allora lui si avvicina e mi dice: «Hai paura, eh? Paura. Dillo! Dillo!».

Ernia

Un bacio

Io e Jwana ci siamo dati il primo bacio sulla bocca mentre guardavamo il cartone animato delle Tartarughe Ninja. Io avevo nove anni e lei undici, eravamo seduti sul divano nel soggiorno di casa sua. Sua madre ci aveva scaldato in forno due focaccine al formaggio e ci aveva lasciati soli per andare al municipio a ritirare dei documenti insieme al marito e all'altro figlio. È stata Jwana a mettere fine al bacio. La verità è che, quando si è staccata da me, mi sono sentito sollevato e come stordito, ma non sapevo cosa potesse significare, né se fosse una cosa bella o brutta. Lei si è asciugata le labbra. «Bleah!», ha esclamato. «Baciare in bocca è disgustoso!», e ha spiegato che la cosa più rivoltante di un bacio è che uno deve strofinare le proprie labbra con quelle dell'altro. Le ho detto che mi girava la testa. «Anche a me», ha ribattuto, per poi aggiungere: «E ho i brividi».

«Anch'io ho la pelle d'oca», ho detto, terrorizzato.

«Forse ci verrà il raffreddore, o la tonsillite», ha risposto Jwana, e poi è rimasta per un attimo in silenzio prima di proseguire: «Ho un bruciore allo stomaco. Forse è avvelenato, come quello di tuo padre». Avrei dovuto essere triste, perché non era passato molto tempo da quando mio padre era stato avvelenato, e io non lo vedevo da allora. Ma le parole di Jwana mi avevano gettato nel panico, e così sono corso immediatamente in bagno, lei mi ha seguito a ruota e abbiamo sputato insieme nel lavandino. Abbiamo espulso tutta la saliva che avevamo in bocca, poi Jwana mi ha detto: «Dobbiamo spremerci l'intestino per far uscire la saliva che abbiamo ingoiato durante il bacio». Non sapevamo dove fosse esattamente l'intestino, così ognuno di noi ha premuto il punto in cui credeva si trovasse. Jwana ha schiacciato sul fondo dell'addome con il pugno, poi si è messa a dare leggeri colpetti. Io invece ho premuto l'ombelico con un dito. Penso di aver avuto un'ernia in quel preciso momento. Il motivo è che, siccome ero troppo teso, ho spinto più del necessario il dito nell'ombelico. Non volevo morire avvelenato. Avrebbero potuto interpretare la cosa come un suicidio, il che avrebbe portato mia madre a credere che la mia fosse un'accusa nei suoi confronti. Anche se lei è davvero il tipo di madre che può istigare un bambino a pensare al suicidio.

Chewing-gum scoppiettanti

Poco prima che cominciasse l'episodio delle Tartarughe Ninja, Jwana mi aveva mandato all'alimentari a comprare qualcosa come dolce dopo le focacce al formaggio. «Una cosa buona», ha detto, «scegli tu». Ecco perché ho passato molto tempo nel negozietto, esaminando attentamente ogni prodotto. La festa di Santa Barbara era vicina. A un certo punto ho notato, in piedi davanti alla porta del negozio, cinque o sei ragazzini che indossavano maschere con le sembianze di politici che facevano smorfie orribili, come se fossero stati impiccati. Tra noi non c'era rancore. Non avevamo mai litigato. Ma per qualche ragione sentivo che avrei dovuto correre più veloce che potevo quando fossi uscito dal negozio. Ho temporeggiato, controllando ogni articolo esposto per cercare di guadagnare tempo. Ma il proprietario mi ha detto: «Su, sbrigati che devo chiudere il locale. Prendi qualcosa o sloggia». Erano circa le sei di sera, e così ho preso una manciata di gomme da masticare, di quelle che scoppiettano in bocca, sperando che la madre di uno di loro si affacciasse dalla finestra e urlasse: «Sali a casa, figlio di puttana!», mettendolo in imbarazzo, e allora lui si sarebbe allontanato insieme agli altri, a loro volta preoccupati che le loro madri facessero la stessa cosa. E invece, mentre passavo in mezzo a loro uscendo dal negozietto, li ho sentiti che dicevano: «È proprio identico a sua madre!», e ridevano di gusto.

Era vero. Mamma e io siamo due gocce d'acqua. Quando l'ispettore torna a casa, mi dice di andare in cucina a colorare insieme a suo figlio. Non mi guarda neanche e non mi parla. Le prime volte non riusciva ad andare a letto con la mamma per via della nostra somiglianza. Immaginava di dormire con me e questo gli faceva pensare continuamente a suo figlio, perché il nostro compleanno è lo stesso giorno. È così che mamma ha conosciuto l'ispettore. A scuola. Quel giorno era venuto a iscrivere suo figlio, e il preside aveva paura di dirgli che il ragazzino avrebbe avuto bisogno di una scuola privata. Tuttavia, mentre scriveva sul registro la data di nascita del figlio dell'ispettore, ha esclamato: «Un momento. Ha detto il 6 gennaio? Abbiamo un altro alunno che fa il compleanno il 6 gennaio». Ha indicato me, e l'ispettore ha iniziato a parlare con la mamma.

Dopo un breve inseguimento, i ragazzi mi hanno circondato, senza mettermi un dito addosso, e mi hanno portato nel garage del nostro palazzo. Quando siamo entrati nel garage ho capito che non mi avrebbero fatto del male. Non fuori dal loro edificio. Masho, la ragazza di cui tutti avevano paura, era seduta con la schiena addossata a una macchina e ci osservava con distacco. Uno di quei ragazzini mi ha detto da dietro la maschera: «Non vuoi vendicare tuo padre? Vuoi continuare a farti chiamare per tutta la vita il Figlio del Preservativo?». Quel nome me lo avevano dato quando mio padre era entrato in ospedale. Non sapevo cosa significasse. Ma sentivo che era una brutta cosa e che aveva a che fare con la mamma. Non osavo chiederlo a Jwana.

«Perché dovrei vendicarmi?», ho risposto.

«Perché è stato l'ispettore a causare tutto questo a tuo padre», ha replicato il ragazzo con la maschera del funzionario del partito accusato di aver depredato i mercati del centro di Beirut durante la guerra. Poi, mettendomi in mano un piccolo tubo e una tanica da venticinque litri, ha aggiunto: «Va' a succhiare la benzina dal serbatoio dell'auto di quell'uomo. Riempi tutta la tanica, ma stai attento a non ingoiare niente».

Io ho detto che non volevo farlo. I ragazzi mi hanno inchiodato al muro e hanno iniziato a frugarmi nelle tasche. Oltre alle gomme da masticare scoppiettanti, hanno trovato solo la fototessera di mio padre. L'ho staccata dal suo passaporto quando è stato ricoverato in ospedale e il dottore ci ha detto che era in coma e non sapeva quando si sarebbe risvegliato. Uno dei ragazzi, quello con la maschera del generale che aveva fatto bombardare il nostro quartiere, ha guardato la foto e ha detto che non meritavo di tenerla. E che me l'avrebbe restituita solo se avessi fatto ciò che mi avevano chiesto. Ho guardato Masho, che non ha mosso un dito, e ho notato che le sue labbra stavano articolando una frase, senza parlare: «Figlio del Preservativo».

Avevo paura che qualche vicino mi vedesse. Ma quando ho guardato i balconi, non ho visto nessuno. Ho aperto il tappo del serbatoio e ho inserito il tubo nel liquido. Mi sono messo a succhiare, ma l'odore di benzina che mi riempiva la bocca e il naso mi ha tolto il respiro. Ci ho riprovato fino a quando il carburante è sgorgato fuori dal serbatoio e a quel punto l'ho versato nella tanica fino a svuotare l'auto. E quando ho finito, per dimostrare ai ragazzi che volevo davvero vendicarmi dell'ispettore, mi sono sbottonato i pantaloni e ho fatto la pipì nel serbatoio della sua macchina. Quando i ragazzi me l'hanno visto fare, sono scappati tutti, inclusa Masho, che ha detto: «Fanculo». Si diceva che l'ispettore avesse ricevuto un addestramento speciale in America e che fosse in grado di identificare una persona dall'odore della sua urina. I ragazzini mascherati volevano solo fargli un dispetto lasciando la sua auto in panne. Ma pisciare nel serbatoio è un altro livello. Per questo motivo ho mangiato le chewing-gum tutte in una volta e ho iniziato a masticarle rapidamente. Erano vecchie e asciutte come sassi, avevano perso gran parte del loro sapore e del loro colore. Persino i cani avrebbero avuto difficoltà a masticarle. Quando le ho divorate nell'androne del palazzo, probabilmente le sole cose che mi sono penetrate nello stomaco sono stati i conservanti chimici, unico ingrediente rimasto, e il sapore amaro.

Ho detto a Jwana che avevo perso i soldi nel negozio e che avevo continuato a cercarli inutilmente, ecco perché ero in ritardo. Lei ha ribattuto che non mi credeva, ero molto pallido, anche se non faceva differenza perché avevo sempre paura di tutto. Le ho chiesto di annusarmi la bocca e, se avesse sentito l'odore di dolci di qualunque tipo, di buttarmi subito fuori. Eravamo seduti fianco a fianco sul divano e lei si è protesa verso di me senza distogliere gli occhi dalla tv e, quando mi ha annusato la bocca, ha commentato: «Sa dei nidi di piccione che ci sono sul tetto», e poi si è rimessa a guardare i cartoni delle Tartarughe Ninja. L'episodio stava per finire. Io ero esausto e avevo paura che l'ispettore scoprisse dall'odore di urina che il colpevole ero io. E pensavo che il modo migliore per camuffare la cosa sarebbe stato convincere suo figlio a fare pipì a sua volta nel serbatoio della macchina del padre, dato che lui è l'unico che non sa parlare. Ma mentre stavamo guardando le Tartarughe Ninja ho detto a Jwana: «Posso dormire da voi oggi?».

«Perché vuoi dormire da noi?».

«Perché casa vostra mi piace così tanto... e poi vorrei essere tuo fratello». È stato quello il momento in cui Jwana mi ha dato un bacio sulla bocca. Più avanti mi ha raccontato che non mi aveva baciato per amore, ma perché quello che le avevo detto era molto dolce e commovente, e non sapeva come esprimerlo se non baciandomi, anche se non l'aveva mai fatto prima e nonostante l'odore strano della mia bocca, poiché nessuno dei suoi amici avrebbe voluto essere suo fratello.

Lo spirito del sonno

A quel punto dovevo fingere di andare al negozio a cercare i soldi e di voler portare con me il figlio dell'ispettore perché lui è una benedizione, come dice la mamma, e porta fortuna. L'avrei condotto nel garage, gli avrei abbassato i pantaloni e gli avrei fatto fare la pipì nel serbatoio della macchina di suo padre. Ma quando Jwana ha cominciato a dire che forse mescolare la saliva ci avrebbe avvelenati, ho temuto che in giro si dicesse che mi ero suicidato per paura di ciò che avevo fatto all'auto dell'ispettore. Ho cercato di far uscire la saliva di Jwana premendo sull'ombelico. Ma invano. Le gomme da masticare che avevo ingoiato erano appollaiate sulla bocca dello stomaco e senza dubbio sbarravano la strada alla saliva del bacio, che mi avrebbe avvelenato se non l'avessi rigettata il prima possibile. Ho provato a far uscire il veleno dall'altra parte. Voglio dire, da sotto. Mi sono sforzato così tanto da sentirmi come se le mie viscere fossero una corda tesa dal mio testicolo destro alla pancia, sopra l'ombelico. Pensavo di essere stato avvelenato, che sarei andato in coma come mio padre. Con le mani sullo stomaco, contorcendomi dal dolore come la coda mozzata di una lucertola, ho detto a Jwana: «Di' alla mamma che sono intossicato».

Lei non è stata via molto tempo. Qualche minuto dopo è tornata. Ma con il figlio dell'ispettore. Mi ha detto che aveva trovato la porta aperta e che lui era seduto per terra. A quanto pare, aveva aperto la porta per me. Questo perché gli avevo detto che non avrei fatto tardi, e che sarei tornato dopo le Tartarughe Ninja, quindi si era seduto per terra ad aspettarmi. Jwana lo aveva preso per mano ed erano venuti da me. Nel palazzo dicono che i bambini come lui sono una benedizione. Inoltre, girano molte storie sul figlio dell'ispettore. Per esempio, dicono sia in grado di assorbire il dolore dal tuo corpo. Jwana l'ha portato da me perché non osava bussare alla porta della camera di mamma. «Poverina tua madre», ha detto. «È nella stanza con l'ispettore. L'ho sentito schiaffeggiarla. E lei urlava di dolore in un modo strano. Così... Ah... Ah...». Sarei stato ben felice, quindi, di trasmettere il dolore del mio testicolo al figlio dell'ispettore, foss'anche l'ultima cosa che avrei fatto prima di lasciare questo mondo.

Il figlio dell'ispettore indossava il mio pigiama preferito. Glielo dava sempre la mamma quando tornavamo da scuola. Non appena mi ha visto sdraiato per terra, ha iniziato a ridere, si è abbassato e si è sdraiato accanto a me. «Gli vuoi bene?», gli ha chiesto Jwana, e lui ha sorriso e si è messo le mani in faccia, strofinandole come se volesse cancellare i suoi lineamenti in modo che non vedessimo quanto era timido. Poi Jwana gli ha preso la mano e me l'ha posata sulla pancia, chiedendomi: «Dov'è che ti fa male?».

«Qui», ho risposto mentre portavo la sua mano all'ombelico. «Ma il dolore è diminuito da quando mi sono sdraiato. Ho solo sonno».

Jwana mi ha detto che l'ultimo spirito che una persona espelle è lo spirito del sonno. E che il fatto di non provare dolore non significava che non fossi sulla via della morte. Meglio lasciare che il ragazzino facesse il suo lavoro.

Ci siamo seduti tutti e tre sul divano. Il figlio dell'ispettore si è piazzato tra me e Jwana. Lei gli ha passato il braccio intorno al collo e l'ha guardato con occhi pieni di ammirazione. Avvertivo ancora una fitta alle budella, ma leggera, e stavo pensando all'ispettore. «Sei ancora molto pallido. Puoi dormire, se vuoi», mi ha detto Jwana. Ero davvero stanco. Ma non volevo dormire né piangere. Ho chiesto a Jwana se il figlio dell'ispettore avesse toccato la pancia anche a lei. Ha detto di no, e che non ce n'era bisogno, perché lei era riuscita a espellere tutta la saliva dal suo stomaco, scongiurando l'avvelenamento.

Il giorno dopo, i bambini del palazzo e dei dintorni parlavano di come l'ispettore si scopava mamma, mentre il figlio mi curava dal trauma psicologico che provavo di conseguenza. Jwana non voleva ammettere di avermi baciato e che eravamo in preda al panico per la paura di esserci intossicati, e così aveva detto in giro che il figlio dell'ispettore aveva assorbito il mio dolore psicologico. Masho mi ha acchiappato nell'androne. «Ehi, Figlio del Preservativo, vieni qua», mi ha ordinato.

Mi sono avvicinato.

«È vero che il figlio dell'ispettore ha cancellato la tua sofferenza psicologica?», mi ha domandato.

«Sì», le ho detto. Avrei voluto negare, ma non volevo far passare Jwana per bugiarda.

«E sei contento, stronzo?», ha replicato Masho. «Per colpa di quello che hai fatto alla sua macchina, l'ispettore verrà a stare nel nostro palazzo. Adesso è tuo dovere fare qualcosa per mandarlo via non soltanto dal condominio ma da tutto il quartiere».

Quando, la mattina dopo, ha scoperto che qualcuno aveva urinato nel serbatoio della sua auto, infatti, l'ispettore si era messo a insultare gli inquilini del nostro condominio e poi aveva detto: «Bastardi figli di puttana! Non lascerò il palazzo fino a quando non avrò scoperto chi è stato». La tanica di benzina era sparita. E in un primo momento l'ispettore non ha sospettato nulla. Ma quando ha messo in moto e ha sentito un liquido che ribolliva, ha pensato che alla benzina fosse stata mescolata dell'acqua. Ha aperto il tappo e annusato: «Piscio. C'è piscio nel serbatoio». Un'offesa inaudita. Avrebbe dovuto accompagnare a scuola me e suo figlio, che eravamo sui sedili posteriori. E invece siamo andati in taxi e lui è rimasto a casa nostra con la mamma.

Dopodiché, ha iniziato a dire che stare a casa nostra lo rendeva nervoso e non sapeva perché. Per paura che scoprisse che ero io il colpevole, il mio corpo non era più in grado di urinare nel nostro bagno. Avevo sempre la vescica gonfia come un palloncino. E così ho preso ad andare a casa di Jwana. Sua madre mi apriva la porta e io le chiedevo: «Zia, posso usare il bagno?». Lei rispondeva: «Certo, amore mio». La madre di Jwana temeva che me la sarei fatta addosso se avesse detto di no, e poi l'avrei raccontato a mia madre, e così l'ispettore sarebbe venuto a saperlo e si sarebbe vendicato di loro. Perciò non mi ha mai chiesto perché non andassi in bagno a casa nostra. E così, ogni volta che dovevo fare pipì, andavo da Jwana.

Somiglianza

Mamma non sapeva cosa mi fosse successo. Pensava che fossi psicologicamente provato per il fatto che mio padre era in ospedale, e che volessi fargli visita. Poi è arrivato l'ispettore e ci ha detto che un'infermiera del reparto gli aveva raccontato di aver visto mio padre aprire gli occhi. Probabilmente non era in coma, forse fingeva di esserlo. Dopodiché non si è fatto vedere in casa nostra per tre o quattro giorni. Ma quando è tornato a trovarci, sul suo viso c'era un livido leggero lasciato da un pugno, e ha detto a mamma che non era tornato nel condominio per lei, bensì per scoprire chi avesse pisciato nella sua macchina. La notizia, infatti, era arrivata alle orecchie dei suoi colleghi al dipartimento, che lo avevano preso in giro. Non gli era stato risparmiato nemmeno il sarcasmo del suo capo, e poi aveva litigato con uno dei colleghi. La mamma ha cominciato a dire che papà aveva sempre mandato a monte ogni sua possibilità di essere felice, e che aveva la sensazione che anche questa volta avesse qualcosa a che fare con la faccenda. Sarebbe andata in ospedale e avrebbe parlato con lui. Non poteva essere in coma. Gli avrebbe detto una sola parola: «Muori». Io le ho detto che volevo andare con lei.

Il figlio dell'ispettore è rimasto a casa di Jwana, mentre io, mamma e l'ispettore siamo andati in ospedale. Quando siamo entrati nella sua stanza, una squadra di tre infermieri stava sorreggendo mio padre e strofinando la metà superiore del suo corpo con un asciugamano bagnato. Vedendo l'ispettore, la giovane infermiera responsabile del reparto ha detto che avrebbero finito il loro lavoro dopo la nostra visita. Sono usciti dalla stanza. L'ispettore si è avvicinato a mio padre e gli ha aperto l'occhio destro cercando di scoprire se fosse sveglio oppure no. Mio padre, poverino, tanta era la sua paura di quell'uomo che aveva riconosciuto dalla voce, o forse per provocare la sua ira, se l'è fatta addosso. Mamma mi ha detto di andare a chiamare gli infermieri, cosa che ho fatto. Quando sono tornato nella stanza, ho visto l'ispettore intento ad annusare mio padre. Mamma era muta come un pesce. Ma l'ispettore sembrava infuriato. Ha messo la mano sotto la testa di mio padre, poi lo ha sollevato dicendogli: «Figlio di puttana, fai finta di essere in coma!», e con l'altra mano gli ha dato un ceffone in faccia con tutte le sue forze. Per la violenza dello schiaffo, la testa di mio padre è rotolata giù dal palmo dell'ispettore, ricadendo sul letto. Mio padre comunque aveva una testa piccola. L'infermiere che era venuto con me aveva paura di intromettersi ed è uscito dalla stanza. Di lì a qualche minuto, è entrato il medico che seguiva il caso. Il corpo di mio padre tremava a ogni schiaffo, ma lui non reagiva, o reagiva solo chiudendo i pugni. A ogni schiaffo i suoi pugni si contraevano sempre di più, e così anche il resto del corpo, come se avesse ricevuto una scarica elettrica. Il medico ha cercato invano di dissuadere l'ispettore dal prendere a ceffoni papà, che non si svegliava e non emetteva neppure un gemito di dolore. Ma alla fine una sola lacrima gli è sgorgata da un occhio. L'ispettore ha affermato che quella era la prova che mio padre era cosciente. Ma il dottore non era d'accordo, e ha spiegato che i pazienti in coma possono piangere quando provano dolore.

Mamma ha sempre detto che ho preso da lei le cose buone e da mio padre quelle merdose. Ma non avrei mai immaginato che questo potesse essere vero e che la mia urina e quella di mio padre avessero lo stesso odore, nonostante i trentacinque anni di differenza.

Recupero

Quando mia madre e l'ispettore erano diventati intimi, lei mi aveva chiesto di raccontare a mio padre della sua relazione con lui, ragion per cui papà riteneva che fosse colpa mia, perché si erano conosciuti nella mia scuola. E aveva smesso di parlarmi. Poi era entrato nella loro camera da letto, quella che ora lei condivideva con l'ispettore, e aveva chiuso a chiave la porta. Prima aveva litigato con mamma, l'accusava di aver scelto un uomo influente per vendicarsi di lui. Mio padre non ha mai badato a me o a mia madre, neppure un giorno. E così le aveva promesso che da quell'istante in poi si sarebbe preso cura della sua famiglia, ma lei gli aveva detto che ormai era troppo tardi. E che era meglio che facesse le valigie e se ne andasse da casa. A quel punto lui era entrato nella stanza, si era chiuso dentro e ci era rimasto, dicendo a mia madre da dietro la porta che poteva chiamare l'ispettore per farlo trascinare a forza fuori da lì. Per lui sarebbe stato umiliante, ma tutti le avrebbero sputato addosso. Mia madre aveva risposto che non avrebbe chiamato nessuno. «Resta pure nella stanza finché non muori di fame».

Il quarto giorno che mio padre trascorreva rinchiuso in camera, non mi ha risposto quando gli ho chiesto se voleva qualcosa. Di solito diceva: «Un bicchiere d'acqua». Ne beveva uno al giorno, io lo mettevo davanti alla porta, lui apriva uno spiraglio, allungava la mano e prendeva il bicchiere, poi richiudeva la porta. Ho detto a mia madre che papà non mi rispondeva da dentro la stanza, e lei ha replicato che forse non voleva l'acqua in quel momento, bensì di sera. Ma papà non mi ha risposto neppure la sera, e alla fine mamma ha chiesto aiuto ai vicini. Abbiamo trovato mio padre riverso a terra, immobile. Sintomi di avvelenamento. Da quel giorno l'ispettore ha frequentato casa nostra sempre più assiduamente. Quando suo figlio era con lui, lo mandava in soggiorno, e mamma mi chiedeva di fargli fare i compiti e di giocare con lui, dopodiché entrava in camera da letto con suo padre.

L'ispettore era ancora agitato dopo che siamo tornati dall'ospedale. Ma non è entrato in casa nostra, è andato direttamente a prendere suo figlio nell'appartamento di Jwana. Mamma l'ha aspettato, ma lui non è più tornato. Mi ha chiesto di andare a controllare se era ancora da loro. Jwana mi ha aperto la porta. Ho fatto finta di dover usare il bagno. Sua madre, l'ispettore e il figlio erano seduti in salotto. Io sono entrato in bagno. Non avevo voglia di fare pipì. Ma sono rimasto lì dentro venti minuti. Poi sono uscito, ho detto a tutti che non riuscivo a fare pipì e sono corso a casa. Alla mamma ho raccontato che non avevo potuto sentire di cosa stessero parlando. Lei continuava a dire che ero uno scemo e che da vecchia sarebbe finita sola in un ospizio.

Da quel giorno, l'ispettore non ha più frequentato casa nostra. Passava qualche ora nell'appartamento di Jwana e poi lasciava il condominio. Sebbene avesse assicurato loro di aver scoperto chi avesse urinato nel serbatoio della sua auto, i colleghi continuavano a deriderlo, perché ritenevano che il suo intuito di detective fosse ormai rovinato, e che non era riuscito a trovare nessuno da accusare a parte il marito della donna con cui andava a letto, anche se quell'uomo era in coma. Alla fine, è stato declassato, è diventato l'autista di un ufficiale di grado superiore. E ha tagliato i ponti con la mamma. Poco dopo, l'ospedale ci ha comunicato che avevamo tre giorni di tempo per trasferire mio padre in un'altra struttura. La mamma ha detto che non avevamo altra scelta che riportarlo a casa. Il dottore l'ha informata del fatto che questo sarebbe stato più costoso che rimanere in ospedale. Tuttavia, l'ultimo giorno di degenza, mio padre ha aperto gli occhi e si è svegliato.

La madre di Jwana era più bella della mia. E, forse anche per il fatto che l'ispettore aveva perso la sua influenza, aveva osato rifiutarsi di farlo venire a casa sua quando gli pareva, come faceva con mamma. Passava quasi tutto il tempo in camera sua a cucire perline sugli abiti dei grandi stilisti. Quando la gente ha saputo che mio padre si era svegliato l'ultimo giorno di degenza in ospedale, nel quartiere girava voce che si fosse già svegliato dal coma una prima volta, e che si fosse alzato dal letto e fosse tornato a casa, scoprendo così che l'ispettore dormiva da noi. Allora, si diceva, era sceso in garage e aveva urinato nel serbatoio della sua macchina, poi era tornato a letto in ospedale, si era sdraiato ed era entrato di nuovo in coma per il dolore.

Nessuno mi chiama più Figlio del Preservativo. Masho alla fine me l'ha spiegato quel nome, mi ha detto che mio padre era come il preservativo che crede di essere il cazzo che scopa, mentre il vero cazzo è qualcun altro. E che il soprannome Figlio del Preservativo non era un insulto a me, quanto piuttosto all'ispettore, ridotto a un semplice membro maschile. Mi ha detto che nessuno avrebbe dovuto sapere che ero stato io a urinare nel serbatoio dell'auto di quell'uomo, perché quel che ormai si diceva in giro faceva sì che mio padre conservasse un minimo di dignità, soprattutto perché aveva distrutto la vita dell'ispettore con una pisciata.

Mia madre non ha mai saputo che sono stato io a fare la pipì nel serbatoio dell'auto dell'ispettore. L'avrebbe sconvolta, avrebbe pensato che le avevo fatto perdere la sua unica occasione di essere felice. La sua teoria secondo cui ho preso da mio padre i tratti più merdosi probabilmente è giusta. Ma io ho cercato di fare il possibile per obbedirle. Mi ha chiesto di tagliare i ponti con Jwana. In quel momento ho desiderato che mio padre fosse ancora in ospedale, che l'ispettore venisse ancora a casa nostra e che suo figlio indossasse il mio pigiama preferito. In cambio della possibilità di continuare a frequentare Jwana. Ma alla fine ho ceduto. Quando incontro Jwana per le scale o nel negozio, non le parlo. E lei fa lo stesso.

Halloween

Jwana e il figlio dell'ispettore si sono scambiati il primo bacio sulle labbra mentre guardavano i cartoni delle Tartarughe Ninja. La seconda stagione.

Era Halloween. Io indossavo una maschera di cartone con la foto del viso di mio padre, quella del passaporto. La stessa che mi avevano restituito i ragazzi. L'ho fatta ingrandire dalla tipografia che pubblica *Le nostre donne*, al piano terra del palazzo, una rivista che si occupa di personaggi famosi e società. Quel giorno ho bussato a casa di Jwana con il pretesto di chiederle dei dolcetti. Non mi è mai importato nulla di Halloween, ma Masho mi ha detto che questa festa è un'occasione per sbarazzarsi della paura. Devi indossare una maschera e chiedere le caramelle alla persona di cui hai paura. Ho bussato a casa di Jwana. Nonostante la rottura tra noi, quando ha aperto la porta mi ha parlato in tono normale, come se si aspettasse di vedermi arrivare. «Entra e chiudi la porta», mi ha detto, e si è seduta sul divano accanto al figlio dell'ispettore. Hanno intrecciato le dita mentre io sedevo sul bracciolo, aspettando che l'ispettore uscisse dalla camera di sua madre. Sul tavolo c'era un piccolo cesto di dolciumi per i bambini che sarebbero arrivati da un momento all'altro. Jwana è figlia unica, non ha fratelli. Non mi ha rivolto la parola, e il figlio dell'ispettore non mi ha fatto quel sorriso che faceva ogni volta che mi vedeva. Forse non mi ha riconosciuto perché portavo la maschera. Suo padre lo aveva trasferito dalla nostra scuola a una scuola speciale per ragazzi come lui. Lui e Jwana erano del tutto immersi nel cartone animato delle Tartarughe Ninja, poi a un certo punto lei gli ha preso la testa tra le mani e gli ha dato un bacio sulla bocca. È stato un bacio così lungo da farmi pensare che Jwana volesse davvero avvelenarlo. E così mi sono alzato, preoccupato per il figlio dell'ispettore, cui volevo ancora bene, e ho cercato con tutte le mie forze di separare le loro teste, e poi ho messo il dito nell'ombelico del ragazzino che, guardando la maschera del viso di mio padre che avevo ancora indosso, è andato nel panico e ha cominciato a gemere di dolore e contorcersi come la coda mozzata di una lucertola. Jwana era sconvolta e mi ha cacciato senza dire una parola. Si è limitata a tirarmi per la manica verso la porta e, dopo avermi spinto fuori, l'ha richiusa in silenzio.

È stato dal giorno di Halloween che il figlio dell'ispettore ha iniziato ad avere una paura tremenda ogni volta che vedeva mio padre.

Uncinetto

Saada aveva molte bambole. Tutte all'uncinetto. Non le aveva fatte per venderle, ma per tenerle con sé. Perché Saada era sola. Nessuno l'aveva mai sentita parlare. E se provavi a rivolgerle la parola, lei non rispondeva. Piuttosto, abbassava la testa e con dita nervose faceva una bambola all'uncinetto e poi te la porgeva.

Quanto a noi, che ogni mattina andavamo a fare una passeggiata in riva al mare, non sapevamo dove prendesse i fili, né come mettesse da parte i soldi per comprarli, né se lavorasse. Quello che non sapevamo era che Saada, per via del suo amore per l'uncinetto, aveva il potere di tirare fuori un filo da qualsiasi cosa. Se voleva un filo verde, tendeva la mano alla pianta più vicina e tirava fuori un filo gommoso verde. E se voleva un filo bianco, poteva prenderlo dalla più vicina nuvola di passaggio. Se invece le servivano fili scintillanti, allora aspettava la notte, e i fili scendevano verso di lei dalle stelle. Nessuno avrebbe mai immaginato che Saada si procurasse i fili in quel modo.

La sua casa era piena di lavori all'uncinetto. Animali e persone. Tutti senza occhi. Probabilmente perché, quando Saada era piccola, suo fratello aveva perso la vista. Non che fosse diventato cieco tutto in una volta. Era successo a poco a poco. E poi, a dire il vero, non era diventato cieco, aveva solo perso la capacità di vedere i colori. Se glielo avessimo chiesto, ci avrebbe risposto così. Ma nessuno sapeva con certezza perché i giocattoli di Saada fossero senza occhi.

La verità era che il fratello non accettava l'idea di perdere la vista. E all'inizio era così frustrato e irritabile che aveva rotto i giocattoli di sua sorella, dicendole: «Tanto non ti servono più, devi venire con me al palazzo degli oggetti smarriti». Saada pensava che tutte le cose che le persone perdono, anche il coraggio e i colori, si accumulino sulla superficie della luna, nel lato buio, e che per tale ragione suo fratello, da quando aveva perso la vista, guardava in alto. Ma quando lui le aveva parlato del palazzo, aveva capito di essersi sbagliata. E così si era messa a preparare tutto il necessario, vestiti, libri, cibo, per accompagnarlo di buon mattino al palazzo degli oggetti smarriti a recuperare i suoi colori. «Non dire a nessuno che andiamo domani mattina. Nemmeno a mamma e papà. Se qualcuno lo scopre, non potrò riprendermi i miei colori». Saada annuì e giurò di non rivelare il loro segreto ad anima viva. Quella notte andò a dormire prima del solito. Ma suo fratello non la portò in nessun palazzo, anzi, dopo aver camminato a lungo, entrarono in una casa di pietra, remota e semidistrutta, in mezzo a un vasto terreno incolto e con un grande e antico carrubo di fronte. La casa di pietra era così vecchia che i denti di leone ne avevano ricoperto le pareti interne.

Suo fratello non sapeva che Saada era convinta di essere la causa della sua cecità. Un giorno aveva litigato con la figlia del bidello della scuola. Saada era stata così crudele con lei che la ragazza non era riuscita a trovare altro modo per difendersi se non dire: «Spero che tuo fratello diventi cieco oggi stesso». Quelle parole avevano turbato Saada, che si era ritirata immediatamente, sentendosi molto in imbarazzo. Forse perché la ragazza era stata sincera, o perché quello che aveva detto rivelava un forte senso di ingiustizia. Saada, quindi, era l'aggressore. Era successo subito dopo la fine della lezione di disegno. L'insegnante aveva chiesto a ogni studente di disegnare ciò che voleva su un foglio bianco e decidere se colorarlo o lasciarlo in bianco e nero. Dopo aver consegnato i fogli, tutti avevano scoperto che Saada e la figlia del bidello avevano disegnato la stessa cosa, un grande fico che riempiva la pagina. Saada pensava che la bambina glielo avesse copiato. Non era la stagione di quel tipo di frutta. La sua compagna, invece, aveva sorriso dolcemente, dicendo che quello era segno che pensavano allo stesso modo e che sarebbero diventate amiche. Ma Saada l'aveva accusata di essere una ladra e una bugiarda, l'aveva fatta cadere a terra con uno spintone e, per ferirla ancora di più, le aveva accartocciato il disegno. In quel momento, le parole del professore di scienze le erano risuonate nella testa – «L'uomo può imparare qualsiasi cosa» – e pensò che forse la figlia del bidello avesse imparato a rubare le idee degli altri, anche se si trovava cinque posti più in là.

Quel giorno a suo fratello non era successo niente di male. E neppure il giorno dopo, né durante il fine settimana. Ma Saada era preoccupata. E per il suo compleanno aveva chiesto ai genitori che portassero suo fratello dall'oculista per un controllo. Nessuno aveva capito il motivo di quella sua richiesta. Saada versò molte lacrime, implorandoli, e alla fine sua madre acconsentì. La clinica era piuttosto spoglia, e si trovava in fondo al paese. Quando la famiglia era arrivata, c'erano più di dieci bambini in attesa del proprio turno. I loro occhi secernevano un liquido viscoso. E tutti avvertivano un bruciore alle pupille. Tra loro c'erano anche la figlia del bidello e suo fratello, che sembrava malato, e lei lo stringeva a sé, cosa che aveva fatto preoccupare Saada. Possibile che si somigliassero così tanto? Sarebbe successo qualcosa di brutto a suo fratello, come al fratello della sua compagna? Saada aveva sentito dire che gli occhi di alcuni bambini erano stati danneggiati durante gli ultimi scontri, quando i miliziani avevano provato delle nuove munizioni. In quel momento non aveva badato a nulla di tutto ciò. Ma adesso c'erano due uomini armati davanti all'ingresso della clinica, e indossavano entrambi occhiali da sole neri, berretto e maglietta a maniche corte. Uno di loro in tono perentorio chiese a Saada, sua madre e suo fratello di aspettare.

Il dottore si mise a ridere e disse che suo fratello ci vedeva alla perfezione. Gli aveva mostrato un'immagine scura con uccellini, frutti e un cavaliere mascherato, e lui era riuscito a distinguere tutti i colori. Passarono settimane e mesi senza che gli accadesse nulla di brutto finché un giorno, mentre stavano tornando con la madre da scuola, lei allungò la mano per prendere lo zaino del figlio. La cartella, infatti, era sempre piena di libri e lui era così magro... Ma il ragazzino fece un passo indietro, inciampò nella base di un palo di metallo tronco e cadde. Probabilmente batté la testa. Ma si rialzò come se niente fosse, a parte il fatto che si sentiva un po' assonnato. Quando arrivarono a casa, dormì fino al mattino successivo. Da quel momento perse la capacità di vedere i colori, uno dopo l'altro.

Non erano soltanto Saada e sua madre a credere, ciascuna per conto suo, di essere la causa della cecità del ragazzino. Anche il padre si sentiva in colpa. Saada, però, non sapeva perché suo padre affermasse una cosa del genere. Aveva capito che c'era di mezzo qualcosa che aveva fatto fuori casa e di cui si era pentito. E aveva sentito sua madre dirgli che lo amava ma che non poteva perdonarlo.

Saada non si preoccupava molto dei litigi dei suoi genitori. Si diceva che, se non fosse stato per il disegno del fico, non sarebbe successo quel che era successo. E credeva che fosse tutta colpa sua. Chiedeva a suo fratello di descriverle il mondo della cecità, che prendeva forma in un batter d'occhio e svaniva altrettanto velocemente. Ah, se avesse potuto vedere quello che vedeva suo fratello, anche solo per un momento! Magari avrebbe potuto strofinarsi gli occhi con l'acido o con quel detersivo che stava sotto il lavandino, o semplicemente guardare per un minuto il sole, l'aveva visto fare in un film. Tuttavia, aveva paura di entrare in un altro mondo, un mondo lontano e completamente diverso da quello di suo fratello, e temeva che si sarebbero persi per sempre.

Questo in ogni caso non avrebbe fatto alcuna differenza. Con il passare dei giorni, infatti, suo fratello badava sempre meno alla sua presenza. A prescindere da qualunque cosa Saada dicesse, lui continuava a parlottare senza mai smettere di sorridere, e muoveva la testa come se due mani lo stessero tenendo e lo facessero voltare in tutte le direzioni per mostrargli qualcosa di bello qui o là. Poi scoppiava a ridere. Sì, di sicuro suo fratello parlava con qualcuno nel mondo della cecità. Si frequentavano e facevano cose divertenti. Forse è così che succede quando entri in quell'universo. Diventi felice, felice e poi sarcastico fino all'amarezza. Questo era ciò che succedeva a suo fratello quando tornava dal mondo della cecità. Era di pessimo umore e non tollerava nessuno. Se solo avesse litigato con qualcuno di lì, tanto da spingerlo a dire: «Spero che tua sorella diventi cieca», come era successo tra Saada e la figlia del bidello... Per lei questo sarebbe stato l'unico modo di entrare nel suo mondo. Ma il fratello non litigava mai con nessuno, sebbene Saada facesse tutto il possibile perché ciò accadesse. Lo lasciava per ore nella casa di pietra abbandonata. Se aveva fame, raccoglieva i frutti più dolci dall'albero di carrube, mentre suo fratello era costretto a tastare con le mani i denti di leone sulle pareti dell'edificio diroccato e mangiare quelli. E quando la chiamava per tornare a casa perché era stanco, lei lo ignorava. Allora se ne andava nel mondo della cecità borbottando infastidito, ma poco dopo il sorriso gli tornava sulle labbra.

Un giorno, mentre Saada stava cercando di dormire su un enorme ramo del carrubo, nel terreno incolto arrivò una camionetta militare con a bordo tre giovani. Si fermò a una certa distanza dalla casa, né vicino né lontano. I tre ragazzi scesero e si misero a parlare. Sembrava che due di loro avessero fatto una scommessa, mentre il terzo era solo un testimone o forse un mezzo.

«Ora devi riportare la jeep in caserma, proprio come l'hai rubata», disse uno di loro. «Così ci ha chiesto Nasser. È il messaggio che vuole far arrivare».

«Abbiamo tre giorni per restituirla. In tutto questo tempo potremmo smontarla e rivenderla pezzo per pezzo, invece di rischiare. In questo modo, metà del messaggio di Nasser verrebbe comunque recapitato. Tanto più che l'esercito ora è in piena allerta».

«È tutto inutile», disse il terzo. «Meglio cominciare subito a scavare per nascondere l'auto».

Il borbottio del fratello di Saada arrivò alle orecchie dei tre giovani intenti a consumare il rancio che avevano tirato fuori da una sacca di tela ben nascosta. Fecero notare a Saada che qualcuno la stava chiamando e lei avrebbe dovuto zittirlo. «No», replicò lei. «Non mi sta chiamando qui, ma lì, nel suo universo». Non lo disse per mentire, ma solo per salvarsi la faccia. Voleva dire a tutti che lei era lì con suo fratello, nel mondo della cecità, per fare in modo che il suo desiderio si avverasse. O forse era solo per convincersi che lei non aveva nulla a che fare con la perdita della vista del fratello. Anche lei ci aveva pensato. Saada non sapeva che suo fratello, da quando non vedeva più i colori, si stava gradualmente allontanando da se stesso, dalla sua personalità. Ma la ragazzina si mise a spiegare che lui adesso vedeva le cose dentro gli occhi. E che ci viveva in mezzo. Il mondo che scaturiva dalla sua cecità era accattivante, mozzafiato, più bello del nostro.

«Come fai a saperlo? Tuo fratello sta blaterando di cose strane».

«Perché sorride sempre», rispose Saada. Ma mentre pronunciava quelle parole, sentì che suo fratello l'aveva lasciata sola. I militari non sembravano interessati ai suoi discorsi. Le chiesero di far stare zitto suo fratello, altrimenti ci avrebbero pensato loro.

Un giorno, il fratello di Saada era andato al negozio di uccelli dove lavorava (in attesa di iscriversi, l'anno successivo, in una scuola per ciechi e ipovedenti): aveva un talento, in base alla posizione dell'uccellino nella sua mano sapeva dire se stava bene o se era malato. In quell'occasione era stato molto gentile con Saada. Alla fine, le aveva anche confidato il segreto della sua cecità. Le disse che aveva barattato la facoltà di vedere i colori per dare a lei un superpotere. «All'inizio mi ero detto che avrei venduto solo la capacità di vedere il nero. Tanto non mi serviva. Poi ho fatto lo stesso con l'arancione. Poi il giallo, il blu e tutti gli altri colori». L'ultimo era stato il verde, ed era molto triste perché amava l'erba e da grande avrebbe voluto fare il giardiniere per prendersi cura di quel che restava delle piante di questo mondo. Così come aveva provato una profonda tristezza quando aveva guardato il mare dopo aver venduto il colore delle sue acque, che non era più azzurro e si era trasformato in un misto di sporcizia e marrone. Ora vedeva le cose senza colore, come se il mondo fosse coperto da una tempesta di ali di mosca. Quel giorno il marito di sua zia, che era il proprietario del negozio di uccelli, lo aveva fatto sedere su una sedia davanti alla porta della bottega. Disse a Saada che suo fratello non aveva smesso per un attimo di mormorare cose incomprensibili che avevano entusiasmato i clienti. A quanto pareva, a un certo punto si era alzato dalla sedia, ma non era entrato nel negozio né era tornato a casa.

Saada lo aspettò per uno, due, tre, quattro giorni. Dopo una settimana di ricerche, la polizia convocò lei e i suoi genitori in commissariato. Le misero davanti un bicchiere d'acqua, e poi un poliziotto senza divisa le si avvicinò e, chiedendo ai genitori di lasciare la stanza e porgendole un fazzoletto per asciugare le lacrime, le sussurrò che suo fratello non si era perso, ma che era entrato nell'universo della cecità. La polizia era riuscita a localizzarlo, perché questo mondo è crudele e amaro, e tutto ciò che contiene morde. Anche i denti di leone, quando se ne mangiano troppi, diventano velenosi. «Velenosi? Ma come?». E poiché il poliziotto non ne sapeva di più, disse, dopo averci pensato un po': «Perché ha delle spine così piccole che neppure si vedono».

A Saada la polizia non piaceva. Inoltre, quell'agente parlava senza alcuna emozione. Doveva essere un tipo spietato. Questa fu la sensazione che provò quando portarono i tre giovani in manette. Saada li riconobbe malgrado le facce gonfie, così tumefatte che era difficile capire dove fossero gli occhi e la bocca. Erano stati quei tre ad aver visto per l'ultima volta suo fratello. Il poliziotto le disse che erano arrivati alle mani, ma lui si era difeso bene, come vedi.

Saada non aveva mai toccato una foglia di dente di leone in vita sua. Semplicemente non era mai entrata nella casa di pietra abbandonata. Quando alla fine decise di andare nel terreno incolto, scoprì che quel luogo si era rapidamente trasformato in una zona industriale. A causa delle esalazioni e degli odori dei liquidi che le fabbriche non smettevano di emanare, il carrubo, e insieme a lui tutte le altre piante, decisero di appassire lì e di rinascere altrove. Ma Saada continuò a pensare ai denti di leone: «Voglio sapere come fanno a pungere senza che ce ne accorgiamo». Si mise a girare per la città, che ogni giorno era sempre più piena di edifici, porte, voci, strade, automobili e clacson, in cerca di una foglia di dente di leone, ma invano. Alla fine, mentre riposava su una roccia, vide un dente di leone nella fessura del muro accanto a lei. Forse la cicoria e il dente di leone sono la stessa pianta. Con la differenza che quest'ultimo ha un fiore simile a quello della camomilla. Tese la mano con delicatezza, toccando la pianta. Si sentiva come se qualcosa la stesse pungendo. La afferrò, tirandola fuori dall'interno della pianta, e fu così che apparve un filo. Da allora in poi, quando sentiva che qualcosa la faceva soffrire, Saada tendeva le dita e ne estraeva un filo. A volte lo faceva con i bambini che la insultavano o con gli adulti che la spintonavano al mercato dell'usato. Allungava un dito verso la loro bocca e ne tirava fuori un filo, oppure tendeva la mano verso il loro dito e ne tirava fuori un filo. E lo portava con sé. Le piaceva che nessuno percepisse quello che stava facendo. «Forse un giorno se ne accorgeranno», si diceva. E avvolgeva i fili intorno alle dita per poi proseguire silenziosamente per la sua strada. Non ha mai risposto a nessuno né ha mai litigato. Piuttosto, si ripeteva tra sé e sé: «Tutto ciò che consumiamo in grandi quantità diventa velenoso, compresi gli esseri umani», senza ricordare dove aveva sentito quelle parole. E continuava a estrarre fili da tutto ciò che la feriva. Compresi i suoi sentimenti. I fili dei sentimenti erano morbidi e bianchi come la seta, ma erano sempre ingarbugliati tra loro, e Saada ci metteva molto tempo a districarli.

Saada trascorse anni a raccogliere fili senza sapere perché. Al punto che non faceva nient'altro. Passava la maggior parte del suo tempo a ripensare a come suo fratello le descriveva il mondo della cecità quando erano bambini. E a volte si chiedeva: «Mi ha davvero detto queste cose?». Allora si sfiorava il cuore con un dito, il filo del dubbio veniva fuori e lei non ci pensava più. Ma quando uno sconosciuto cercava di parlarle, lei confezionava una bambola con alcuni fili e gliela porgeva. In ogni caso, il mondo della cecità era più vasto del nostro. E tutto, lì, era più profondo. Forse perché era una profondità che veniva dal suono delle cose. Qualunque fosse il motivo, Saada continuava a raccogliere e conservare i fili. E quando intorno a lei non c'era nient'altro che vuoto, un vuoto grande e desolato, seppe che era arrivato il momento di costruire il mondo in cui viveva suo fratello.

Le sue dita lavoravano veloci. Veloci e precise. Giorno e notte. Non dormiva e non si svegliava. Non aveva da mangiare né da bere, ma non le importava. Voleva creare quel mondo solo perché aveva la vaga sensazione che, quando lo avesse finito, suo fratello sarebbe stato lì. Ma le dita, per il troppo lavoro, cominciarono a farle male e più si avvicinava a portare a termine la sua grande missione, più il dolore si intensificava. Finché il mondo della cecità non fu finalmente pronto davanti a lei.

Era esausta, ma pensò che l'unica cosa che mancava fosse un dente di leone. È vero che non ci sono denti di leone nel mondo della cecità, ma Saada voleva creare un segnale che avrebbe indicato a suo fratello che lei era lì. Fece un respiro profondo e iniziò a lavorare, ma le sue dita non riuscivano a riprodurre la forma di quella pianta. Quando tentò una seconda volta, ciascuna delle sue dita cominciò a disfarsi in fili che iniziarono a intrecciarsi con il movimento delle mani. Finché un mucchietto di fili si formò per terra davanti a lei e quando si chinò per raccoglierli con quel che rimaneva delle braccia il resto del suo corpo cedette, le braccia, il busto, la testa e le gambe, lasciando un mucchio di fili blu sottili e lucenti, e Saada provò una tristezza lampante. In quel momento, come aveva previsto, apparve suo fratello. Era ancora un bambino, passava di lì per caso e si chinò per raccogliere da terra un mucchio di bei fili. Dopo averlo esaminato disse: «Devono essere i fili dell'insonnia». Li avrebbe usati per rammendare gli strappi in quel mondo che sua sorella aveva tessuto per lui. Quegli strappi di notte lo spaventavano. Aveva paura che lo inghiottissero e lo riportassero nel mondo reale da cui era venuto.

La guerra delle Controfigure

I

La guerra delle Controfigure

Saida

Dormivo ma senza dormire, e sotto la coperta pensavo a cosa avrei fatto quando fossero arrivate mia madre e mia zia. Ho deciso di ingoiare il sapone. E invece, quando sono entrate insieme a Saida, sono rimasto inerte come un sasso. La teneva in braccio mia zia. Questo perché Saida non poteva muoversi con le gambe, come gli altri bambini. Piuttosto lo faceva come un pesce o un'anguilla. Quando rideva, il suo faccino si corrugava, come quello di un neonato. Indossava un pigiamino color miele con orsacchiotti e ghiaccioli blu e stelle azzurre. Glielo avevamo comprato io e mia madre, e l'avevo scelto io stesso. Mamma voleva che mi mostrassi contento del fatto che quella bambina era venuta a stare da noi, ma il pigiama le stava largo, e io ci sono rimasto un po' male. Quella sensazione, comunque, è svanita in men che non si dica. A Saida non sembrava importare. L'hanno chiamata Saida, «felice», perché è sempre allegra. Come un giorno di sole in panchina.

«Porta Saida a dare un'occhiata alla casa», ha detto mamma, e la zia si è fermata accanto a me, che ero sdraiato sul pavimento. Tenevo in mano la saponetta come fosse un fumogeno che stavo per lanciarmi nello stomaco. Avevo sentito dire che, quando si ingerisce il sapone, si comincia a sudare, la vista si offusca e a un certo punto crolli, e questo mi preoccupava. Tuttavia, il profumo di camomilla che emanava mi infondeva un po' di calma. Dopo avrei bevuto molta acqua, una schiuma densa mi sarebbe uscita dalla bocca e mi avrebbero portato in ospedale. Se avessi sofferto di eccesso di potassio, avrei potuto cavarmela con un piccolo morso di banana... Come posso dire? È una cosa che riguarda mio padre. Lui è morto in un modo che suscita... ilarità. O forse no, non lo so. Ma quando lo racconto agli altri, c'è sempre almeno una persona a cui viene da ridere. Qualcuno ride ed è terrorizzato allo stesso tempo sentendo che un uomo è morto a causa di una banana. Quel giorno i livelli di potassio nel suo sangue erano molto alti, e lui si sentiva spossato. Ha mangiato una banana e, quando ha finito, il suo cuore si è fermato e lo abbiamo seppellito.

Mia zia ha messo Saida sul pavimento accanto a me, mentre mia madre diceva con voce cantilenante: «Saida è qui», coprendo gli occhi della bambina con le mani, di modo che io potessi farle una sorpresa sbucando fuori all'improvviso da sotto la coperta, come avevamo concordato. Dal mio nascondiglio vedevo tutto, ma non mi sono alzato. Mamma si è voltata verso sua sorella e le ha bisbigliato: «Ce l'ha con me. Pensa che sia figlia mia, ma avuta con un altro uomo. Non ci vuole proprio credere che non ho nulla a che fare con lei».

«Che scemo! Meno male che i miei figli non ci sono», ha commentato la zia.

Prima che andasse oltre, mi sono messo in testa il cappuccio del pigiama e ho sollevato bruscamente la trapunta, facendo la faccia più seria che potevo, per incutere rispetto alla bambina. Mia madre ha scostato le mani, ma Saida ha tenuto gli occhi chiusi. «Ora puoi aprirli, tesoro», l'ha esortata mamma. Saida si è messa a ridere.

Un po' erano risolini, un po' risate più forti. Come ha detto mamma, gli angeli sussurrano continuamente all'orecchio di Saida cose segrete su chi li fa arrabbiare.

«Sta ridendo di me!», ho esclamato offeso.

«Ma smettila... Ride del mondo. Perché è incoerente», ha detto mia zia in tono brusco. Soffriva ancora perché suo marito era morto durante gli ultimi scontri, ai quali aveva preso parte dalla finestra di casa con una mitragliatrice, mentre accanto a lui c'erano i suoi genitori anziani. In seguito mi hanno detto che una scheggia gli era entrata dalla fronte ed era uscita dalla gola. Una morte che mi sembrava epica. Così non ho tardato a prendere in prestito quella vicenda per raccontarla a scuola spacciandola per la morte di mio padre. La storia ha sollevato parecchie domande da parte dei miei compagni di classe. «Come può una scheggia entrare dalla fronte e uscire dal collo?», ha chiesto un'alunna. «È entrata dalla gola ed è uscita dalla fronte», l'ho corretta io, indignato. Questo, però, ha suscitato la loro ironia. Un mio compagno ha ribattuto: «Mio padre si è suicidato con una pallottola qui, in mezzo agli occhi, poi si è messo la pistola in tasca ed è morto». Esseili alla fine ha detto: «È un bugiardo. Suo padre è morto per una banana». Da quel momento il mio nome è diventato Potassio.

«Se davvero non è figlia tua, rimandala all'orfanotrofio», ho detto a mia madre.

«Perché pensi che sia mia figlia?».

«Perché hai detto che ci avresti trattati allo stesso modo, senza disparità».

«Poi ti spiego. Adesso scendi a comprarle un pacco di pannolini».

Io sono rimasto immobile.

«Potrai usare anche tu i pannolini quando sarai vecchio e te la farai addosso», ha commentato mia zia, e così sono andato al negozio per non sentire più i suoi discorsi. Sebbene sia più grande di mia madre, si comporta in modo infantile. Mamma, come me, non tollera i figli di sua sorella, che spesso mi insultano ripetendo continuamente che mio padre è morto per una banana, mentre il loro è un martire. Ma ora dovevo pensare solo ai pannolini. Saida sarebbe potuta morire di fame senza che il suo corpo sapesse di avere fame. Dal momento che non poteva parlare, l'unico modo per capire se avesse fame era annusare il suo pannolino di tanto in tanto. «Ricorda solo che non rimarrà con noi a lungo», mi ha detto mia madre quando sono tornato dal negozio con il pacco di pannolini. «In Germania ce la toglieranno per metterla in un istituto per bambini come lei».

Denti di leone

Era primavera e le margherite bianche e gialle giravano la testa da una parte e dall'altra come per distogliere lo sguardo da qualcosa di brutto in procinto di accadere. Lo stesso faceva la pianta di dente di leone (o almeno così la chiamavamo), che viveva estate e inverno in pace armata del suo colore grigio chiaro e arancione, con le foglie ruvide come carta vetrata, ciascuna munita di un pettine di venti o trenta piccoli aghi, il che faceva pensare che fosse velenosa, a maggior ragione perché cambiava colore automaticamente se per caso uno dei suoi aghi ti pungeva. Finché non abbiamo scoperto che la si può pulire e mangiarne la polpa, più gustosa del cuore di lattuga. E poi c'era il fiore delle mosche, che ha conquistato il nostro rispetto perché è una calamita che attrae esclusivamente quegli insetti, mitigando la loro smania per gli umani. Non credo di aver visto nulla di simile da nessuna parte in seguito. In quel periodo dell'anno, queste piante e altre erbe più piccole riempivano il campo come i capelli riempiono la testa. Le vedevi spuntare persino nelle piccole pozzanghere melmose e sulle zolle di fango.

Il campo era un pezzo di terra triangolare, con una strada che partiva da ciascun vertice e dava le spalle alle altre due. La nostra era una di quelle tre. Per qualche motivo, tra noi e i bambini della strada di sopra è nata una certa ostilità. A differenza dei ragazzi più grandi che formavano un'unica comitiva. Erano molto eleganti, e appassionati di cinema. Portavano i nomi delle star del grande schermo. Brando, Dustin, De Niro, Connery, Clint, Kojak, Al; uno di loro si chiamava Danny, come Danny Glover. Brando era il nome più popolare. Ce n'erano due. Quei ragazzi non avevano niente a che fare con la guerra. Tuttavia, erano stati armati in caso di necessità, in previsione di scontri a margine delle grandi battaglie. Ma gli eventi hanno preso una piega diversa e non c'è più stato bisogno di loro. Piuttosto, in segno di gratitudine, sono stati ricompensati con quelle armi e con la libertà di disporne. La loro banda ha preso il nome di «Controfigure», in omaggio al cinema. Li trovavi in ogni quartiere. E ora avevano venduto le armi – be', la maggior parte – e con quei soldi avevano deciso di fare un film. Volevano girare una scena di una rissa tra due bande rivali di ragazzini sullo sfondo dell'evento principale. Hanno scelto i bambini della nostra strada e di quella sopra per via della nostra ardente inimicizia, per farci risultare più credibili. Quello che le Controfigure non sapevano era che noi avevamo deciso di filmare la sconfitta dei nostri avversari. Quel film avrebbe documentato la vergogna degli sconfitti.

Nice

Questo è ciò che ho appreso quando, il terzo giorno dall'arrivo di Saida a casa nostra, hanno bussato alla porta Ferro da Stiro e Palato. Palato era il più magro del gruppo. Aveva trascorso la maggior parte della sua vita collegato a un apparecchio per aerosol che somministrava ai suoi polmoni farmaci broncodilatatori. Quella macchina non solo gli dava un aspetto da pilota di caccia, ma lo aveva anche trasformato in un ragazzino dai super polmoni, tanto che è diventato il più veloce di tutti noi. Quanto a Ferro da Stiro, lo chiamavamo così per via della forma del suo viso disgustosamente piatto. Parlava così di rado che si sarebbe potuto pensare che fosse muto. Di contro, custodiva nel suo intimo un animo meschino che brillava nelle risse. Era stato lui a cercare più di tutti di avvicinarsi a me dopo la morte di mio padre, ma io non gliene avevo dato la possibilità e, di conseguenza, dovevo guardarmi da lui prima che da chiunque altro. Per questo facevo tutto il possibile per evitarlo. Sapevo che erano Palato e Ferro da Stiro perché li avevo visti dallo spioncino. Ho aperto la porta e loro sono subito venuti al dunque. Mia madre era ancora al lavoro e Saida nel seggiolino a dondolo sul balcone. In poche parole, c'era un problema per la rissa che avrebbe avuto luogo l'indomani, e la soluzione era lì da me.

«Vogliamo che ci presti tua cugina».

«Mia cugina?».

«Saida! Non è la figlia di tua zia?».

«Sì... è la figlia di mia zia», ho risposto. «Ma cosa c'entra lei?».

«Al combattimento ci sarà anche Nice». Le sue parole mi sono piombate addosso come un fulmine a ciel sereno. Come se qualcuno mi avesse lanciato un fumogeno in faccia, mi avesse avvolto i timpani nella carta vetrata o avesse fatto venir giù una cortina di lacrime sul mondo. Nice era il cane dell'altra banda. La madre di Aspirina lo aveva cresciuto prima di andarsene. Basti solo dire che tra il suo nome e il suo reale comportamento c'erano anni luce.

«Ma Saida non può muoversi», ho detto.

«Questo è esattamente ciò di cui abbiamo bisogno... che non si muova», ha risposto Ferro da Stiro. «Perché il suo ruolo nella battaglia sarà quello di esca per Nice. Loro ci hanno avvisati che lo faranno partecipare. E noi siamo liberi di scegliere se prendere a nostra volta un cane. Ma dove lo trovi un cane, e come lo addestri in un solo giorno? Allora abbiamo escogitato un piano. Quando liberano Nice aizzandocelo contro, noi ci nascondiamo tra i denti di leone. Saida sarà in una gabbia, e quando il cane ci entrerà, lo rinchiuderemo».

«Ma potrebbe morderla», ho obiettato.

«Forse. Ma chissà, magari con il morso di Nice il corpo di Saida si risveglierà e potrà guarire», ha detto Palato da dietro la sua maschera di plastica.

«Se Nice morde Potassio, diventerà autistico», ha ribattuto Ferro da Stiro.

«Chi? Potassio?», ha chiesto Palato.

«No, il cane!».

Ah ah ah. Ho riso con loro per alleggerire l'atmosfera in modo che il mio rifiuto alla loro richiesta suonasse meno pesante. Ma Ferro da Stiro era molto determinato.

«Noi diciamo sul serio. Qualcuno, per esempio, si aspettava che tuo padre morisse con una banana?».

Io ho cercato di imbrogliare: «E se i suoi fratelli lo scoprono? Ne ha cinque».

«E chi glielo dirà?», ha replicato Ferro da Stiro.

«Lei... Voglio dire, se sarà in grado di parlare dopo il morso di Nice...».

«Non è che tu hai intenzione di...», ha detto Palato.

«No, no... Io sono con voi... Non vi ho raccontato che l'ultima volta che sono venuti i miei cugini li ho gonfiati di botte?».

«Non basta. Se sei davvero con noi, prestaci tua cugina. Nice è il nostro unico ostacolo. Se lo catturiamo, si arrenderanno. Anzi, li umilieremo. Sai quanto Aspirina sia legato a sua madre. Da quando è morta, lui è diventato il nostro problema. Vogliamo riprendere la scena di quando si inginocchierà ammettendo la sconfitta. Sarà una lezione che non dimenticherà facilmente». A causa della nostra scarsa dimestichezza con il cinema, non ci chiedevamo in che modo tutti quegli eventi potessero comparire in una inquadratura fugace. Il rifiuto doveva trasparire in modo lampante sul mio viso senza che io dicessi una parola. «Senti, figlio di banana... non hai scelta... devi portare tua cugina. Come si chiama? Farha? Qoronfela?».

«Saida», gli ha suggerito Palato.

«Fa lo stesso», ha detto Ferro. «Portala al campo domani. La battaglia è subito dopo la scuola».

E se...?

Non riuscivo a smettere di pensare alle parole di Palato e Ferro da Stiro. E se le zanne di Nice avessero davvero risvegliato il corpo di Saida e lei avesse raccontato tutto? Il fatto si sarebbe venuto a sapere e avrebbero arrestato mamma. Io sarei finito in un orfanotrofio. Forse mi avrebbero messo nel reparto accanto a quello di Saida in modo che io e mia madre fossimo un monito per chi di dovere. Questo non doveva succedere. Piuttosto che pensare alla scena di mamma che veniva portata alla stazione di polizia e io che venivo sbattuto in orfanotrofio – perché sarebbe stato un luogo senza dubbio più sicuro rispetto alla casa di mia zia – preferivo immaginare le botte che avrei preso da Ferro da Stiro, Palato e tutti gli altri dopo che Nice avesse inflitto loro una terribile sconfitta. Botte che mi avrebbero fatto bollire il corpo come una mortadella, e magari i segni delle percosse mi sarebbero rimasti addosso per sempre, ma almeno sarei stato un eroe che salva la propria madre senza che lei lo sappia. Ho guardato Saida per dirle: «Ti odio». Ma lei dormiva.

In fondo alla strada c'era un'enorme gru, illuminata da fari. Stava lavorando a un edificio che, una settimana dopo essere stato sgomberato, è diventato un cantiere per la costruzione di un albergo. Sembrava un avvertimento: presto sarebbe stata la volta degli altri palazzi di quella via. Quindi di lì a poco i bambini si sarebbero ritrovati impegnati ad aiutare i genitori con il trasloco, e nessuno avrebbe avuto il tempo di organizzare un'altra grande rissa. La battaglia del film sarebbe stata l'ultima nel quartiere. Ma mentre la gru lavorava, durante il giorno, ruotando sul proprio asse, la luce argentata del faro balenava per un istante in casa nostra e, quando passava sul volto di Saida, lei per un attimo assumeva un'aria scontenta, vendicativa, triste. E se sorrideva, il suo sorriso si trasformava in un'espressione di stupore e sgomento, come quella di un gufo. Forse la storia di Saida che annegava in mare e rimaneva paralizzata era solo una fandonia, e invece era solo successo che sua madre aveva bussato alla porta dei vicini, dicendo: «Vado all'alimentari, giusto dieci minuti, potete badare a lei finché torno?». Avevano aspettato dieci minuti, un'ora, due ore, ma lei non era tornata. Poi avevano scoperto che la madre di Saida non era andata al negozio, ma aveva preso un taxi per l'aeroporto e da lì aveva lasciato il paese. E così non sapevamo che tipo di esseri umani potessero essere i suoi parenti. E forse Saida rideva sempre perché il suo sistema nervoso era bloccato su un tipo di comando. A parte questo, avevamo notato che c'era qualcosa di miracoloso in lei. Pesava quaranta chili o giù di lì, ma chiunque, me compreso, avrebbe potuto prenderla in braccio e trasportarla senza alcuna difficoltà. Non riuscivamo a spiegarci come fosse possibile. Mia zia ha detto che forse era benedetta. Così mamma ha comprato un marsupio per bambini, di modo che potessi portarci dentro Saida ogni volta che volevo.

La battaglia delle Controfigure

Il giorno dopo, all'uscita da scuola, non sono andato al campo. Ho preso Saida e sono entrato, passando per il parcheggio per non dare nell'occhio, nell'edificio abbandonato accanto al nostro. Gli adulti lo chiamavano «il palazzo buono». Arrivato al primo piano, ho messo Saida per terra. Eravamo nel corridoio. Attorno a noi era tutto buio, pieno di macerie e tanfo di umidità, il posto brulicava di topi di ogni dimensione. Ero infastidito dalla loro insolenza e dal fatto che non mi vedevano come una minaccia, anzi, rimanevano lì a gironzolare alla ricerca di qualcosa da mangiare. Uno di loro ha approfittato dell'oscurità per avvicinarsi a Saida e fermarsi davanti a lei. Era più grande di un gatto e io avevo paura che potesse morderla, così ho preso una pietra da una cavità buia, l'ho sollevata con entrambe le mani e gliel'ho scagliata addosso. *Bang!* Preso in pieno. Ma la pietra è rimbalzata sul topo e mi ha colpito alla gamba. Ho sentito il dolore salire fino al sedere, poi stringermi lo stomaco e arrivare alla gola prima di uscirmi di bocca sotto forma di urlo e dagli occhi come raggi infrarossi che per un attimo mi hanno fatto vedere tutto intorno a me come se quel luogo fosse stato illuminato da un lampo. Guardando da più vicino mi sono reso conto che quello non era un topo, ma una palla di gomma. Una delle tante cose, aerei di polistirolo, bambole, soldatini, macchinine, tamburi, personaggi dei cartoni animati, scarpe e anche ruote di bicicletta. Doveva essere finita nel palazzo buono durante una partita o una rissa, e poi nessuno aveva avuto il coraggio di andare a riprenderla.

Ho sollevato Saida e me la sono caricata di nuovo sulla schiena. Ferro da Stiro e gli altri ragazzini, tra cui Palato e Napoleone (non ho idea del perché lo chiamassero così, a parte il fatto che, quando il sole gli batteva in faccia, sembrava vecchio), mi cercavano per strada e ora mi stavano chiamando. «Potassio, idiota, vieni fuori da lì! Ti abbiamo sentito». Prima che potessi dire una parola, hanno iniziato a lanciare pietre verso l'ingresso del palazzo buono. Le avevano raccolte con cura il giorno prima: dovevano essere il più possibile lisce e simmetriche, così sarebbero state più veloci e letali, perfette per le risse. «Smettetela, idioti, o non avremo abbastanza munizioni per la battaglia!», ha detto Ferro da Stiro. L'inizio delle riprese nel campo, adesso, dipendeva da me. Era tutto pronto: telecamere, luci, microfoni, riflettori, attori, corde, binari per le carrellate. I preparativi erano cominciati già al mattino. I ragazzi di entrambi i gruppi non avevano detto ai genitori che sarebbe stata una battaglia vera. E siccome la gente della zona non aveva mai visto girare un film, la maggior parte di loro sarebbe andata al campo per assistere alle riprese, che avrebbero avuto inizio alle quattro del pomeriggio. Il regista avrebbe gridato: «Tennista che insegue una farfalla. Prima. Ciak!», e i ragazzi si sarebbero bombardati a vicenda con una pioggia di sassate, poi i nostri rivali avrebbero sguinzagliato Nice aizzandocelo contro.

«Dov'è la bambina?», ha chiesto Ferro da Stiro.

«È qui con me», ho urlato con voce stridula.

«Sono le quattro meno venti... devi uscire immediatamente, dobbiamo prendere posizione e ripassare il piano. Non c'è tempo», ha detto Ferro, che adesso sembrava essersi trasformato in un mansueto agnellino.

«Non posso prestarvela. E se Nice la morde?».

«Non la morderà. Per la trappola abbiamo scelto il posto migliore di tutto il campo».

«Se non la morde, allora perché non ci metti tuo padre, al suo posto?». Questa è stata la cosa più cattiva che mi è venuta in mente, così di getto, senza pensarci su. Prima che mio padre morisse, infatti, Ferro da Stiro veniva tutti i giorni a chiedere in prestito qualcosa da noi. «Salve», diceva, «mamma le manda i suoi saluti e chiede se per caso avete tre sigarette... Per caso avete del succo di limone? Una pagnottina? Olio? Bulgur? Pinoli? Una pillola? Una lampadina? Un ago? Mollette per il bucato?». Era suo padre a mandarlo. E se non avevamo quello che ci aveva chiesto, il giorno dopo mio padre prendeva una multa e quella somma veniva detratta dal suo stipendio. Mio padre guidava un camion adibito al trasporto di acqua potabile tra Beirut Est e Beirut Ovest, e lo pagavano in base al numero di viaggi. Se era fortunato, non riceveva un'ammenda, ma il poliziotto gli sequestrava i documenti e non lo lasciava ripartire fino a quando il traffico non raggiungeva l'apice. Il padre di Ferro era in polizia. Come agente non aveva una brutta nomea. Se chiedevi in giro di lui, ti dicevano che era ligio al dovere e non gli si poteva rimproverare nulla. Niente eccessi. Niente tangenti. Pieno rispetto per i cittadini. Ma uno spirito astuto e codardo allo stesso tempo si impadroniva di lui non appena finiva il suo turno di lavoro, facendo sì che riversasse sui bambini i soprusi e le molestie che subiva dai suoi compagni mentre era in servizio. Se litigavi con Ferro da Stiro e gli facevi male, lui si appostava nel buio e ti gonfiava di botte per vendicare suo figlio senza che nessuno potesse dimostrare che era stato lui. Con il tempo, mio padre capì l'antifona. E così, ogni volta che Ferro da Stiro ci chiedeva qualcosa che non avevamo, io scendevo a comprarla al minimarket e la facevo segnare sul nostro conto. Quasi tutte le persone della nostra strada erano sul quaderno dei creditori. Io mi sentivo in colpa. Perché il padre di Ferro aveva cominciato a comportarsi con noi in quel modo da quando io avevo dato a suo figlio quel soprannome. Ma non l'ha mai ammesso. Piuttosto, sfoggiava un sorriso ipocrita ogni volta che incontrava mio padre, quasi fosse stato un suo intimo amico, come un serpente che, quando apre la bocca per morderti, sembra anche sorridere. Mio padre mi diceva che io non c'entravo niente, si trattava solo della sua personalità infantile. Ma non riuscivo a togliermi quel pensiero dalla testa. Preferivo la madre di Ferro. Quando incontrava la mia, non la salutava nemmeno.

Nel quaderno dei creditori c'era circa una pagina e mezza dedicata a noi. La negoziante annotava i nostri acquisti con la relativa data in uno schema ordinato dalla grafia minuta. La maggior parte delle compere erano per loro, per la famiglia di Ferro. Dopo la morte di mio padre, ho deciso che avrei strappato quella pagina dal libro dei debiti per cancellare quel capitolo umiliante dalla nostra vita. Ma questo in seguito. La povera negoziante sarebbe allora diventata la mia vittima. Del resto, non è così che va il mondo? Lei a sua volta non avrebbe dovuto far altro che trovare qualcuno che fosse la sua vittima e così avrebbe risolto il problema. Di buono, nella morte di mio padre, c'era il fatto che il padre di Ferro da Stiro non poteva più mandarlo a chiedere in prestito sigarette e altre cose a una vedova con un figlio a carico. Perciò era più scocciato che dispiaciuto per noi. La mia parte preferita era che si rabbuiava ogni volta che vedeva una banana. La gente qui dice che se fai un torto a qualcuno, morirai nello stesso modo in cui è morto lui. Io e Ferro da Stiro abbiamo fatto pace al funerale di mio padre. Ma non potevo rinunciare al piacere di sgattaiolare fuori di notte, di tanto in tanto, e mettere una banana davanti alla porta di casa loro al terzo piano o legarne una alla maniglia della sua Renault Scenic.

Ora probabilmente capite perché ho portato Saida nel palazzo buono. Se Nice l'avesse morsa e lei avesse raccontato tutto, il padre di Ferro sarebbe stato il primo a sbattere mia madre in prigione, soprattutto perché, dopo la morte di mio padre, i miliziani avevano preso a portargli via la rivoltella quando tornava dal lavoro, e allora lui girava per il quartiere in divisa, portando con sé una pistola finta che pesava il doppio dell'originale, come se nessuno lo sapesse. E quando mi vedeva, mi guardava con odio, come se mio padre fosse morto soltanto per fargli un dispetto.

«Le quattro meno un quarto... Le quattro meno dieci... Meno cinque... Meno un minuto... Cinquantanove... cinquantotto... cinquantasette secondi, due secondi. Comincia il film, finisce il film...», ho detto per provocare Ferro da Stiro.

«Ma perché ti comporti così? Non abbiamo fatto pace? Ho persino deciso che staremo fianco a fianco durante le riprese», ha ribattuto lui. Forse mi stava rimproverando, lì davanti alla porta, perché si sentiva in colpa. Ma questo, adesso, non aveva alcun senso.

«Se vuoi Saida, vieni a prendertela», ho urlato con aria di sfida.

«Se Ferro entra nel palazzo, gli ci vorranno tre giorni per uscire», ha detto Napoleone, dando una perfetta dimostrazione della sua stupidità.

«Brutto stronzo. Dio maledica i tuoi genitori, spero che divorzino. Se non prendiamo la bambina, dovrai metterti tu al suo posto», ha ribattuto Ferro da Stiro, dandogli uno scappellotto sulla nuca. Napoleone se n'è tornato al campo borbottando parole incomprensibili.

Il palazzo buono era un vero incubo per Ferro. L'ultima volta che ci era entrato, era riuscito a venir fuori da lì solo tre giorni dopo. Se eri un bravo ragazzo, potevi uscirne senza problemi. Quelli con una brutta fama, invece, non osavano metterci piede. Napoleone, per esempio. L'ultima volta che ha rubato al minimarket, sua madre lo ha portato al palazzo buono per mano, come una pecora al macello, per scoprire se aveva rubato oppure no. Ci è rimasto non più di dieci minuti, ma tanto è bastato perché a sera avesse le mani molli, al punto da non riuscire più a tenere nemmeno un pezzo di carta. Qualunque cosa afferrasse, scivolava via. È rimasto in quello stato per giorni finché non ha confessato di aver sgranocchiato un sacchetto di noccioline del negozio dopo averlo visto per terra. È stata la moglie del farmacista a fare la soffiata. Osservava i bambini dal balcone di casa sua e scriveva rapporti su di loro, poi li inviava alle loro famiglie sotto forma di lettere anonime.

Io ero già entrato una volta nel palazzo buono. È stato dopo la morte di mio padre, per soddisfare la mia curiosità di sapere cosa mi sarebbe successo se l'avessi fatto. Il giorno dopo, all'uscita da scuola, ho visto i miei compagni indicarmi a un tizio che non conoscevo. Stava cercando un bambino orfano e sembrava esaltato. Ho pensato che il suo arrivo fosse in qualche modo legato al palazzo buono e, in base a quello che mi avrebbe fatto, avrei saputo se ero un bravo ragazzo oppure no. Mi ha portato nel reparto giochi della cooperativa accanto alla scuola e lì mi ha detto: «Scegli il gioco che vuoi». I giocattoli esposti non mi interessavano. Ho scelto lo skateboard, perché nella nostra strada nessuno lo usava, mentre quell'uomo mi spiegava che suo figlio era stato appena dimesso dall'ospedale, e lui aveva fatto voto di rallegrare il cuore di un orfano perché non aveva la possibilità di fare lo stesso con tanti bambini. Aveva con sé un giornale con una foto di lui e suo figlio in ospedale, e l'ha aperto per farmelo vedere.

L'ostilità tra me e Ferro era dovuta al fatto che eravamo simili. Io ero conosciuto nella nostra strada per essere di poche parole. E lui era come me. Di tutti i ragazzi eravamo gli unici che parlavano a malapena. Ma chi mai vorrebbe avere qualcuno che gli assomigli? E un giorno, nell'androne del condominio, ci siamo guardati come due galli in una discarica. I ragazzi hanno proposto di risolvere il problema descrivendoci a vicenda con una sola parola, cui l'altro avrebbe dovuto ribattere con un aggettivo opposto. Prima che potesse pensare a qualcosa, ho detto: «Ferro da Stiro!». La frase è esplosa nell'aria come una bombola di gas esilarante. Imbarazzato, lui non è riuscito a trovare un appellativo con cui controbattere. E suo padre ha cominciato a mandarlo a casa nostra tutti i giorni. Dopo essere entrato per la prima volta nel palazzo buono, ho scoperto che quello che gli avevo fatto non era stato poi così male, se ero stato premiato con uno skateboard.

«Se stai dicendo sul serio, allora resta lì dentro fino alla fine delle riprese, perché tornerò a tirarti fuori anche se dovessi metterci tre giorni. Tre giorni! Basterà gonfiarti di botte per farti vendere non solo tua cugina, ma anche tua madre, che ti schiferà. E allora sentirai più dolore di quando ti ho picchiato». Gli insulti di Ferro da Stiro sembravano più che altro bozze di progetti per distruggere la mia famiglia.

«E perché non vieni adesso? Dirò a tutti che ieri ti sei accordato con me per evitare la guerra con Aspirina perché hai paura di Nice».

«È un bugiardo... non credetegli», ha esclamato Ferro. Al suo fianco adesso c'erano solo Palato e un bambino e una bambina molto piccoli che stavano a guardare anche se non potevano prendere parte alla battaglia.

«Andiamo via», ha detto Palato. Aveva una voce molto alta per uno che indossa un respiratore. «Mettiamo Napoleone al suo posto. Tanto Napoleone non ci serve per lanciare pietre dopo quello che gli è successo alle mani». Mi sono figurato Napoleone che si guardava le mani come un idiota, incerto se funzionassero o meno.

«Sì, è un bugiardo...», ha detto la moglie del farmacista schierandosi contro di me, per poi aggiungere concitata: «È arrivato tuo padre!».

«Avrei dovuto portare una banana», ho detto a Saida, che tenevo ancora sulla schiena nonostante il dolore alle gambe e la stanchezza. Ma il buio era così denso che potevi ricavarne delle forme con le mani. Ho avuto la sensazione che questo era proprio ciò che Saida stava facendo in quel momento. Ma il padre di Ferro, che desiderava per suo figlio il ruolo di protagonista nella scena del tennista che insegue una farfalla, non ha fatto nulla. Piuttosto, ha tirato fuori dalla tasca un pettine e ha iniziato a ravviare i capelli del figlio, senza dire una parola e senza mai fermarsi, un gesto che aveva il potere di calmare Ferro da Stiro quando era arrabbiato.

Palato ha detto: «Va bene, restituiscici le pietre che ti abbiamo lanciato. Ci servono».

Sono sceso e ho raccolto davanti all'ingresso i sassi che sentivo con i piedi, poi li ho lanciati dalla finestra del primo piano.

«Su, andate. Le riprese sono cominciate», ha detto la moglie del farmacista. Ferro e suo padre si sono incamminati verso il campo, mentre Palato si chinava a raccogliere le pietre mettendosele in tasca. Sono uscito sul balcone, con Saida sulla schiena, ma lei è scoppiata a ridere non appena i raggi del sole le hanno toccato il viso. In quel momento il poliziotto si è voltato e mi ha lanciato un'occhiata prima di proseguire per la sua strada. Ho notato che Ferro da Stiro indossava una camicia hawaiana. Era la camicia che mi aveva comprato papà. Poi però aveva affermato di aver sbagliato taglia e che, essendo il negozio troppo lontano per andare a cambiarla, dovevo darla a Ferro; e che al posto di quella me ne avrebbe comprata un'altra. Ero infastidito mentre ripensavo a tutto questo.

«Per colpa tua ora sono sulla lista del padre di Ferro da Stiro», ho detto a Saida. «Se mi succede qualcosa, non ti riporterò all'orfanotrofio, ma al mare, dove ti hanno trovata. Capito?». In realtà dovevo riportarla a casa, per darle da mangiare e perché l'odore del suo pannolino era diventato improvvisamente insopportabile, forse perché l'avevo spaventata. In ogni caso, di notte, per rimediare al torto che le avevo fatto, mentre dormiva profondamente le ho steso le braccia perché sognasse di volare.

Scena

Il padre di Ferro da Stiro non era l'unico dei miei problemi. Ferro, infatti, arrivando in ritardo alle riprese, era riuscito a circondare Nice e a coglierlo di sorpresa con una pioggia di sassate. Gli occhi del cane si muovevano in ogni direzione, sembravano quelli di una bambola incollati lì per coprire i suoi occhi ciechi. Ferro da Stiro gli ha assestato un colpo alla mascella con la pistola a salve di suo padre, pesante come un martello, proprio sotto l'orecchio, come gli aveva insegnato il papà. Poi ha continuato a colpirlo ripetutamente, tanto che Nice non aveva neppure più la forza di guaire. Ferro era ancora arrabbiato con me perché mi ero rifiutato di prestargli Saida, e così, a ogni colpo in faccia a Nice, singhiozzava sempre più forte. A quel punto la battaglia si è fermata. Aspirina piangeva disperato per il suo amato cane che aveva esalato l'ultimo respiro, irrigidito dalle botte in testa, come mummificato. Ma si rendeva conto che la responsabilità era anche sua: dopotutto era stato lui a portare Nice in battaglia. Nessuna delle Controfigure ha capito perché i due avversari stessero piangendo, ma trovavano la scena comica, e la telecamera continuava a registrare. A parte questo, il filmato non aveva alcun valore, se non per l'importanza archivistica di una singola scena della durata di non più di venti secondi. Mostrava Aspirina che seppelliva Nice, poi un'inquadratura di Ferro da Stiro e Aspirina in lacrime, circondati da alcuni residenti della nostra strada e di quella di Aspirina che sbirciavano sospettosi verso la telecamera. Dieci anni dopo, quelle due scene sarebbero apparse in un documentario sul conflitto.

Dopo la guerra delle Controfigure, in polizia hanno appreso che il padre di Ferro da Stiro portava una pistola a salve anziché la sua arma d'ordinanza. Non l'hanno licenziato. Ma come provvedimento disciplinare hanno stabilito di trasferirlo ogni due o tre giorni in una nuova caserma, e senza il permesso di tenere la sua arma. Ferro ha deciso di accompagnare il padre in giro per le stazioni di polizia. Sua madre, invece, è andata a vivere con il fratello e la sua famiglia in montagna. Così, Ferro da Stiro e suo padre dormivano ogni due o tre giorni in una stanza di guardia diversa. Da quel giorno non abbiamo più saputo nulla di loro.

Anche se Esseili aveva raccontato a scuola che mio padre era morto per una banana, siamo rimasti amici e gli ho sempre raccontato tutto. Lui era dell'opinione che avrei dovuto consegnarmi ad Aspirina. Tanto prima o poi mi avrebbe punito. Io gli ho detto che intendevo nascondermi nel palazzo buono, ma a lui sembrava troppo rischioso: «E se la tua voce, quando esci da lì, si trasformasse nel latrato di Nice?». Non ero stato io, in fondo, a causare la sua morte?

«Sì. Potrebbe succedere...», ho risposto.

«Forse non sarebbe poi così male: Aspirina viene per picchiarti, tu lo supplichi di non farlo, e in quel momento la tua voce viene fuori come un guaito di Nice. Questo gli spezza il cuore e gli fa cambiare idea. Anzi, non è poi così improbabile che diventi il tuo angelo custode nel quartiere».

Ma io non ero disposto a vivere con la voce di un cane neppure per un giorno.

«Tutte queste disgrazie non sarebbero accadute se non fosse apparsa Saida nelle nostre vite», ho detto.

Aspirina

Il giorno dopo ho visto Aspirina entrare nella farmacia della strada di sopra. Era con sua nonna e due sorelle. Io portavo Saida sulla schiena. Quando mi ha visto, ha detto a sua nonna: «È lui». Aveva due cerchi rossi intorno agli occhi. Doveva aver pianto molto dalla fine delle riprese. Sua nonna gli ha sussurrato qualcosa all'orecchio e poi è andata via con la sorella minore lasciando con lui la maggiore, di uno o due anni più grande di noi. Accanto alla farmacia, c'era un vicolo cieco molto tranquillo. Era la strada più elegante di tutto il rione, ci viveva uno sparuto drappello di vecchi abitanti di Beirut, restii ad accettare l'idea che il loro quartiere fosse occupato da famiglie di sfollati, nonostante fossero passati più di quattordici anni. Avevano messo doppi vetri alle finestre, il che aveva reso quella via il posto preferito del padre di Ferro da Stiro per tendere agguati alle sue vittime, bambini e bambine. Mi sono addentrato nel vicolo, fingendo di voler mostrare a Saida gli edifici.

Sette o otto esempi di architettura in stile anni Settanta, ed era quasi impossibile vedere qualcuno dietro una finestra o su un balcone. Il cuore mi batteva all'impazzata come una bomba a orologeria con una calamita accanto. Aspirina e sua sorella mi hanno seguito. Facendomi forza, mi sono voltato giusto un po' verso di loro prima di proseguire in direzione del punto più buio del vicolo, così, se qualcuno avesse sentito le mie urla, non avrebbe saputo da dove provenivano. Mi sono tolto Saida dalla schiena e l'ho poggiata sui gradini davanti all'ingresso di un palazzo dicendole con un filo di voce: «Ora vedrai cosa mi succede per colpa tua». Aspirina mi si è avvicinato e mi ha afferrato il grembiule, poi mi ha mollato un pugno in faccia. Non ho opposto resistenza.

«Non hai paura?», mi ha chiesto.

Altroché, sono terrorizzato, ho pensato. Ma ho detto: «No», con gli occhi fissi sul suo pugno. Era chiuso, le dita strette. Sua sorella se ne stava lì vicino con le mani nelle tasche posteriori dei jeans. Lui era concentrato su un punto della mia testa. Tra l'occhio destro e l'orecchio. Ha cominciato ad avvicinare e allontanare il pugno per assicurarsi di colpire il bersaglio. Non avevo idea di quanto male mi avrebbe fatto quel cazzotto. Aspirina doveva essersi già immaginato la scena in precedenza. Mi ha premuto il pugno sulla bocca e ha detto: «Bacia questa mano, perché gliene sarai grato per tutta la vita. Con questa ti spaccherò la parte del cervello che ti rende così stupido». Gli ho baciato la mano senza staccare gli occhi dai suoi. Esseili aveva detto che non dovevo assolutamente rinunciare al mio orgoglio quando sarebbe arrivato il momento.

Proprio quando Aspirina stava per colpirmi, sua sorella si è avvicinata e gli ha tirato la manica: «Guarda... i suoi occhi...», ha detto indicando Saida. Aspirina si è voltato, e io con lui, per vedere cosa stesse succedendo.

Gli occhi di Saida erano pieni di lacrime e fissi su Aspirina. Ho provato un grande imbarazzo. L'ultima cosa di cui avevo bisogno era che si mettesse a piangere. Ma Aspirina sembrava un altro. Pallido come se gli avessi appena tolto la testa dal congelatore. Con il labbro superiore e i lobi delle orecchie irrigiditi. Questo nuovo Aspirina era nella stessa posizione dell'altro: con una mano mi afferrava il grembiule di scuola mentre l'altra era chiusa a pugno e rivolta verso i miei occhi, ma non era più sicuro di cosa fare. Picchiarmi oppure no? Ho cercato di spingere con il corpo contro di lui per provocarlo, mentre ripetevo dentro di me: «Colpiscimi... Colpiscimi». Un'altra occhiata a Saida gli ha fatto prendere la sua decisione. Ha abbassato entrambe le mani, insieme alla testa, e poi ha sospirato come se stesse presentando delle scuse sotto forma di un respiro ed è andato via con sua sorella, che lo ha abbracciato senza degnarmi di uno sguardo. Aveva l'aria di qualcuno che sta per farsi male. Magari mangiando un cucchiaio di sale, o spaccandosi la pianta del piede con un sasso, o annusando la candeggina. Ho pensato di chiamarlo. Di seguirlo senza smettere di chiedergli cosa fosse successo. Senza altro scopo che indurlo a picchiarmi. Per me era di importanza cruciale. Se voleva lasciare intatta la mia stupidità, poteva almeno darmi un pugno nello stomaco.

Aspirina ha detto in seguito di aver visto lo sguardo di sua madre negli occhi di Saida. Lo stava rimproverando, gli stava dicendo che, poiché lui e sua sorella maggiore avevano un'indole violenta come il padre, non sarebbe tornata da loro e sarebbe rimasta a fare la volontaria nella missione umanitaria di giocolieri per bambini. Questo lo aveva fatto vergognare di sé, facendogli provare senso di colpa e rimorso allo stesso tempo. E così aveva giurato di non attaccarmi più da allora in poi, neppure se glielo avessi chiesto io stesso.

Delusione

Esseili non credeva che Saida avesse pianto per salvarmi. «Lei non vuole vivere con voi», ha detto, perché noi di sicuro la trattavamo male, e ha liquidato l'intera faccenda aggiungendo: «Nemmeno un pugno di Aspirina ti avrebbe tolto la parte stupida dalla testa. Si trova nel punto più profondo del cervello umano».

Le sue parole non mi sono piaciute affatto. «Io non la tratto male», ho ribattuto per difendermi.

«Tu... tua madre... non lo so... uno di voi due», ha risposto freddamente senza distogliere lo sguardo dai fumetti del *Detective fantasma* nella rivista *L'esercito* che aveva tra le mani. Eravamo seduti sotto il gelso pieno di formiche nel cortile della scuola durante la seconda ricreazione. Una lucertola si è avvicinata a noi per crogiolarsi al sole, in attesa che un baco da seta cadesse dall'albero, per divorarlo. Esseili stava parlando e intanto annotava qualcosa su un quadernetto. «Per i bambini come Saida», ha proseguito, «il mondo si organizza per diventare un riflesso del loro atteggiamento nei nostri confronti». Non sapevo cosa ribattere. Solo quando un aereo da guerra ha oltrepassato la barriera del suono con un forte boato, facendo cadere a terra alcune more, ne ho approfittato per girargli le spalle e unirmi agli alunni che si erano avvicinati per raccogliere i frutti, mentre Esseili ha detto che avrebbe continuato a leggere il fumetto perché doveva restituire la rivista a un soldato scemo che lo aveva incaricato di riassumergli gli argomenti patriottici menzionati nel periodico in cambio di una somma di denaro. Adesso c'era questo programma di riabilitazione del personale militare nel dopoguerra.

Quando sono tornato a casa ce l'avevo ancora con Esseili, ma mi sono ritrovato a girare come un criceto nella ruota dei suoi pensieri. Le lacrime di Saida davanti ad Aspirina, quindi, erano solo un tranello per mettermi in balia del padre di Ferro da Stiro. E la soluzione? Forse, se avessi convinto qualcuno a picchiarmi, mi sarei risparmiato il padre di Ferro. Ma la gente, una volta cessati gli scontri e con i servizi segreti ovunque, era diventata più guardinga. Nessuno osava picchiare una persona che non conosceva. L'unica via percorribile sarebbe stata farmi malmenare da qualcuno del nostro quartiere. Ma per me era assolutamente impensabile sottopormi ad altre umiliazioni nel vicinato. Ne avevo abbastanza.

Quando sono tornato a casa, ero arrabbiato con Saida. «E così non vuoi vivere con noi. Ti abbiamo trattato male... Volevamo darti la possibilità di avere una nuova vita, e chissà... magari poi qualche famiglia ti avrebbe adottata. E invece oggi tornerai dai tuoi genitori», le ho detto. L'ho portata al campo e l'ho messa in un punto pieno di denti di leone. Dopo essermi assicurato che nessuno mi vedesse, le ho tirato su una gamba dei pantaloni del pigiama e l'ho morsa sul polpaccio. All'inizio un morso leggero, poi più forte. Saida mi fissava con gli occhi spalancati e stupiti. Ho aspettato che si alzasse. Avremmo potuto fare a pugni prima di tornare a casa sua. I lividi che mi avrebbero lasciato le sue generose e grandi dita mi avrebbero risparmiato la punizione del padre di Ferro da Stiro. «Alzati, codarda... alzati!», ho preso a dirle. Se mio padre era morto per una banana, allora tutto era possibile. Ma non succedeva niente. L'ho morsa sull'altra gamba. Poi su un braccio. Sull'altro braccio. Sulla spalla. Sulla coscia. Ogni volta mordevo con tutte le mie forze, ma invano. Il corpo di Saida, quindi, non si sarebbe svegliato se Nice l'avesse morsa. L'ho presa in braccio e sono tornato a casa frustrato. Adesso era molto pallida. E aveva qualche capello bianco. Evitava di guardarmi. Fissava soltanto i segni dei morsi, e questo mi faceva sentire minacciato. Le ho dato da mangiare un omogeneizzato di frutta nella speranza di rimuovere le impronte dei miei denti, ma senza alcun risultato. Se mia madre me lo avesse chiesto, avrei dato la colpa ai denti di leone.

Foto di famiglia

Quel giorno dovevo portare Saida a fare una foto per il passaporto di famiglia insieme a mia madre. Da quando il padre di Ferro da Stiro aveva lasciato il quartiere e Aspirina si era trasformato in una persona gentile per far tornare sua madre, nessuno mi aveva più fatto del male. Ma i segni dei morsi sul corpo di Saida erano ancora evidenti, sebbene fossero passati quattro giorni. Le ho messo i vestiti che mi aveva raccomandato mamma. Una camicia leggera che accentuava le ossa sporgenti delle spalle e le allargava la mascella. Mamma aveva detto di vederci in studio, per risparmiare tempo. E se avesse ritardato, di aspettarla davanti allo studio. Anch'io indossavo una camicia che metteva in risalto la mia corporatura esile, e avevo in tasca una spazzola per capelli. Saida mi aveva accarezzato il cuoio capelluto, come fa a volte. Ma quando sono passato dal vicolo dei beirutini doc, sempre quello, il padre di Ferro da Stiro si è materializzato davanti a me. Non ricordo molti dettagli di quel che è successo dopo. Ero così scioccato che ho perso la concentrazione. Ricordo solo di aver guardato Saida mentre dicevo dentro di me: «Versa una lacrima... versa una lacrima...», e che Saida non l'ha fatto. Ricordo anche che è arrivato un gatto e si è fermato a guardare, fissandomi con pietà. I mammiferi simpatizzano l'uno con l'altro.

Sono arrivato in studio con il labbro inferiore spaccato, uno strappo alla camicia all'altezza del primo bottone e il viso ricamato da lividi blu e verdi, l'occhio sinistro gonfio come quello di un camaleonte assonnato e le gambe un po' tremanti. Mia madre mi stava aspettando dentro. Lo sguardo degli altri clienti mi ha fatto sentire un idiota. Per loro ero uno che aveva appena avuto una lite sanguinosa e invece di andare in ospedale o in una farmacia era andato a farsi una foto. Sono entrato nello studio e mia madre, mentre mi esaminava la testa con la mano, ha detto: «Hai di nuovo litigato per strada? Non potevi aspettare che scattassimo la foto?». Sono scoppiato a piangere. Le lacrime mi facevano bruciare gli occhi gonfi. Mia madre ha pregato il fotografo di fare qualcosa: «Gli metta della cipria. Forse se si gira da questa parte. Se abbassa la testa... Non può trovare un modo?».

«Ho un figlio della sua stessa età», ha detto il fotografo. «Se lo vedesse direbbe che diventerà certamente un poliziotto, ma è cattivissimo». Poi ha continuato, mettendo fine alla questione: «Senta, signora, sarebbe una spesa inutile. Non accetteranno mai una fototessera per il passaporto con lui in queste condizioni». E vedendo il disappunto e la delusione di mia madre, ha aggiunto, a conferma della correttezza delle sue parole: «Lo vedrà lei stessa. Venga con me... Anche tu». Mia madre ha preso Saida e l'ha seguito nell'altra stanza. Il fotografo ha fatto sedere mia madre su una sedia senza schienale, con Saida in grembo, mentre io stavo in piedi alla loro destra. «Uno... due... tre...». *Clic*. Abbiamo aspettato dieci minuti che il suo assistente sviluppasse la foto. «Se pensa che questa sia una foto adatta al passaporto, allora potrà pagarla... Qualunque cosa facciamo, sarà evidente che è stato picchiato. Magari tra dieci giorni o due settimane i lividi saranno scomparsi». Ma a quel punto la missione tedesca che vagliava la situazione delle famiglie con bisogni speciali avrebbe già fatto le valigie, diretta verso altri teatri di guerra.

«Conserverò la foto per ricordarti quello che ci hai fatto», mi ha detto mia madre in tono severo. La sera, mentre cambiava il pannolino a Saida, l'ho sentita dire tra sé e sé: «Be', forse quello che è successo ce lo meritiamo. In fin dei conti, stavamo per usare la bambina... l'avremmo pure abbandonata in Germania... mentre i suoi genitori magari la stanno ancora cercando».

L'ho interrotta con aria concitata: «Nessuno la sta cercando. Non è così che ci hanno detto all'orfanotrofio?». Ce l'avevo ancora con Saida per non avermi salvato dai pugni del padre di Ferro da Stiro. Se avesse versato una sola lacrima come aveva fatto con Aspirina, adesso saremmo stati a festeggiare.

«Sei pregato di non rivolgermi la parola per un'intera settimana... Anzi no, fino a quando non saranno scomparsi i lividi. Questa non è la faccia del ragazzino che ho cresciuto», ha detto mia madre, stringendo Saida al petto. Poi si è messa a cullarla per farla addormentare.

Saida ha teso la mano per cercare di consolare mia madre toccandole il viso. Quella stessa notte mia zia è venuta a dormire da noi.

La mattina dopo sono andato a scuola e, quando sono tornato a casa, Saida non c'era. Mia madre l'aveva riportata all'orfanotrofio e lì si erano rifiutati di restituire i soldi che avevamo pagato per adottarla. Avevano scoperto i segni dei morsi su tutto il corpo. Quando ho cercato di negarlo, mia madre e mia zia si sono avventate contro di me e mi hanno bloccato a terra. Era chiaro che si erano messe d'accordo in precedenza. Mia madre mi ha aperto la bocca dicendo: «Vediamo i tuoi denti... apri di più e chiudi gli occhi». Ho spalancato la bocca e chiuso gli occhi, quindi mia zia mi ha messo le dita in gola a tradimento e ha lasciato cadere giù una pillola rotonda come un pisello: prima ancora che potessi distinguerne il sapore, era dentro il mio stomaco.

Confessioni

Le pillole sono tra le poche cose che il marito di mia zia ha lasciato prima di morire. L'ultima innovazione per estorcere confessioni a qualcuno nel modo più semplice, agevole e divertente. Invece di ricorrere alla tortura, ti permette di sapere tutto quello che vuoi mentre sgranocchi qualcosa o ti tagli le unghie dei piedi o prepari un panino. All'imputato viene data la pillola in qualsiasi momento della giornata. Ma l'effetto ha inizio solo quando ti addormenti. La tua mente risponde da dentro i tuoi sogni a qualsiasi domanda ti venga posta senza mai turbare la tua respirazione e senza che tu avverta nulla di strano. La pillola si era diffusa per un breve periodo tra un numero limitato di miliziani a Beirut. Ora ne rimanevano meno di una dozzina in tutta la città. Del giovane che l'aveva creata si erano perse le tracce, dato che il farmaco avrebbe fatto cadere teste grosse. Non solo a Beirut, ma nel mondo intero. Politici, giornalisti, uomini d'affari, artisti, dirigenti d'azienda, accademici, atleti, ufficiali di polizia e dell'esercito... anche gli stessi miliziani dopo la fine della guerra. Potevi estorcere loro qualsiasi confessione senza fare il minimo sforzo.

Ora una di quelle pillole galleggiava nel mio acido gastrico e non appena mi sono addormentato mia madre e mia zia hanno iniziato a interrogarmi. Ho anche risposto a domande a cui non avevo mai pensato prima. Quando al mattino mi sono svegliato per andare a scuola, mia madre mi guardava con un misto di pietà e delusione, dopo aver scoperto che suo figlio era uno sciocco e un cospiratore. Mia zia, invece, aveva gli occhi pieni di rancore. Con una serie di domande tipo quelle che suo marito faceva durante gli interrogatori ai sospetti collaborazionisti nel campo profughi, mi aveva svuotato la testa come si svuota un vecchio cassetto. Non solo ho ammesso di aver morso Saida, e che a picchiarmi era stato il padre di Ferro da Stiro, ma ho anche detto che mio padre amava una donna più grande di lui prima che mia madre entrasse nella sua vita. La signora in questione era, però, l'ex moglie di un potente miliziano che la amava ancora. E mio padre era stato costretto a starle lontano. E così aveva sposato mia madre non per amore, ma per salvarsi la vita. E ogni volta che voleva uscire, portava con sé me e i miei fratelli, per non concedersi nessuna occasione di comunicare con quella donna. Dovevo aver sentito tutto questo da mio padre mentre pescava con gli amici sulle tubature delle fogne quando ero piccolo, e la cosa mi era rimasta impressa senza che me ne rendessi conto.

Povera mamma, queste confessioni le hanno spezzato il cuore.

2
Superpotere

Downtown

Esseili mi ha detto che avrebbe studiato ingegneria automobilistica all'American University di Beirut. Per questo aveva deciso di mettere i soldi da parte. Aveva sette anni di tempo per raccogliere la somma necessaria a pagare la tassa per il primo anno, dopodiché avrebbe continuato con una borsa di studio dell'università. Aveva bisogno di diecimila dollari. Anche a costo di fare ricorso a furti e altre cose. Avrebbe preferito infrangere la legge da bambino per raccogliere denaro in vista dell'università piuttosto che non poterci entrare e vivere la propria vita risentito contro il mondo intero. La stessa cosa sarebbe accaduta a me se non mi fossi vendicato del padre di Ferro da Stiro. «Avrebbe potuto picchiarti dopo che avevi fatto la fotografia. E invece ha preferito farvi perdere l'opportunità di partire. Ora sei come un gatto che ha pestato la merda», ha detto. Non ho capito cosa intendesse dire. «Se tu fossi un gatto e pestassi la merda con tutte e quattro le zampe», mi ha spiegato, «leccheresti la merda per pulirti?».

«No», ho risposto.

«Aspetteresti che lo faccia qualcun altro. Anche se ti buttassero in una pozza d'acqua fredda. Giusto?».

«Se fossi un gatto, sì», ho ribattuto perplesso.

«Dobbiamo convincere qualcun altro a rendere pan per focaccia al padre di Ferro».

«Non so dove si trovi adesso. Si sono trasferiti».

«Lo so», ha detto, e poi ha aggiunto che avrebbe parlato con dei ragazzi che lo avrebbero fatto espellere dal corpo di polizia.

«E come?», ho chiesto.

«Una pallottola nella spalla, semplice». Parlava in tono freddo e sicuro. «Così non potrà più sollevare il braccio nemmeno reggendo una pistola ad acqua. Sto risparmiando dei soldi per l'università, lo sai. Ne userò una parte per pagare questi ragazzi, me li restituirai più in là».

«Io non ho soldi. E lo stipendio di mamma alla fabbrica di biscotti non è molto», ho detto.

«Non preoccuparti, ho del lavoro per te».

Nel centro di Beirut, le demolizioni di edifici erano in pieno svolgimento. E le esplosioni tremende. Ti facevano tremare persino le dita dei piedi dentro la scarpa. E le more verdi e acerbe, che non erano cadute a causa del muro del suono, ora si staccavano dall'albero per le onde sonore della dinamite. Ma la gente che viveva nei paraggi della scuola applaudiva dalla propria casa, festeggiando e scattando fotografie, ogni volta che un edificio veniva demolito. Non potevamo più seguire le lezioni o giocare in cortile. L'appaltatore incaricato di rimuovere le macerie aveva avuto dei dissidi con l'uomo d'affari che aveva messo le mani in centro città. E così, dopo aver portato via i pezzi più grandi, aveva lasciato enormi quantità di macerie più piccole e polvere per la compattazione. Ora avevano bisogno di qualcuno che spostasse quei detriti. L'imprenditore, durante un'intervista alla televisione, aveva avuto un'idea brillante: sarebbero stati gli scolari di Beirut a rimuovere le macerie, contribuendo così alla ricostruzione della propria città dopo la guerra. Su questa base avrebbero lavorato due o tre ore dopo la scuola in cambio di una paga niente male. E soprattutto, con il materiale trasportato, avremmo prosciugato una porzione di mare per costruirci un parco pubblico per noi, con campi da calcio e da basket. Una pallottola nella spalla del padre di Ferro da Stiro mi sarebbe costata almeno due settimane di lavoro.

Il giorno dopo, Esseili mi ha presentato all'insegnante e poi gli ha bisbigliato qualcosa all'orecchio. Molto probabilmente un riassunto della mia vita per suscitare la sua simpatia. Mi sono voltato dall'altra parte fingendo di non vedere, e intanto riflettevo sul fatto che il maestro ricordava una bottiglia: aveva la testa grande, il collo molto sottile e il corpo largo.

Le macerie, la polvere, lo sporco e gli alberi brutalmente sradicati mi hanno fatto immaginare che un mostro avesse masticato e risputato quel posto. C'erano anche due furgoni della Croce Rossa, fotoreporter e soldati. Forse quaranta o cinquanta studenti e studentesse in uniforme scolastica. Lavoravano alacremente, come se avessero braccia staccate dalle spalle che si muovevano da sole mentre loro le seguivano ovunque andassero. L'insegnante mi ha scrutato con uno sguardo arcigno – Esseili me lo aveva descritto: «Ha la faccia imbronciata come se lo avessi appena svegliato da un pisolino nella natura» –, poi ha detto: «Carriola media», e l'ha annotato su un pezzo di carta davanti a lui.

«Può manovrare una carriola grande», ha detto Esseili.

«No, non può», ha ribattuto in tono perentorio il maestro.

I bambini guadagnavano una certa cifra a ogni trasporto. La carriola grande veniva pagata mezza volta di più rispetto a quella media e il doppio di quella piccola.

Sebbene fossero impegnati a spostare le macerie, gli scolari trovavano anche il tempo per fare i bulli. Il terzo o quarto giorno ho visto l'insegnante di geografia. Spingeva una grande carriola e grondava sudore. Visto da quell'angolazione, e mentre si sforzava in quel modo, somigliava molto a mio padre. Quasi come due gocce d'acqua. Ho fermato la carriola e sono rimasto a guardarlo, stupito. Sapevo, naturalmente, che era il professore di geografia, ma la somiglianza era tale che non potevo smettere di fissarlo. Poi ho sentito uno studente alle mie spalle: «Questo qui non riesce nemmeno a trasportare le sue palle. Guardalo, è sfinito, tanto sono pesanti per lui». E un altro ragazzino ha rincarato la dose: «Scommetto che non è neppure in grado di spezzare a metà una banana. Ah ah ah», ha detto spingendo la mia carriola fino al punto di scarico dove un piccolo bulldozer solitario stava aspettando. Ho aggredito quel ragazzino colpendolo alle spalle, ma lui si è voltato di scatto e mi ha dato una gomitata. Il suo braccio era pesante come una trave di legno, così sono caduto a terra e lui mi è saltato addosso, stringendomi il collo come un serpente, tanto che mi fischiavano le orecchie e ho cominciato a vedere le cose come polvere gialla. Nel momento in cui stavo per arrendermi, mentre le lacrime mi scendevano dagli occhi, mi sono fatto la pipì addosso, bagnando in parte i pantaloni del mio avversario, che è balzato via da me inorridito come se lo avesse pizzicato un fantasma. La cosa strana è che tutto l'odore della mia urina ha impregnato i suoi pantaloni. Un olezzo sgradevole e pungente che non avevo mai sentito prima. Neppure Nice, il cane di Aspirina, lo avrebbe sopportato. Sui miei vestiti, invece, non c'era nessun odore. Mi sono alzato da terra e ho spinto la carriola accompagnato dagli insulti e dai colpi di tosse del ragazzo che, a causa del puzzo della mia pipì, ormai non poteva più completare il suo turno. A fine giornata, dopo due ore e mezza di lavoro, ho consegnato a Esseili, come nei giorni precedenti, la somma che avevo guadagnato, senza accennare alla pipì, tanto più che l'alone umido si era asciugato qualche minuto dopo l'incidente, cosa che accresceva il mio stupore.

Quando sono tornato a casa, la porta era accostata. Di solito mia madre andava al biscottificio mezz'ora prima che io andassi a scuola e tornava verso le 18:30. Ma ora era tornata prima del solito. E l'ho sentita parlare male di me alla nostra vicina mentre fumava una sigaretta. Diceva che da quando aveva scoperto che mio padre l'aveva ingannata, non aveva più sentimenti materni per me, come se io fossi uscito da un orfanotrofio. Le sue parole non mi hanno ferito. Ma mi hanno fatto paura. Sono andato in bagno e mi ci sono chiuso dentro. Poi quella donna ha lasciato casa nostra e mia madre ha bussato alla porta dicendo: «Non voglio sapere cosa fai per sporcarti così tanto i vestiti. Ma non importa. Stattene pure in giro quanto vuoi. Tanto io non riesco nemmeno a ricordare di averti messo al mondo».

Il dottore

Per due settimane ho continuato a lavorare spostando macerie. Gli altri studenti evitavano di litigare con me. Uno di loro mi ha urlato da lontano: «Farò a botte con te a condizione che indossi un pannolino». E per qualche ragione questo mi ha fatto pensare a Saida. Dov'era, adesso? La notizia della mia abilità di lasciare l'odore della mia urina sui vestiti degli altri è arrivata a mia madre attraverso un telegramma della preside, che si raccomandava di farmi vedere al più presto da un medico. Per calmare l'ansia di mia madre, il dottore da cui siamo andati ha detto: «Noi umani siamo come case non ancora finite, e che non lo saranno mai!». Il laboratorio di analisi cliniche era come una stanza d'albergo. Sembrava progettato per dire che chiunque un giorno si sarebbe potuto trovare tra i visitatori. Il medico si è seduto su una sedia a dondolo e ha iniziato a parlarmi dei suoi problemi di salute e del fatto che da sedici anni soffriva di un'ernia che gli impediva di indossare pantaloni della sua taglia o di stringere bene la cintura, ragion per cui appariva sciatto. Poi ha iniziato a chiedermi della mia vita e io a rispondere...

«Facciamo un gioco», ha detto. «A ogni tua risposta, ti racconto qualcosa di me». L'ho trovato simile alla mia filosofia sul costruire le amicizie con il metodo «segreto contro segreto». Le storie del dottore erano stupide e divertenti. Mi facevano sbellicare dalle risate. Ma gli hanno permesso di immergersi a fondo nei dettagli della mia vita. Le mie risposte, però, lo confondevano. Finché a un certo punto ha smesso di fare domande e mi ha chiesto di chiudere gli occhi, poi ha iniziato a esaminarmi toccandomi la punta delle dita e chiedendomi se sapessi quale dito stesse toccando. Ha fatto lo stesso con le dita dei piedi e, quando ha finito, ha preso un respiro profondo, poi ha chiamato mia madre dalla sala d'attesa e le ha detto che la scuola in cui ero iscritto non era adatta a me. Non ho capito come fosse giunto a una simile conclusione esaminandomi le dita dei piedi. Mi sono messo a urlare dandogli dell'imbroglione e dicendo che lui e la mamma dovevano uscire dalla stanza perché il gioco non era ancora finito.

Il medico ha tirato fuori un quaderno dal cassetto della sua scrivania e me l'ha dato. C'erano disegni di volti con espressioni diverse, in bianco e nero. «Questa faccia è triste o felice?», mi ha chiesto. «E questa, è arrabbiata o tranquilla? E che mi dici di questa? Ti sembra buona o cattiva? Impaurita o sorpresa?». Mi sono messo a osservare il quaderno con aria perplessa. Era difficile distinguere i volti. Il dottore stava dicendo a mia madre che temeva un mio possibile deficit di empatia, il che era indice di tendenze poco rassicuranti per il mio futuro. Poi si è rivolto a me: «Tieni il quaderno. Hai una settimana di tempo per colorarlo. Sulla base di questo decideremo se rimarrai nella tua scuola o ti trasferirai altrove. Cosa ne pensi?». Ho accettato deglutendo a fatica, poi io e mia madre siamo usciti dalla clinica mentre il dottore chiamava la preside della mia scuola.

Matite

Chiederò a qualcuno dei «civili» della mia scuola di colorare il quaderno per me... L'etica professionale impone al medico di comunicare immediatamente alla scuola qualche osservazione sulla mia personalità... ed è molto probabile che mi allontaneranno per un po' di tempo, già a partire da domani. O magari mia madre mi farà rimanere a casa e chiuderà a chiave la porta dicendomi: «Colora... Hai quattordici facce da fare in una settimana... Che razza di stupido test è questo?». Scongiurerò Esseili. Piangerò davanti a lui, solo davanti a lui... Mentre mia madre e quell'uomo entrano a comprare le matite colorate nella prima libreria che capita a tiro, io li ignorerò e andrò a casa di Esseili. Quel quaderno da colorare determinerà il resto della mia vita... «Dai, colorami almeno metà quaderno... Solo sette facce...». Ma Esseili cercherà di dissuadermi... Sarà irremovibile... Lo conosco... «Be', se tu non vuoi farlo, indicami qualcuno che sia disposto ad accettare...». Se trovo qualcuno che colora il quaderno per me, il corso della mia vita cambierà... Comprerò ad Aspirina un cane che prenda il posto di Nice. Lo sceglierò vivace come lui, bianco e immacolato, e che giri su se stesso per tutto il tempo come se vedesse intorno a sé pecore invisibili e volesse condurle attraverso un campo. Eviterò di litigare con i miei cugini, saluterò educatamente la moglie del farmacista ogni volta che esco di casa, e nei giorni festivi le scriverò lettere traboccanti d'amore, fingendo siano di un bambino che desidererebbe essere suo figlio. Se non riesco a colorare il quaderno, la scuola in cui verrò trasferito per essere rieducato è lontana, in montagna... quindi è difficile che qualcuno venga a trovarmi... o forse è sott'acqua... in un sottomarino... Anche il mare è considerato natura, no? No... Il quaderno... Il quad... no...

3
Spari

Spari

Il quaderno mi è scivolato via in quel momento, come se qualcuno l'avesse afferrato e lanciato in aria. Ho sollevato la mano per prenderlo e ho visto un piccolo corpo luccicante diretto dritto verso di me. Era un proiettile. Scendeva dal cielo così velocemente da dare l'impressione che stesse scorrendo su una corda attaccata alla mia testa. Avrei voluto voltarmi verso mia madre per lanciarle un ultimo sguardo e magari sorriderle. Ma non avevo neppure il tempo di battere ciglio. Data la velocità del proiettile, ero sicuro che mi avrebbe perforato la testa prima del successivo battito del mio cuore. Ho trattenuto il respiro e ho mosso le pupille per guardare almeno qualcos'altro. E in quel momento, nel momento in cui il proiettile avrebbe dovuto trafiggermi il cranio, un brivido mi ha attraversato dalla testa alla pianta dei piedi, e ho sentito qualcuno battere le mani una sola volta. Mi sono girato e, con mia grande sorpresa, ho visto che era stata Saida.

«Stupido!», ha detto. «Avresti potuto buttarti a terra».

«Il proiettile era troppo veloce... non potevo».

«Avresti potuto schivarlo... Potevi vederlo, e questa è un'occasione d'oro... ma hai fallito».

«Mi dispiace...».

«Guarda», ha detto tirandomi indietro. Io tenevo lo sguardo fisso su di lei. Mi sono voltato verso il punto che mi stava indicando con gli occhi e ho visto il proiettile. Era sospeso in aria, lì al suo posto, a pochi millimetri dalla mia testa. Saida ha allungato la mano e l'ha raccolto come se fosse stato un acino d'uva, poi ne ha morsa una metà. «Mmh... sa di caramello al sale marino. Delizioso. L'hai mai assaggiato?».

«No», ho risposto con l'acquolina in bocca, aggiungendo, evidentemente confuso: «Nessuno mangia proiettili... Mi stai prendendo in giro».

«È solo perché non ci hai mai provato. Tieni. Ma fa' attenzione, è caldo. Potrebbe pizzicarti il palato. Però si scioglie in bocca», ha detto porgendomi l'altra metà del proiettile. L'ho preso senza la minima esitazione, come se l'avessi già fatto decine di volte prima di allora, e me lo sono messo in bocca. Era delizioso per davvero. E inoltre ho scoperto che stavo morendo di fame. «Non devi far altro che battere le mani una volta come ho fatto io. E i proiettili si fermeranno per aria. A quel punto li prendiamo con le mani e li mangiamo. Tre pallottole equivalgono a un pasto. Vieni... Ti insegno a percepire la posizione del proiettile. Mangiandoli salviamo delle vite... Almeno avrai modo di espiare tutte le tue azioni ignobili nei miei confronti...».

«È solo che non volevo lasciare il quartiere...», ho risposto, vergognandomi.

«Non ce l'ho con te. Ti ho trasferito la mia pipì involontaria».

«La tua pipì involontaria?».

«Sì. Non facevi pipì ogni volta che litigavi con qualcuno? Almeno quello era giusto... Ora vieni con me... Non vuoi assaggiare altri proiettili?».

Mi sono incamminato con Saida lontano da quel posto. Mia madre era ancora dietro, ma io non mi sono neppure voltato a guardarla. Il desiderio di mangiare proiettili aveva del tutto preso il sopravvento su di me.

Abbiamo passato il resto della giornata a caccia di spari, assaggiando proiettili di diverse dimensioni e tipologie. Cartucce per rivoltella. Bossoli per kalashnikov. Pallottole da cartuccera. Perforanti. 2,3 millimetri. 5,7 millimetri. 10,5 millimetri. 6 millimetri. 11,6 millimetri... Della polizia. Dell'esercito. Esplosive. Anticarro. Pallottole da cecchino. Americane. Tedesche. Spagnole. Svedesi. Israeliane. Svizzere. Cinesi. Russe... di tutto. Saida mi ha insegnato a captare a orecchio la traiettoria del proiettile. Adesso ero come lei, avevo un udito sensibile e acuto come quello delle cavallette. Una volta individuato il punto in cui sarebbe caduto il proiettile, correvamo in quella direzione il più velocemente possibile e in un batter d'occhio ci materializzavamo a sette o magari dieci metri dalla pallottola, e a volte proprio sotto di essa. Io o Saida battevamo le mani una volta, il proiettile rimaneva sospeso in aria e noi lo dividevamo in due. Era divertente. Dopo aver divorato cinque o sei bossoli, ho imparato a controllarne il sapore. Come mi ha insegnato Saida. Le due metà della pallottola potevano avere sapori completamente diversi. A seconda di ciò che ognuno di noi desiderava mangiare in quel momento.

La sera, Saida mi ha visto mettere in tasca mezzo proiettile. «Cosa stai facendo?», mi ha chiesto. Ho risposto che tutte le armi sarebbero tornate a casa adesso, e che lo avevo fatto nel caso avessimo fame durante la notte. «Non pensarci. La gente qui spara anche per festeggiare la guarigione da una ferita provocata da una pallottola vagante», ha detto, e ci siamo messi a ridere. Ho notato che la solita risata di Saida era scomparsa. Ma c'era sempre un mezzo sorrisetto sul suo viso, come se stesse per sputar fuori qualcosa di amaro e sarcastico.

Abbiamo continuato a quel modo per giorni. Non avevamo idea di dove ci avrebbe portati il prossimo proiettile. Eravamo seduti sul pavimento della carrozza più alta della gigantesca ruota panoramica del luna park, con le gambe penzoloni fuori dalla porta aperta, a trentasette metri di altezza. Alle nostre spalle c'era il mare e davanti a noi Beirut, congelata e nebbiosa come un enorme pezzo di carne.

«Che noia!», ha detto Saida. «Ormai abbiamo visto tutto».

«Sì... che noia», le ho fatto eco io.

«Ci stai se da domani ci mangiamo i proiettili davanti a chi li ha sparati? Sarà più divertente...».

«Ottima idea!», ho esclamato.

E così, abbiamo cominciato a riportare le pallottole nel punto da cui erano state sparate, e a masticarle davanti agli occhi della persona che le aveva esplose. Le nostre iridi ramate gettavano la gente nel panico, facendola singhiozzare, respiravano a fatica. Ma questo non ha fatto diminuire il numero di tiratori. Qualunque cosa, infatti, poteva indurre le persone a sparare per aria. Tra quelli davanti a cui abbiamo masticato proiettili c'era un ragazzino che aveva fatto fuoco per festeggiare la sua apparizione in tv in uno spot dell'UNICEF. Per poco non gli è scoppiata l'appendice dalla paura. Un altro proiettile era uscito dalla finestra di una stanza d'ospedale. Il tiratore, un uomo sulla sessantina, era appena uscito dalla sala operatoria dopo un intervento chirurgico alla testa. Per dimostrare ai suoi figli che stava bene, aveva insistito per sparare un colpo con una Colt dalla finestra della sua camera d'ospedale quando ancora non era neppure in grado di aprire gli occhi. Altri non avevano una ragione particolare se non che la cosa li faceva sentire meglio. Ma questo non era tutto. Le persone, infatti, si erano ormai abituate agli spari al punto da sviluppare un linguaggio in codice a colpi di arma da fuoco per comunicare tra loro. I telefoni e Internet non erano disponibili, così un giovane poteva mettersi a sparare di notte in un modo ben preciso per dire alla sua ragazza «Ti amo» o «Per favore, dammi un'altra possibilità».

Conigli

Mi sono ritrovato nella strada di casa nostra. È stato dopo che un ragazzo aveva visto in sogno sua madre. Era più giovane, vestita di bianco, in un giardino di cactus verdissimi. Lui aveva interpretato quel sogno come una buona notizia: sua madre doveva essere entrata in paradiso. E così aveva aperto gli occhi, caricato la pistola e sparato alcuni colpi. Era mezzanotte passata. Uno degli spari era diretto verso il tetto a terrazza dell'ultimo piano del palazzo accanto al nostro: per metà uno spazio aperto quadrato, per l'altra parco giochi per i bambini con vista mare. C'era un grande tavolo con accanto un recipiente coperto con travi in legno e collegato alla rete fognaria. Dietro il tavolo c'era un giovane che teneva in mano un coniglio e stava per sgozzarlo. Era Ferro da Stiro. L'ho riconosciuto nonostante l'età: doveva avere almeno ventun anni. Ha sgozzato il coniglio e poi l'ha appeso a testa in giù alla trave di legno per lasciar scorrere il sangue nella vasca, dopodiché suo padre lo avrebbe scuoiato. Le braccia dell'ex poliziotto erano sane, si muovevano agili, e alle sue dita c'erano grandi anelli d'oro. Indossava un grembiule, come suo figlio, e i due parlavano con lo stesso tono di voce tagliente e terribile, mentre la terrazza intorno a loro era piena di conigli obesi che non riuscivano a correre. Di volta in volta, Ferro allungava la mano verso il pavimento e ne afferrava uno. Era chiaro che allevavano conigli e poi, dopo averli ingrassati, li scuoiavano, ne vendevano la carne e tenevano da parte la pelle intera per conciarla e farne pellicce. Sono rimasto inchiodato al pavimento. Uno dei conigli si era nascosto in un angolo buio, ma io ho battuto le mani troppo tardi e il proiettile vagante lo ha colpito alla testa.

«Cosa ti è preso? Ho fame», ha detto Saida.

«Anch'io. Stavo solo pensando a una cosa».

Ero stupito dalla vivacità del padre di Ferro. Avremmo saputo in seguito che dopo essere stato licenziato dalla polizia, aveva usato la sua modesta buonuscita per comprare conigli, e quello era diventato il suo lavoro.

Ho pensato a mia madre. «Non le sono servito a niente... Voglio dare un'occhiata a casa nostra». Siamo usciti e io mi sono diretto verso il nostro condominio. Ho visto la moglie del farmacista. Era seduta sulla sua solita sedia e teneva tra le mani una lettera che leggeva e rileggeva ad alta voce per cercare di capire chi l'avesse inviata. Quando ci ha visti si è alzata e ci ha chiesto di leggere la lettera, perché magari potevamo esserle d'aiuto, ma alla vista delle nostre iridi ramate è entrata in casa terrorizzata.

La nostra porta era chiusa, ma non a chiave. Davanti all'appartamento c'erano sei grandi valigie. Mia madre era dentro. Dormiva per terra. Accanto a un uomo estraneo e un ragazzo e una ragazza adolescenti. Ho stimato che mia madre avesse almeno dieci anni in più. «Quindici anni», ha detto Saida. «Il tempo in cui viviamo non è quello normale. Il nostro tempo è determinato dai proiettili e...». Non ho sentito il resto. Mi fischiavano le orecchie. Ho detto a Saida che mamma lo faceva quando tornavo tardi la sera. Non chiudeva a chiave la porta. Molto probabilmente, dopo che tutti si erano addormentati, sgattaiolava ad aprirla. Ma non ho trovato niente che dimostrasse che io vivevo lì. «Forse le tue cose sono nelle valigie». Volevo aprirle, ma il sibilo nelle orecchie diventava a ogni istante più forte. E mi girava la testa. Saida mi ha portato sulla schiena giù per le scale, come facevo con lei. Dopo avermi lasciato tra due macchine, è scomparsa per qualche minuto, solo per tornare con una manciata di proiettili in mano. Mi ha aperto la bocca e me li ha cacciati dentro. Mi sono messo a masticarli e ho ripreso conoscenza. Avrei voluto chiederle: «Secondo te dove stanno andando?». Ma non ne ho avuto il coraggio.

«Cosa volevi dire?», mi ha domandato Saida.

«Spero che i proiettili vaganti colpiscano tutti i loro conigli», ho risposto.

«Ti faccio una domanda», ha replicato Saida. «Supponiamo che la pallottola stesse per colpire il padre di Ferro da Stiro invece del coniglio, cosa sarebbe stato meglio, secondo te: lasciare che lo trafiggesse o battere le mani?».

«Meglio?».

«Sì...». Non ero in grado di darle una risposta, così Saida ha continuato. «Battere le mani. Meglio battere le mani. Anche se ora è sano al cento per cento. Sai chi ha sparato il proiettile che ti ha quasi colpito, o forse ti ha colpito davvero?».

«No».

«Il padre di Ferro da Stiro».

«Ma come? Lui non poteva alzare il braccio».

«Suo figlio, dopo quello che gli è successo, ha cominciato a portarlo ogni giorno sul tetto e l'ha addestrato a fare fuoco. Gli sollevava il braccio e gli diceva: Ora, papà. E il padre di Ferro premeva il grilletto con tutte le sue forze. Quel colpo proveniva da lui, ma non sapeva di averti colpito... voglio dire, di averti *quasi* colpito».

«Be', mi sembra giusto... sono stato io a causargli tutto questo», ho detto.

«Tu? Ah ah ah... Esseili ti ha preso in giro. Hanno sparato al padre di Ferro da Stiro, questo è vero. Ma è stato prima che Esseili ti proponesse quel piano. Si è preso i tuoi soldi senza fare niente. Ah ah ah!». Saida è scoppiata a ridere, e io con lei: «Ah ah ah ah!», dal profondo del mio stomaco vuoto. In quel momento abbiamo sentito uno sparo. E ci siamo messi a correre più veloce che potevamo per vedere chi sarebbe arrivato per primo.

Agnes e Nuna

L'agnello di Agnes si chiamava Nuna. E Nuna significava «adesso» in una lingua lontana, parlata in chissà quale paese. Sebbene l'agnello vivesse con lei nella stessa casa, Agnes lo sognava ogni volta che dormiva. Nel sogno, lei e Nuna erano piccoli. Molto piccoli. Una volta avevano addirittura navigato un fiume seduti su un seme di sesamo, un'altra si erano nascosti all'interno di una perlina per sfuggire a una rana affamata, e lì dentro Agnes, utilizzando un po' della lana di Nuna, aveva tessuto un aeroplano a cui si erano appesi per scappare.

L'agnello di Agnes non era come tutti gli altri. Aveva sei zampe. Tempo addietro, infatti, ne aveva persa una. Era caduto da un camion carico di pecore che andavano al macello, quando questo era sbandato su una strada innevata. Agnes allora aveva sostituito la sua zampa mozzata con tre zampe insieme. Sì. Tre zampe tutte in una volta. Al posto della zampa mancante, Agnes gli aveva messo un treppiede. Aveva pensato che un treppiede fosse più comodo per la bestiola. E anche per lei. Grazie al treppiede, infatti, lei poteva usare Nuna come sedia. In effetti, sedersi su Nuna era molto comodo quando si era stanchi. Agnes non sapeva che il treppiede rallentava il movimento dell'agnello. E neanche Nuna lo sapeva. Si rendeva conto solo di ansimare di più. Tutti i bambini lo superavano quando facevano le gare sulla spiaggia. Di tanto in tanto si fermava per tirare fuori il treppiede incastrato nella sabbia, aspettava che passasse la paura e riprendeva fiato. Tutti i bambini lo superavano nella gara tranne Agnes. Ogni volta che questo accadeva, lui sentiva il bisogno di chiudere gli occhi per dormire. Agnes calibrava i passi in modo che lei e Nuna fossero gli ultimi a raggiungere il traguardo segnato da due pietre e da un nastro nero estratto da una vecchia musicassetta. «Camminerò come se avessi anch'io tre gambe e un treppiede, per non superare Nuna», pensava Agnes. E così iniziò a correre a quattro zampe. Ma i bambini la accusavano di barare, e lei non capiva perché. Era l'ultima ad arrivare, e nessuno bara per arrivare ultimo nelle gare. Dopo un po', Agnes cominciò a portare un bastone e fingersi zoppa per essere come Nuna. Ogni volta che uno dei bambini glielo chiedeva, lei diceva: «Mi fa male la gamba». Partecipava alle gare sulla spiaggia usando il bastone a mo' di stampella e raggiungeva il nastro della cassetta insieme a Nuna. Nello stesso momento.

Agnes aveva ricevuto il treppiede da un fotoreporter come souvenir. Il fotografo faceva parte di un'organizzazione umanitaria arrivata lì per salvare i bambini. Le aveva detto che la macchina fotografica gli serviva, ma poteva darle il treppiede. Agnes non si lamentò. Accettò il regalo con riconoscenza. Aveva subito pensato a Nuna, e addirittura aveva detto al fotoreporter: «Non ho bisogno della macchina fotografica. Nessuna macchina fotografica può aiutare un agnello a camminare». Quando dormiva accanto a Nuna sul letto, gli toglieva il treppiede. Nel sogno non gli serviva. Nel sogno Nuna era diverso, era tutto intero. Aveva quattro zampe robuste, molta lana ed era energico come una tigre. Scalava come lei la montagna di bottiglie vuote fino alla vetta, anzi, la precedeva sempre. Forse perché i suoi zoccoli in sogno erano sempre nuovi, come se fossero stati puliti con il bordo del tappo di metallo di una bottiglietta di succo di frutta. La superava e l'aspettava in cima alla montagna. Ma Agnes non se la prendeva. Non si era mai chiesta, neanche una volta, perché Nuna camminasse sempre davanti a lei sulla montagna di bottiglie anziché starle accanto passo dopo passo come faceva lei durante le gare. Non aveva mai fatto a Nuna questa lunga domanda perché Nuna era solo un agnello. E gli agnelli non pensano. Inoltre, Nuna era eccitato e felice che la sua zampa mozzata fosse riapparsa e che potesse persino leccarla. A volte la leccava solo per sincerarsi che fosse davvero lì.

Quando Nuna raggiungeva la cima della montagna di bottiglie, si infilava in una di queste e lì dentro aspettava la sua amica. Non perché le bottiglie fossero enormi, ma perché Nuna e Agnes in tutti i loro sogni erano minuscoli. E potevano intrufolarsi facilmente in una bottiglia.

Agnes ci metteva tanto a scalare la montagna, perché le bottiglie, ora gigantesche, erano sempre scivolose. Ecco perché calpestava le impronte digitali in ogni bottiglia, per non scivolare. A volte la farfalla nella sua catenina si muoveva un po', battendo le ali e sollevando Agnes. La collana gliel'aveva portata suo padre. E lei non se la toglieva mai. Neanche quando, a casa della sua amica, ne provava un'altra che le piaceva molto. La collanina, però, scappò. Cadde in una delle bottiglie del sogno. E Nuna la vide. Si precipitò lì per prenderla e riportarla ad Agnes. La bambina aveva paura. Perché Nuna adesso non era più tutto intero. Forse la cosa aveva a che fare con la collana. Ora Nuna era lo stesso Nuna di fuori dal sogno. I suoi zoccoli non erano puliti, né le sue gambe forti come quelle delle tigri. Era solo un normale agnello con un treppiede al posto di una delle zampe.

«Aspetta!», gli disse. Ma Nuna non la ascoltò, tutto preso com'era dall'entusiasmo di recuperare la catenina da dentro la bottiglia. Forse lui stesso non sapeva che il suo corpo era ormai cambiato. Quando entrò nella bottiglia, per il troppo impeto scosse le gambe e il treppiede si sganciò prima che lui entrasse. Nuna finì all'interno della bottiglia, mentre il treppiede rotolò sul versante della montagna e scomparve senza lasciare traccia. Ora Nuna era nella bottiglia. Lui e la collanina. Aveva paura. Agnes lo capiva dai suoi occhi. Cercò di uscire, ma sembrava difficile con solo tre zampe. Agnes si sedette accanto alla bottiglia, incoraggiandolo. Ma Nuna, dopo tutti i suoi tentativi di uscire da lì dentro, esaurì le forze. E quando il sogno stava per finire, la bottiglia si restrinse. Nuna non poteva fare niente. Di tanto in tanto leccava la collanina di Agnes, con gli occhi che lacrimavano, e belava.

Quando la bottiglia si restrinse molto e rinchiuse Nuna completamente, Agnes sentì suo padre dire che avrebbero dovuto macellare l'agnello perché stava morendo. La bambina sapeva che suo padre non era lì con lei e Nuna nel sogno. Suo padre era a casa. «La voce di papà viene da casa», si disse, e in quel momento aprì gli occhi e si svegliò di colpo. Nuna dormiva accanto a lei. No. Non dormiva, ma sembrava che lo stesse facendo. Gli occhi erano lucidi, proprio come lei li aveva visti in sogno. E gemeva. Stava dicendo: «Soffro» nel linguaggio delle pecore. Gli fece bere un po' d'acqua. Ma Nuna continuava a gemere. Stava soffocando. Sentì uno dei suoi fratelli dire: «Nuna morirà», e vide sua madre accarezzargli la lana. Agnes corse in cucina e portò a Nuna un pacco di zucchero. Si era ricordata che una volta aveva mangiato lo zucchero e gli era venuta la diarrea. Stava per morire, ma il dottore aveva detto che, finché avesse avuto la diarrea, Nuna sarebbe rimasto vivo. Perché gli agnelli morti non hanno la diarrea. Ora Agnes voleva fargli mangiare lo zucchero in modo che avesse la diarrea e rimanesse vivo. Suo padre, però, portò Nuna sulla soglia di casa. Gli mise il coltello al collo, mormorò qualcosa con un filo di voce e lo sgozzò. Ma questo non era tutto. Perché nella faringe di Nuna trovarono la collana di Agnes. Nuna era rimasto fedele alla catenina e l'aveva tirata fuori dalla bottiglia. Nessuno che abbia letto o ascoltato questa storia sa come sia potuto accadere.

La storia di Anya

Malattia

Anya aveva il cancro. Nel condominio tutti ne parlavano. Era malata di cancro e sarebbe morta. Ma la sua salute sembrava non peggiorare mai. Per molto tempo non aveva avuto nessun sintomo, ma poi di colpo morì. Senza alcun preavviso. Nessuno si aspettava che accadesse così. La madre e il padre di Anya si erano ammalati di cancro nel giro di un anno. Al padre fu diagnosticato per primo. Qualche settimana dopo, alla madre era successa la stessa cosa. Poi anche Anya cominciò ad avere sintomi simili. Più o meno lo stesso dolore, ma i suoi genitori non riuscirono a trovare il coraggio di portarla dal medico, anzi, evitavano l'argomento, non ne parlavano. Era più di quanto potessero sopportare. Preferivano non saperlo e fino alla loro morte si comportarono come se tutto fosse normale. Accadde nello stesso anno, a distanza di pochi giorni. Prima di lasciare questo mondo, mandarono Anya dal fratello di sua madre. Poi morirono e Anya sopravvisse. Quando sua madre si spense, suo padre capì che l'avrebbe seguita presto, molto presto, perciò non la fece seppellire e anzi si distese accanto a lei. Fu così che lo trovarono.

Tutti nel palazzo conoscevano questa storia e sapevano che lo zio si era fatto carico di crescere Anya. Era scapolo. Il padre di Anya era un suo caro amico, fin dall'infanzia. Quindi lo zio le voleva doppiamente bene, perché era la figlia del suo migliore amico oltre che di sua sorella. Perciò era disposto a fare qualsiasi cosa per proteggerla. Era basso, sembrava un essere umano della preistoria. Passava la maggior parte del suo tempo a inventare nuovi metodi di combattimento, mosse che potevano paralizzarti, temporaneamente o per sempre, o che potevano alterare il tuo stato emotivo: riso, pianto, stupore, terrore. A volte veniva convocato in tribunale o in questura. Gli chiedevano aiuto per estorcere confessioni a un sospettato o a un imputato, per scoprire la verità. Per farlo, doveva solo toccare la persona in un punto sulla nuca, sul collo o tra gli occhi, per esempio. In un'occasione un giudice gli chiese di farlo durante un processo. Era un caso complicato, lo avevano già seguito tre giudici. Alla fine il tribunale aveva deciso di risolvere la questione una volta per tutte, e così il giorno dopo la foto dello zio di Anya era apparsa su tutti i giornali, lo definivano «un eroe». Si guadagnò un grande rispetto nel nostro quartiere, come se fosse un astronomo o un filosofo.

Anya mi disse che lo zio aveva scoperto un modo di stringere la mano che poteva pietrificarti come una statua e un modo per farti sentire dolore in qualche parte del corpo ad ogni battito di ciglia. Il dolore si manifestava ogni volta in un posto diverso. E un'altra delle sue mosse consisteva nel fare pressione su un punto dietro l'orecchio e farti perdere l'udito. Oppure poteva toccare una vena del collo e fare in modo che non smettessi più di ridere, e ora stava perfezionando una tecnica in grado di impedirti di respirare finché lui stesso non ti avesse restituito il respiro.

Tutte queste storie su di lui mi affascinavano. Ma non l'abbiamo mai visto litigare con nessuno. Tranne un'unica volta in cui scese le scale e si mise fuori dall'edificio. Quel giorno ci siamo resi conto che stava per succedere qualcosa, perché lo zio appariva raramente in pubblico. Poi si presentò un uomo grande e grosso che non avevamo mai visto prima. Ovviamente era venuto a litigare con lo zio di Anya, oppure qualcuno lo aveva mandato per regolare dei conti con lui. I due uomini rimasero a parlare per un po', poi lo zio di Anya con un gesto improvviso mise una mano sulla spalla dell'uomo e lo spinse con l'altra. Il suo avversario si accasciò a terra contorcendosi e ripiegandosi come una di quelle grandi scatole di cartone dei frigoriferi. È stata la cosa più incredibile che abbia mai visto. Ci aspettavamo che si rialzasse e saltasse addosso allo zio di Anya, perché cadendo non si era fatto niente. Invece se ne stava lì disteso a terra e, anziché rialzarsi, scoppiò a piangere come un bambino. Noi ridevamo di lui. Lo zio di Anya lo lasciò così e se ne tornò a casa. Alcune persone cercarono di aiutare quell'estraneo grande e grosso ad alzarsi, ma lo zio di Anya lo aveva messo in uno stato tale che più lo toccavi e più piangeva. Sebbene gli inquilini del nostro palazzo avessero un grande rispetto per lo zio, continuavano a spettegolare. Dicevano che Anya si era ammalata di cancro nello stesso anno in cui a sua madre e a suo padre era stata diagnosticata la malattia. Che la sua salute era destinata a peggiorare e che un giorno sarebbe morta. E che lo zio era sempre così infelice e nervoso perché non era in grado di fare nulla per lei, nonostante la sua straordinaria capacità di alterare il sistema nervoso delle persone.

Io invece avevo un'altra teoria. Un'altra storia. Completamente diversa. E cioè che Anya avesse il cancro per colpa mia.

Domenica 10 agosto

Era domenica quando ha esalato l'ultimo respiro. Il 10 agosto, uno dei giorni più caldi dell'anno. È successo nell'ora del riposino pomeridiano, il momento in cui la morte può cogliere più facilmente le persone alla sprovvista. Ma nessuno nel condominio ha sentito nulla. Il giorno prima Anya aveva detto a me e a Kalashnikov Fiore che sarebbe morta l'indomani. Be', in realtà l'ha detto a Kalashnikov Fiore in un sussurro mentre erano abbracciati e io ero in piedi accanto a loro. Ho avuto la sensazione che stesse parlando di qualcosa di importante che riguardava loro due, e così mi sono avvicinato e ho sentito tutto. Kalashnikov Fiore era sconvolto. Ha cercato di liberarsi dall'abbraccio di Anya, dalle braccia che gli cingevano il collo con amore. «Quando la smetterai con queste sciocchezze?», le ha chiesto.

«Domani», ha risposto lei sorridendo con distacco, come se il suo cuore a quella parola avesse smesso di battere.

«È crudele», replicò lui con voce strozzata.

«Mi dispiace, amore mio, ma è quello che succederà».

L'appartamento di suo zio era al terzo piano e si affacciava sulla parte destra del parcheggio sul retro dell'edificio, mentre casa nostra era al primo piano, nell'ala centrale del palazzo, e dava sulla strada. E siccome il comitato dei residenti aveva deciso di ristrutturare gradualmente la facciata, c'era un cantiere sul lato sinistro, sul retro. Avevano montato delle impalcature di ferro e legno. Kalashnikov Fiore non era del rione, ma quel giorno non era tornato a casa dopo il lavoro ed era rimasto a dormire su un asse di legno dell'impalcatura al quarto piano, da dove poteva vedere direttamente la camera da letto di Anya. Credo che sia rimasto sveglio fino a tardi perché quando la mattina sono sceso nel parcheggio per vedere se Anya era morta oppure no, lui dormiva ancora profondamente. Se avesse fatto il minimo movimento, anche solo alzare la mano per asciugarsi le lacrime, sarebbe potuto cadere giù nel parcheggio rendendo l'anima. Forse per questo non riusciva nemmeno a piangere. Si limitava a rimanere rigido sul fianco destro e a guardare la stanza di lei, senza curarsi del formicolio che a poco a poco aveva iniziato a diffondersi su e giù lungo il suo corpo, a partire dalla sommità delle cosce. Se fosse successo a me, mi sarei fatto prendere dal panico e avrei cominciato a piagnucolare chiedendo aiuto, ma Kalashnikov Fiore era fatto di tutt'altra pasta. Alla fine ha chiuso gli occhi e si è addormentato.

Anch'io ho dormito quella notte. Prima ho pianto per un po', ma sommessamente per evitare che mio padre se ne accorgesse. Ho smesso solo quando mi sono ricordato che in due precedenti occasioni Anya ci aveva detto che sarebbe morta il giorno dopo, ma poi non era successo niente.

Erano le sette del mattino quando sono sceso nel parcheggio per vedere se qualcosa indicasse che era morta. Ho guardato il suo appartamento e non potevo credere ai miei occhi. Anya, in carne e ossa, era seduta sul balcone. Stava leggendo uno di quei libri che vogliono insegnarti tutto in fretta, come a dire: «La tua vita sarà breve». Il libro si intitolava *Come migliorare la tua autostima in dieci giorni*. Mi sono messo sotto il suo balcone in modo che io, il suo sguardo e il libro fossimo perfettamente allineati. L'ho guardata per un po' e poi ho detto, muovendo le labbra ma senza emettere alcun suono: «Stronza! Puttana!». Non so quante volte l'ho ripetuto. Forse dieci. Volevo che lei mi vedesse. Ma Anya non mi ha degnato di uno sguardo. Ho pensato di gridarlo a squarciagola: «Stronza! Puttana!», e poi darmela a gambe in modo che Kalashnikov Fiore dall'impalcatura non mi vedesse qualora si fosse svegliato. E invece sono tornato a casa. Mentre sbattevo la porta alle mie spalle ho sentito papà in cucina che preparava il caffè e diceva: «Stronzo! Magnaccia!». Mi sono detto che se solo fossi riuscito a dormire per cinque minuti di sicuro avrei sognato Anya.

Non sapevo che lei era seduta sul balcone perché aspettava che Kalashnikov si svegliasse e le raccontasse il sogno in cui l'aveva vista. Perché mentre si sdraiava sull'asse di legno dell'impalcatura, l'ultima cosa che le aveva detto era stata: «Ti sognerò e domani mattina ti racconterò il sogno». Perciò, quando sono sceso nel parcheggio, ero convinto che Kalashnikov stesse dormendo come un ghiro, ma in realtà non era così: faceva solo finta di dormire. Aveva gli occhi chiusi e aspettava che io facessi un fischio per dargli il segnale segreto, e allora avrebbe saputo che volevo raccontargli il sogno che avevo fatto su Anya. Questo perché Kalashnikov Fiore non era in grado di fare sogni da solo. Non sapeva sognare. O meglio, lo faceva tramite me.

«Ti ho sentito entrare nel parcheggio, ma non hai fischiato. Cosa ci sei venuto a fare, allora?», mi ha chiesto in seguito. Ovviamente non gli ho detto che ero rimasto lì a ripetere «Stronza! Puttana!» in faccia ad Anya. Comunque, quando sono salito a casa, sono andato in camera mia e ho chiuso gli occhi per addormentarmi. Ho deciso che questa volta non avrei raccontato il mio sogno a Kalashnikov Fiore, bensì ad Anya. Le avrei spiattellato tutto: che Kalashnikov non l'aveva mai sognata perché non era in grado di sognare, e che tutti i sogni che le aveva raccontato erano miei, non suoi. E che mi pagava per questo, e io conservavo i soldi in un salvadanaio, e che su ogni banconota c'era la sua firma. Condizione, questa, che avevo posto io stesso perché non mi fidavo del tutto di lui e pensavo che un giorno mi avrebbe fatto del male in qualche modo. Perciò mi tenevo pronto a fargliene a mia volta, o a farne ad Anya, se anche fosse stata l'ultima cosa che le capitava prima di morire. Perché ormai ero stufo. Kalashnikov si prendeva tutti i sogni e glieli riferiva per filo e per segno senza cambiare neppure un piccolo dettaglio.

«I tuoi sogni sono perfetti», mi diceva. «Non manca niente e non c'è nulla di superfluo. Sono una prova del mio amore per Anya. Non sei tu che la sogni, lo sai. Sono io, ma lo faccio tramite te».

I suoi discorsi mi infastidivano. Ma per ciascun sogno mi pagava una parte di quel che guadagnava ogni settimana lavorando in officina. Una volta ho cercato di imbrogliarlo. Ho inventato un sogno, ma lui ha subito intuito che non era originale.

«Me ne accorgo subito, i sogni delle persone sono più intelligenti di loro», mi ha detto. Io mi sono scusato. «Non fa niente», ha replicato. «So che l'hai fatto perché vuoi più soldi. D'ora in poi, per ogni sogno che farai, ti darò la metà della mia paga settimanale».

Anya considerava quei sogni una dimostrazione di quanto lui la amasse. E del fatto che lei sarebbe stata il suo unico amore. Sentirglielo dire mi faceva star male. Provavo irritazione, mi pulsavano le vene, sudavo e avrei voluto dirle: «Stai parlando di me». Ma poi mi usciva sangue dal naso e quando succedeva, lei e Kalashnikov Fiore scoppiavano a ridere. «Guarda com'è imbarazzato, come se stessimo parlando di lui», gli diceva.

A volte discorrevano a lungo di un sogno, analizzandone ogni dettaglio. Anya lo trovava commovente. Gli occhi le si riempivano di lacrime e lo baciava sulla bocca.

Mio padre e tutti gli altri abitanti del palazzo volevano bene a Kalashnikov Fiore. Dicevano che era molto educato nonostante il suo nome inquietante, che non faceva pensare a nulla di buono. Forse era perché Kalashnikov era orfano. O meglio, quasi orfano. Durante uno degli ultimi giorni di scontri, sua madre stava andando a riempire due taniche d'acqua quando, sulla via del ritorno, un proiettile le sfiorò la testa. Non era stata ferita, ma quando tornò a casa era così spaventata che dimenticò chi fosse. La sua memoria cominciò a svanire gradualmente sotto gli occhi dei suoi figli e alla fine non fu più in grado di distinguere nulla in casa. Un giorno si era messa a scrutare Kalashnikov Fiore, sua sorella e i suoi fratelli e gli aveva chiesto: «Chi siete? Dove mi trovo?». Li spaventò a morte. Poi lei aprì la porta e se ne andò, e loro non poterono far altro che stare a guardare e piangere. Quella fu l'ultima volta che la videro.

Quel giorno Kalashnikov uscì in strada in lacrime. Un uomo armato si avvicinò e caricò il suo fucile. Poi gli porse l'arma e gli disse: «Tieni, sfogati». E così il ragazzino imbracciò il fucile e sparò in aria. Insieme ai miliziani c'era un fotoreporter, che non menzionò affatto la madre di Kalashnikov, ma gli scattò una foto mentre sparava e scrisse un articolo sui bambini armati. Gli occhi castani di Kalashnikov Fiore in quel momento erano ancora umidi, perciò in foto sembravano brillare, il che lo faceva apparire più affascinante. Anya si innamorò dei suoi occhi nella foto. Inoltre, ogni volta che lui la baciava, i suoi occhi luccicavano un po', e anche questo le piaceva. Kalashnikov Fiore mi disse che sarebbe stato più facile se il proiettile avesse trapassato la testa di sua madre e lui non l'avesse vista andarsene via di casa in quel modo. E da quel giorno non era più riuscito a sognare. «Nei miei sogni non succede niente», diceva. «Non vedo e non sento nulla. L'unica cosa che succede nei miei sogni è che ho la sensazione di star aspettando qualcuno».

Bolle di sogno

Non so per quanto tempo ho dormito. Ma, come immaginavo, ho sognato Anya. Non era nel mio sogno, ma in un altro accanto al mio. Era il sogno di un'altra persona, ma io potevo vedere tutto quello che stava accadendo. In realtà il mio sogno non solo correva in parallelo con quello, ma anche con decine di altri. E tutti erano uniti come bolle di sapone colorate pressate insieme a formare una schiuma. Mi resi subito conto che tutti coloro che amavano Anya erano lì. Ognuno con il proprio sogno. E io potevo vedere cosa stavano sognando su di lei. Alcuni sogni erano molto più belli del mio. Avrei voluto farne parte, o spingere via le persone che li stavano sognando e prendere il loro posto. Vidi anche gente che non mi aspettavo. Tra loro c'era anche mio padre, il che mi fece sentire in imbarazzo. Non sapevo che provasse qualcosa per Anya, o che pensasse a lei. Ma il vero trauma è stato vedere Kalashnikov. Il suo sogno era proprio dietro il mio e, quando mi sono girato e l'ho visto, mi sono sentito come se mi trovassi improvvisamente in un incubo. «E tu cosa ci fai qui?», gli ho chiesto nervosamente. «Con te non funzionerà. Hai dimenticato che non puoi sognare? Torna sull'impalcatura e aspettami. Verrò a raccontarti tutto quello che succede», ma poiché

Kalashnikov non vedeva né sentiva nulla nei suoi sogni, per lui non esistevo, né io né i sogni degli altri, il che lo rendeva rilassato e tranquillo. Si aggrappava solo al suo amore per Anya e alla sensazione che lei sarebbe venuta dai sogni degli altri e si sarebbe spostata nel suo. Sapevo che Anya entrava e usciva da un sogno all'altro, e se avesse visto Kalashnikov Fiore non si sarebbe avvicinata al mio sogno e sarebbe invece andata direttamente nel suo. Ho cercato di far scoppiare il suo sogno con un dito per farlo svanire, ma ero certo che non ci sarei riuscito senza rompere la bolla che circondava il mio sogno, e sparire a mia volta insieme a lui. Ma era l'unica soluzione, poiché mi ero reso conto che Kalashnikov non era davvero incapace di sognare, ma aspettava pazientemente che Anya andasse da lui. Ho teso il dito in avanti avanzando verso il suo sogno, ma dopo due o tre passi sono caduto a terra. Mi sono alzato e ci ho riprovato, ma sono caduto di nuovo. Proprio in quel momento, mio padre mi stava scuotendo per la caviglia, sussurrandomi nell'orecchio, come se mi stesse rivelando un segreto: «Anya... è morta».

Anya si trasferisce

In quel preciso momento l'intero edificio aveva saputo dallo zio che Anya era morta. La portava in braccio come si fa con un annegato e andava su e giù da un piano all'altro chiedendo aiuto. Era scalzo e così sconvolto da non riuscire a trovare la strada per il portone dell'edificio. Lo sentivamo gridare: «Per favore, chiamate un'ambulanza!», ma nessuno gli rispondeva. I vicini avevano capito che Anya ci aveva lasciati e, siccome avevano paura di lui, si erano chiusi in casa. Alla fine si è seduto sulle scale, abbracciando Anya e ansimando. Era così stanco da non avere più la forza di riportarla nel loro appartamento. Mio padre guardava attraverso lo spioncino della porta tappandomi la bocca con una mano. «È seduto sui gradini», ha detto.

Anch'io avevo paura e non ho opposto resistenza a mio padre, finché non abbiamo sentito lo zio di Anya salire al terzo piano. Quel giorno nessuno dei vicini è uscito dal proprio appartamento. Tutti hanno deciso di fargli le condoglianze l'indomani, quando lo zio avrebbe assorbito il colpo e si sarebbe calmato. Temevano che, se fossero saliti al piano di sopra per porgere le condoglianze e stringergli la mano o abbracciarlo, lui avrebbe potuto toccare per sbaglio un nervo e qualcosa sarebbe andato storto, con conseguenze disastrose, persino se si fosse trattato di una cosa semplice, come passare il resto della vita con un prurito al naso.

Casa nostra era una di quelle che lo zio di Anya aveva preso a calci durante il suo delirio, subito dopo che mio padre mi ha sussurrato: «Sembra che Anya sia morta». Quando me l'ha detto, non mi sono svegliato subito: stavo ancora lottando per raggiungere il sogno di Kalashnikov Fiore e romperlo con un dito, come un tuorlo d'uovo. Ma ho sentito bussare energicamente. Non sapevo che fosse suo zio, ma avevo quasi la sensazione che stesse prendendo a calci me e non la porta. Mi sono alzato di scatto dal pavimento su cui mi ero addormentato, ho guardato mio padre, accigliato, e ho detto: «Che c'è?».

Mio padre mi ha tappato la bocca per evitare che facessi rumore o piangessi, e mi ha bisbigliato: «Shhh. Lo zio di Anya è in condizioni poco rassicuranti. Non sa nemmeno dove sia il portone d'ingresso. È salito sul tetto e ha cercato di saltare giù in strada con lei. Gli inquilini del palazzo di fronte gli hanno urlato dai balconi di scendere. *Il portone è giù, prendi le scale*, gli gridavano. Ma lui era così disperato che dopo esser sceso di qualche piano si è perso, è salito di nuovo e ha iniziato a tirare calci alle porte dei condomini, però nessuno ha risposto».

Quando mio padre si è assicurato che lo zio di Anya l'aveva riportata nel loro appartamento, ho aperto la porta e sono sceso al parcheggio il più velocemente possibile. «È andato di sopra», ha detto mio padre. «Forse cercherà di nuovo di risvegliarla. Tra un'ora o due. Aspettiamo. Forse Anya non è ancora morta definitivamente. Non uscire adesso». Non ho badato alle sue parole. Bruciavo dalla voglia di vederla, ma temevo che suo zio potesse essere ancora fuori di sé e mi afferrasse, per esempio, in un modo che avrebbe cancellato il mio amore per Anya o mi avrebbe fatto dubitare che lei fosse mai esistita. Nessuno si aspettava che avrebbe lasciato l'edificio a tarda sera portando via la salma senza che ce ne accorgessimo, né potevo immaginare che non avrei assistito al suo funerale o almeno saputo dove era stata sepolta. Se l'avessi saputo, sarei salito a casa sua e gli avrei chiesto io stesso di toccarmi in modo tale da cancellare il mio amore per Anya o, nel peggiore dei casi, farmi dubitare che lei fosse mai esistita. E invece sono corso giù al parcheggio più veloce che potevo per controllare Kalashnikov.

A volte, quando mi umiliava davanti agli altri ragazzi del palazzo, io mi mettevo a piangere e gli dicevo che il suo amore per Anya non era autentico. «Quando Anya morirà, scopriremo chi la ama davvero», gli dicevo. Questa volta era sceso dall'impalcatura ed era seduto sotto il suo balcone. Non era di malumore o in lacrime, ma sembrava invecchiato e ringiovanito al tempo stesso. Aveva persino qualche capello grigio. Quando mi ha visto, mi ha chiesto con voce rotta perché ero in ritardo e ha aggiunto che sapeva che avevo sognato Anya. Mi ha spiazzato e ho mentito. Non solo ho negato di averla vista in sogno, ma gli ho anche nascosto di aver sognato lui e di aver cercato di mettermi tra loro. «Non l'ho vista», gli ho detto. «È stato un sogno lungo e complicato. Non ci ho capito niente, e poi mio padre mi ha svegliato dicendomi che Anya era morta». Kalashnikov Fiore però continuava a scrutarmi negli occhi. «Cosa c'è?», gli ho chiesto. «Non lo so. Non hai l'aria di essere affranto per la sua morte», ha risposto. Era vero. Pensavo di essere triste, ma non lo sapevo ancora. La sola cosa di cui ero certo era che mi sentivo a disagio e in colpa perché pensavo di aver causato la sua morte.

Non sapevo che Kalashnikov Fiore avrebbe ricominciato a sognare dopo la morte di Anya, e che da quel giorno non l'avrei più sognata. Doveva essersi trasferita dai miei sogni a quelli di Kalashnikov, nei quali appariva spesso, anzi, ogni giorno, e in sogno sapeva tutto quello che gli era successo durante la giornata, come se l'avesse vissuta con lui, momento per momento. Questo lo mandava in delirio. In ogni caso lo avrei rivisto in un'unica occasione. So solo che Anya, da quando è morta, non mi è più apparsa in sogno. Ho fatto tutto quello che potevo, ma non è servito a niente. Ogni volta che sentivo di stare per sognare Anya, facevo di tutto per chiudere gli occhi e cercare di dormire, ma senza successo. A volte mi capitava mentre tornavo da scuola. Mi fermavo improvvisamente, mi sdraiavo sul marciapiede e chiudevo gli occhi per addormentarmi. Questo sorprendeva i passanti e li incuriosiva. Un fotografo straniero mi ha persino scattato una foto e l'ha pubblicata in un suo articolo sulla meningite e sui vaccini per i bambini. Ma Anya non veniva da me e io sentivo che mi stava umiliando. Alla fine, ho smesso di dormire per paura di svegliarmi frustrato e arrabbiato perché non mi era apparsa in sogno senza che io ne capissi il motivo. A scuola mi sfogavo con i compagni ed ero diventato così irritabile che tutti mi evitavano.

Stavo dicendo che dopo la morte di Anya ho visto Kalashnikov solo una volta, quando è venuto a scuola durante l'intervallo delle 12:30 e si è piazzato davanti al portone. Il bidello ha pensato che fosse il nuovo ragazzo che veniva a raccogliere la spazzatura e gli ha detto di tornare dopo due ore. Ma Kalashnikov mi ha salutato, spiegando che era un mio amico e che voleva parlarmi di una cosa urgente. Questo è successo cinque o sei settimane dopo la morte di Anya. Mi ha stupito lo stato in cui si trovava. Era sulla buona strada per diventare un senzatetto. Ma appena mi ha visto ha sorriso. Era commosso e aveva le lacrime agli occhi. Imbarazzato, gli sono andato incontro cercando di nascondere le emozioni che provavo a mia volta.

«Cosa vuoi?», ho detto. «Non vedo più Anya da quando è morta».

«Non ce n'è bisogno», ha replicato lui con un sorriso. «Lei viene da me tutti i giorni».

Quelle parole mi hanno lasciato di sasso, ma ho pensato che Kalashnikov Fiore stesse farneticando. Aveva ancora più capelli grigi e, quando parlava, agli angoli della bocca gli spuntavano bolle di saliva che si accumulavano per un po' prima di scoppiare. Era imbarazzante conversare con lui davanti agli altri alunni. Mi ha detto che ora viveva di sonniferi. E mi ha chiesto di prestargli dei soldi. «Se vuoi, possiamo venire a trovarti in sogno, come ai vecchi tempi. I bei vecchi tempi». Ho avuto l'impressione che fosse dispiaciuto per me. E ha teso la mano oltre il cancello per toccarmi la testa, ma io l'ho evitato. Gli ho detto che gli avrei restituito tutti i soldi che mi aveva dato per i sogni. Potevamo incontrarci nel parcheggio dopo la scuola e gli avrei dato il salvadanaio in cui avevo raccolto le banconote firmate.

Una vita parallela

Nel parcheggio Kalashnikov mi ha raccontato che Anya gli appariva in sogno ogni notte. E per quanto gli piacesse molto, quel fatto lo confondeva. Sentiva che era frutto della sua immaginazione e che nella sua testa c'era qualcosa che non andava. «Anche se la amavo così tanto, non ha senso sognarla ogni giorno». Non poteva essere solo una questione di sogni. C'era qualcosa di inspiegabile, qualcosa di più profondo, che andava oltre. Forse viveva con Anya ogni notte in una vita parallela. «Tu sei l'unico in grado di assicurarmi che non è soltanto una questione di sogni e che Anya vive con me in questa vita durante il giorno, così come vive con me in una vita parallela durante la notte».

«Io? Cosa c'entro io?», ho chiesto fingendo che non mi importasse.

«Mi ha detto che tu le hai augurato di ammalarsi, e che l'hai fatto dopo averla vista baciarmi nella stanza delle cianfrusaglie. È vero? Se è così, allora non si tratta solo di sogni».

Sentivo il sangue ribollirmi nelle vene e la gola asciutta come un nocciolo di pesca, perché era chiaro che tra lui e Anya stava succedendo qualcosa di veramente insolito. Di eccezionale. E che forse non solo Anya gli appariva in sogno, bensì ogni notte si trasferivano in una vita parallela. Io la vedevo come la mia occasione per vendicarmi di tutto quello che mi avevano fatto. Ho ripensato a come mi avevano costretto a raschiare la merda davanti a casa di Anya, di come lui mi aspettava per estorcermi i sogni in cambio di un po' di soldi e di come mi invitava a unirmi a loro quando si incontrava con lei, come se fossi il loro cane da compagnia. Ora avrei voluto saltargli addosso, prenderlo a pugni e rispedirlo da Anya a pezzi.

«No, non è vero. Non le ho mai augurato nulla del genere. Anya era già malata. Si è ammalata nello stesso anno di sua madre e suo padre. Tutto il palazzo lo sa. Chiedilo a loro».

Kalashnikov Fiore ora guardava il salvadanaio e se lo rigirava tra le mani, poi ha continuato con un filo di voce: «Mi ha anche detto che il giorno in cui è morta tu l'hai vista in sogno, e hai visto anche me, che hai cercato di metterti tra noi. Ma forse io non la sogno affatto, è la mia mente che inventa tutte queste storie. Perché tu in fin dei conti non sei abbastanza coraggioso da fare una cosa del genere. Chi lo sa? Forse glielo hai augurato davvero, o forse dipende tutto da mia madre. Quando una persona impazzisce, si porta dietro almeno un membro della propria famiglia...».

Mentre parlava avrei voluto chiedergli se a volte apparivo nei sogni in cui vedeva Anya. Ma lui si è voltato e se n'è andato senza aggiungere una sola parola.

Gli ho detto: «Cosa? Non mi credi?», ma lui non mi ha risposto.

Quella è stata l'ultima volta che l'ho visto. Qualche giorno dopo avrebbe deciso di rintanarsi in uno degli edifici abbandonati a causa della guerra, di ingoiare un flacone di sonniferi e di entrare in coma chiudendo per bene la porta del sonno, finché il suo corpo non si è prosciugato e dopo qualche settimana è morto. Abbiamo visto la sua foto sul giornale. Lo hanno trovato mentre stavano piazzando dell'esplosivo nell'edificio per prepararlo alla demolizione. Hanno messo un annuncio chiedendo a chiunque lo riconoscesse di andare a prendere il corpo all'obitorio dell'ospedale governativo. Poi è arrivato lo zio di Anya e ha ritirato la salma. Con la morte di Kalashnikov Fiore, speravo che Anya sarebbe riapparsa nei miei sogni, ma non è successo.

Il commissariato

Quando ho saputo che Anya era apparsa a Kalashnikov rivelandogli che le avevo augurato di morire, ho sentito di aver causato la sua morte. Così sono andato in commissariato e mi sono avvicinato al poliziotto in piedi davanti alla porta.

«Voglio confessare», ho detto.

«Confessare cosa?», mi ha chiesto.

«Ho ucciso una ragazza. Si chiamava Anya e aveva quattordici anni».

Mi hanno trattenuto per interrogarmi, ma meno di quarantotto ore dopo mi hanno rilasciato. Non è stato facile. L'ufficiale è andato su tutte le furie e ha deciso di darmi una lezione. Non è che mi abbia preso a schiaffi né mi ha appeso a testa in giù fino a farmi uscire le budella dalla bocca. Mi disse che avrebbe potuto farmi tutto questo, ma aveva trovato un metodo migliore. Quella sera sarebbe dovuto andare in ospedale dalla moglie che stava per dare alla luce il loro primo figlio. Ma quando il poliziotto gli aveva detto che qualcuno era venuto a confessare di aver ucciso una bambina, era dovuto rimanere in commissariato. Al mattino aveva davanti a sé la cartella clinica di Anya. «I documenti che ho qui davanti dicono che Anya è morta di cancro. Ma se insisti nel dire che l'hai uccisa tu e vuoi essere punito, per me non c'è problema. Ma prima, dimmi: sei pentito per quello che hai fatto?».

«Sì, sono pentito», ho risposto.

«E allora perché non ti vedo piangere?».

«Non lo so. Non ho pianto da quando è morta. Non so perché».

«È meglio per te che tu versi delle lacrime, e anche tante, perché ora ti serviranno. Sono l'unica cosa che ti farà uscire da questa stazione di polizia».

L'indomani mattina l'ufficiale mi ha fatto pulire il bagno del commissariato: i gabinetti, il lavabo, le piastrelle del pavimento e delle pareti, e poi anche gli stivali dei poliziotti. «Ho saputo che non hai problemi a raschiare la merda, non è così?», mi ha detto. A un suo cenno della mano, è apparso Tuxedo. Non sono riuscito a trattenermi. Le lacrime hanno preso a scendere lungo le guance. Tuxedo mi ha guardato e poi è entrato in bagno. L'ufficiale mi ha detto: «Bene, abbiamo iniziato. Ora voglio che tu non smetta di piangere. Lo vedi il bagno? Voglio che lo lavi con le lacrime, non con l'acqua». Non so quante ore mi ci sono volute. Ho dovuto continuare a piangere, ma alla fine, dopo che l'ufficiale è andato in ospedale, uno dei poliziotti ha avuto pietà di me. «Usa l'acqua», mi ha detto. «Ma sbrigati, prima che lui torni».

Quando ho lasciato la stazione la sera successiva, avevo gli occhi rossi, gonfi e doloranti per il pianto. Ma ho pensato che, anche se fossi diventato cieco, mi meritavo quello che era successo. Perché Anya era morta per colpa mia. Perché le avevo augurato il cancro e poi lei l'aveva avuto davvero.

Tutto è successo la prima volta che ho provato a baciarla. Aveva due anni più di me e non aveva ancora conosciuto Kalashnikov Fiore. «Ci sto», mi aveva detto, «ma devi farlo da uomo. Se sai come baciarmi, te lo lascerò fare ogni giorno». A quelle parole, la prima cosa che mi è venuta in mente è stata la scena del bacio nella pubblicità del whisky. Anya mi ha portato nella stanza delle cianfrusaglie al terzo piano del condominio. Lì ci si poteva nascondere senza essere visti da nessuno. C'era spazio per due persone: ci si poteva infilare tra mucchi di mobili e scatoloni inutilizzati e così via, ma solo stando seduti. Ci si ritrovava circondati da ogni genere di oggetti scartati: utensili da cucina, giocattoli rotti, vecchie sedie e altre carabattole. Anya era un po' più alta, forse una decina di centimetri. Si è chinata verso di me e ha detto: «Ora chiudo gli occhi e tu mi baci. Okay? Chiudili anche tu mentre lo fai. È meglio così».

«Va bene», ho risposto chiudendo gli occhi, ma Anya li ha tenuti aperti.

In quel momento ero molto imbarazzato. Lo so. Tanto che ho sentito il sangue affluire da tutto il corpo e accumularsi in tutte le vene e i capillari del mio viso. Quando ho avvicinato le labbra alle sue, il mio naso ha cominciato a sanguinare. Lei mi ha allontanato spingendomi dal petto, per poi indietreggiare un po'.

«Ti sanguina il naso», ha detto.

Mi sono portato la mano alle narici per controllare. C'era davvero del sangue. Mi aveva macchiato le dita e la maglietta. Non avevo mai avuto un'epistassi. Mi sentivo come se la temperatura del mio corpo si fosse abbassata e ho cominciato a tremare, credendo di essere in punto di morte. Dopotutto, stavo sanguinando dalla testa. Di sicuro sarei caduto, mentre il mio sangue scorreva tra le cianfrusaglie, e avrei esalato l'ultimo respiro. «Dillo a mio padre», le ho detto in preda al panico.

«Non ce n'è bisogno», ha ribattuto. «Vai di sotto, lavati il naso e stenditi un po' finché l'emorragia non sarà passata».

«Va bene. Ma tu... non te ne andare. Tornerò per baciarti».

Lei ha scosso la testa con sufficienza per poi trascinarmi per il braccio fuori dalla stanza delle cianfrusaglie e accompagnarmi sul pianerottolo. Ho sceso le scale, sono entrato in casa e andato in bagno, mi sono lavato la faccia e poi mi sono sdraiato sul divano, forse per mezz'ora. Quando sono tornato su nella stanza delle cianfrusaglie, Anya non c'era più. Mi sono seduto e l'ho aspettata per circa un'ora, ma lei non è tornata.

Sangue dal naso

Questo era il mio problema con Anya. Ogni volta che eravamo soli insieme ero così imbarazzato che mi usciva il sangue dal naso. Non si limitava a scorrere: sgorgava a fiotti abbondanti e senza preavviso. Era come se mi avessero colpito in testa con una mazza da baseball. Non riuscivo a fermarlo e nemmeno a ridurne il flusso, e il risultato era un gran pasticcio: mi macchiavo le mani e i vestiti, e questo la disgustava. Il mio aspetto dava l'impressione che stessi soffrendo e che non fosse soltanto una questione di timidezza. A scuola mi ha detto che il mio sangue era molto rosso, come se fosse uscito direttamente dal cuore. «Se continui così, ti verrà l'anemia». Anya era anche la più brava della classe. Non era particolarmente bella. Quando la guardavo in faccia a lungo, diventava meno attraente. Sbiadiva. Come se la sua magia l'avesse abbandonata e si fosse dispersa nell'aria in minuscoli frammenti. Mi dicevo: «Questo significa che non mi sanguinerà il naso se oggi la incontrerò dopo la scuola». Non potevo dirle che perdeva il suo fascino quando la guardavo a lungo, e perciò non sarei più stato timido. Ma quando poi eravamo da soli, succedeva tutto il contrario. Il suo viso riacquistava quella magia, ed era come se la stessi vedendo per la prima volta. «A scuola mi hai detto che volevi dirmi qualcosa di importante», mi chiedeva. «Di che si tratta?». E prima che potessi dire una parola, il sangue mi saliva in testa e cominciava a sgorgare dal naso. Poi l'indomani a scuola veniva da me e mi diceva: «Sei molto pallido oggi. Probabilmente è a causa del sangue di ieri. È durato tanto?».

«No», rispondevo. «Si è fermato appena sono arrivato a casa».

«Bene, e cosa volevi dirmi?».

«Volevo dirti che se mi lasci guardare il tuo viso per un po' quando mi sanguina il naso, allora l'emorragia si fermerà».

«E come fai a saperlo?».

«Lo so e basta!».

Ma lei non mi ha mai dato questa opportunità. La vista del sangue era più di quanto potesse sopportare. Le ricordava la morte dei suoi genitori, anche se non li aveva mai visti sanguinare. Erano tristi e avevano concordato di morire entrambi da soli. Suo padre era rimasto accanto alla moglie dopo la morte di lei, mentre Anya era stata sempre con lo zio, sia quando era morta la madre sia quando se n'era andato il papà.

Sul viso di Kalashnikov Fiore c'erano piccole cicatrici. Sembrava il cattivo di un vecchio film. Le cicatrici se le era fatte in officina con mio padre. Kalashnikov aveva iniziato a lavorare lì da ragazzino. Era abile nel tagliare il vetro, ma spesso le schegge volavano via e gli arrivavano in faccia, finché un giorno fu colpito da un pezzo pù grande. Non entrò in profondità, anzi, gli fece solo un graffio, ma era uno di quei graffi che lasciano il segno. Bene, una cicatrice! Fu il dottore a decidere di sporgere denuncia contro mio padre. Dopo aver visitato Kalashnikov Fiore, fece una telefonata dalla sua clinica, mentre mio padre e il ragazzo aspettavano nel corridoio il referto medico. Il giudice era un suo amico. Il processo non durò molto. In un'unica udienza il tribunale stabilì che Kalashnikov aveva diritto a un anno di congedo retribuito, come risarcimento per le cicatrici in faccia. Dopo un anno, Kalashnikov avrebbe avuto il diritto di tornare in officina se avesse voluto. Non ci fu una seconda seduta e mio padre non nominò un avvocato. Ma riteneva che la sentenza fosse totalmente ingiusta. Così Kalashnikov Fiore veniva pagato da mio padre alla fine di ogni mese. Papà parlava spesso di lui, di come lo avesse assunto subito dopo la morte del padre. Sapevo tutto di Kalashnikov Fiore, ma non l'avevo mai visto fino a quel giorno, quando venne nel nostro appartamento. Mio padre aveva deciso di portarmi dal medico dopo le mie ripetute perdite di sangue dal naso. Ero troppo imbarazzato per dirgli che succedeva solo quando io e Anya eravamo soli, così proposi che, invece di andare dal dottore, chiedessimo allo zio di Anya di curarmi. Magari con un suo solo tocco sarei guarito. Ma mio padre ha detto: «Lo zio di Anya non può curarti se non sa come ti senti quando sanguini dal naso. Dovrai dirgli cosa provi appena prima che l'emorragia ha inizio. Altrimenti non funzionerà». Per questo non ho potuto beneficiare dei poteri di suo zio. Come facevo a dirgli che mi era successo quando stavo per baciare Anya o che era per colpa della timidezza? Se l'avessi fatto, probabilmente mi avrebbe afferrato in un modo che mi avrebbe lasciato per sempre con la bocca aperta, e non sarei più stato in grado di controllare la saliva. L'avevo sognato ed ero disgustato da me stesso. Quindi l'unica soluzione era che ci fosse una terza persona con noi quando io e Anya eravamo soli, così il mio imbarazzo sarebbe scomparso e avrei potuto baciarla.

Quel giorno avevo conosciuto Kalashnikov Fiore. Mi era sembrato molto educato e si era persino scusato con mio padre per la sentenza del tribunale. «Cosa c'entri tu?», gli ha risposto mio padre. «Quel dottore è un bastardo», e ha aggiunto che lui in ogni caso si meritava un anno di ferie, visto che non ne aveva avute da quando aveva iniziato a lavorare in officina. Così ho pensato che quel ragazzo fosse perfetto per stare con me e Anya. Quando gliel'ho presentato per la prima volta, non credevo ci fosse nulla di strano. Ero pronto a dirle: «Oggi non mi uscirà sangue dal naso. Vuoi provare?». Ma lei è rimasta a chiacchierare con Kalashnikov per tutto il tempo e a me non ha rivolto neppure una parola. Parlavano delle loro vite e ridevano insieme, e una volta lei gli ha dato una pacca sulla spalla e gli ha chiesto se sarebbe tornato nel nostro condominio. Lui le ha detto che sarebbe venuto e così hanno iniziato a frequentarsi. È successo tutto in fretta, prima ancora che potessi rendermene conto. Quando li ho visti per la prima volta baciarsi nella stanza delle cianfrusaglie è stato per caso. Li ho spiati. Erano seduti e Anya l'ha baciato, e aveva gli occhi chiusi, come lui. Sono rimasto lì ad aspettare che a Kalashnikov uscisse il sangue dal naso, ma non è successo. Il giorno dopo, a scuola, sono andato da lei ed ero talmente arrabbiato che le ho detto: «Spero che ti venga il cancro». Non sapevo nulla di preciso su questa malattia, ma avevo spesso sentito i bambini a scuola parlare animatamente delle patologie più spaventose del mondo. Insufficienza renale, cancro, ictus, epatite, anemia, emorroidi. Anche il professore di scienze ci aveva detto che il cancro è la malattia più dura del mondo: «Così dura», ci ha detto, «che se lo si augura a qualcuno, quella persona si ammalerà». In quel momento non ho prestato molta attenzione alle parole dell'insegnante. Non pensavo, né avrei potuto immaginare nemmeno per un attimo, che l'avrei augurato a qualcuno, specialmente ad Anya. Due o tre settimane dopo, nel condominio cominciò a girare la voce che Anya si era ammalata e che sarebbe morta. E da quel giorno ho iniziato a sentirmi in colpa. Ero io la causa.

Ho cercato di evitarla il più possibile, finché un giorno le ho detto: «Nel palazzo si dice che hai il cancro. È colpa mia, te l'ho augurato. Spero che tuo zio mi punisca ancora più duramente di quando sono salito a casa tua all'alba».

«Ma sei scemo? Pensi che mi possa venire il cancro solo perché tu hai aperto bocca per augurarmelo? Veramente ce l'avevo prima ancora che tu imparassi a parlare».

Ma se anche si fosse ammalata per colpa mia, il suo orgoglio le avrebbe impedito di ammetterlo. Si sarebbe sentita umiliata se una nullità come me le avesse augurato di ammalarsi e la cosa avesse davvero funzionato. Ha detto che lei e i suoi genitori si erano ammalati tutti nello stesso anno.

Come ho protetto lo zio di Anya

Nessuno osava chiedere ad Anya notizie dei suoi genitori per paura dello zio. Tutti lo temevano, anche i delinquenti locali con cui l'esercito evitava di scontrarsi. Ma uno di loro lo sfidò nella sala da biliardo. Si chiamava Tuxedo. Si vantava di avere i nervi così saldi che lo zio di Anya non avrebbe potuto fargli alcun male. Fecero un incontro a braccio di ferro. È vero che Tuxedo vinse, ma allo zio di Anya non importava vincere. Mentre Tuxedo tendeva i muscoli, lo zio di Anya premette il pollice in un punto della mano del suo avversario, e da allora Tuxedo prese a svegliarsi ogni notte alle quattro del mattino con un terribile mal di pancia e un incontenibile stimolo di liberarsi. Si rese conto che lo zio di Anya aveva avuto la meglio su di lui. Quando ormai il mal di stomaco lo aveva stremato e tutte le medicine e le diete speciali non erano riuscite a dargli sollievo, decise di costringere lo zio di Anya a risolvere il problema. Cominciò a presentarsi ogni mattina all'alba sulla sua Buick blu, accompagnato da un paio di altre auto piene di uomini armati. Scendeva dalla macchina e, mentre gli altri aspettavano fuori dall'edificio, saliva da solo al terzo piano, diretto all'appartamento 37 in fondo al corridoio. Alle quattro del mattino in punto abbassava i pantaloni, si accovacciava a svuotare le viscere davanti alla porta e poi se ne andava. Quello era il suo messaggio. E lo zio di Anya lo capì. Ma decise di non affrontarlo, pensando che alla fine si sarebbe stancato. O forse temeva che Tuxedo potesse fare qualcosa di male ad Anya. Perciò, si limitava a far finta di dormire.

Il problema, però, era Anya. Quando aprì la porta per andare a scuola, si trovò davanti la merda di Tuxedo. Scese le scale terrorizzata e con il volto pallido. Se qualcuno aveva fatto una cosa del genere, significava che stava minacciando suo zio. Meglio tornare a casa, a scuola non ci sarebbe andata. Preferiva rimanere a casa, protetta dallo zio. Lui la rassicurò. Da allora cominciò a prenderla per mano, scendere insieme a lei le scale e aspettare il tassista che aveva assunto per accompagnarla a scuola. E Anya lo scongiurava di stare attento. Una volta l'ho vista piangere. A scuola Anya era due anni avanti a me, e la vedevo durante l'intervallo. Le dissi che avrei protetto suo zio. Potevo saltare la scuola due o tre giorni alla settimana per badare a lui. Così come Anya era la prima della sua classe, io ero il più bravo della mia e avevo una riserva di voti extra in quasi tutte le materie. Mi sarei seduto al terzo piano davanti alla porta di casa loro anche se c'era merda dappertutto.

«Vuoi davvero farlo?», disse Anya.

«Sì».

«Ma prima dovresti togliere tutta quella roba».

«Sì, prima la toglierò e poi farò la guardia all'appartamento».

«Non puoi toglierla prima che io vada a scuola? Sarei felice se lo facessi», disse con un sorriso.

Non potevo credere alle mie orecchie. Le promisi che avrei iniziato quella sera stessa.

«E io mi alzerò per guardarti dallo spioncino. Vediamo se lo farai davvero».

Così mi svegliavo un po' prima delle quattro del mattino e, dopo che il corteo di auto di Tuxedo era andato via, salivo al piano di sopra in punta di piedi, con una spatola, due sacchetti di plastica e una scatola di cartone, per raschiare la merda. La spatola non la usavo. Era più che altro un'arma, per ogni evenienza. Mio padre lasciava quasi tutti i suoi attrezzi in officina e portava a casa solo la spatola. Da quando era morta la mamma, non aveva più lasciato un solo coltello in giro per casa. Li aveva messi tutti nell'armadio e lo aveva chiuso a chiave. Mio padre non mi disse mai come era morta la mamma, ma da questa sua abitudine ho capito che la sua morte aveva qualcosa a che fare con i coltelli da cucina e altri attrezzi affilati. Portava a casa solo le spatole. Così ne scelsi una come arma contro Tuxedo, se si fosse presentato all'improvviso. Per questo Anya e Kalashnikov Fiore in seguito mi chiamarono Spatola. Non sopportavo quel nome, ma alla fine mi ci abituai. A volte Anya mi prendeva in giro e lei e Kalashnikov dicevano che il nome mi si addiceva perfettamente perché ero davvero bravo a raschiare la merda degli altri senza lasciare traccia. Neppure l'odore. La merda di Tuxedo era grande e pesante come quella di un rinoceronte e ogni mattina andavo davanti alla porta di Anya, la raschiavo e la buttavo nell'ascensore rotto. I vicini erano infastiditi dalla puzza, che si diffondeva in tutti i piani del palazzo. Ma nessuno osava lamentarsi.

Non sapevo che lo zio di Anya aveva proposto a Tuxedo di curare il suo disturbo, a patto che lui venisse a rimuovere tutta la cacca dall'ascensore, cosa che lo fece arrabbiare, ma non aveva altra scelta, e lo zio sentiva che in questo modo avrebbe riguadagnato status e rispetto. Tuxedo avrebbe scoperto che ero stato io a farlo solo più tardi, alla stazione di polizia, quando sono andato a costituirmi dopo la morte di Anya.

In seguito, dopo aver conosciuto Kalashnikov Fiore nella stanza delle cianfrusaglie, Anya ha cominciato ad aspettare che lo zio dormisse per far entrare il ragazzo di nascosto e fare delle cose con lui. Le piaceva il suo coraggio: nessun altro era così audace da entrare in casa dello zio in quel modo. Ma in realtà Anya avrebbe difeso Kalashnikov davanti allo zio se lui lo avesse scoperto. Lo zio non avrebbe rifiutato, per paura di farla arrabbiare e far peggiorare la sua salute. O forse lo sapeva già.

Quando gliel'ho chiesto, mi ha detto che Kalashnikov sorvegliava lo zio all'interno dell'appartamento, io invece lo sorvegliavo fuori, e le ho creduto. A volte, mentre toglievo la merda, Anya e Kalashnikov si baciavano e si toccavano dietro la porta. Sentivo le loro voci. Mi spiavano mentre raschiavo la merda e cercavano di soffocare le risate. Poi tornavano a scambiarsi baci e carezze. Ho iniziato ad assentarmi da scuola e a rimanere seduto per terra davanti alla porta di Anya finché suo zio non si svegliava alle nove o alle nove e mezza del mattino. Appena lo sentivo mi alzavo e correvo a casa. La condizione posta da Anya era che lo zio non si accorgesse che lo stavo proteggendo.

Un paio di giorni dopo che avevo iniziato a raschiare merda, e prima che conoscesse Kalashnikov, Anya mi ha chiesto di aspettarla nella stanza delle cianfrusaglie perché voleva provare un'altra cosa con me. È stato allora che mi ha offerto di baciarla. Ha detto che una ragazza può innamorarsi di un uomo non a prima vista, ma al primo bacio. Il primo bacio decideva tutto. «Fallo come un uomo». E quando mi è uscito sangue dal naso mi ha detto che non ero ancora pronto per baciare una ragazza, ma che mi avrebbe aspettato. E invece qualche giorno dopo ha conosciuto Kalashnikov Fiore e l'ha baciato davanti a me. Be', non avrei dovuto vederli, ma li ho spiati. Erano nella stanza delle cianfrusaglie e io aspettavo che a Kalashnikov sanguinasse il naso, ma non è successo. E quando hanno finito lei ha detto «Oooh» con voce sommessa, dolce, simile a una resa. Poi l'ha baciato di nuovo, appassionatamente.

«Caga la saliva»

La mia speranza che Anya si innamorasse di me era legata alla merda di Tuxedo. Non me ne ero reso conto finché Tuxedo non si è arreso e ha fatto pace con lo zio. Io continuavo a salire al terzo piano poco dopo le quattro del mattino, come al solito, con una scatola di cartone, due sacchetti e la spatola, cercando la merda di Tuxedo non solo davanti all'appartamento di Anya, ma lungo tutto il corridoio, a destra e a sinistra. Raschiavo il pavimento con la scatola di cartone e annusavo piastrella per piastrella come un cane, perché a volte mancava la corrente e il corridoio era buio. Quando non trovavo nulla, bussavo alla porta e sussurravo: «Anya, Anya, hai visto qualche merda?». Ma nessuno rispondeva. Ero disperato. Aspettavo che arrivasse la Buick con a bordo Tuxedo. Poi un giorno a scuola Anya mi ha detto che suo zio non aveva più bisogno di me. Ma io volevo dimostrarle il contrario. E così ho cominciato ad andare a casa sua proprio alle quattro del mattino, naturalmente in punta di piedi. Davanti alla porta mi abbassavo i pantaloni e facevo la cacca, lasciando ovviamente una merda più piccola di quella di Tuxedo. Poi tornavo a casa e aspettavo che Anya venisse a chiedermi aiuto. Ma lei non mi rivolgeva la parola. A un certo punto ho perso la pazienza e le ho chiesto: «Non hai trovato una cacca davanti alla porta oggi?». Mi ha guardato stupita. Era la prima volta che vedevo i suoi occhi scintillare in quel modo. «In effetti è così», ha risposto. «Sospetto fortemente che sia stato Kalashnikov Fiore a farlo». Non riuscivo a capire se si fosse resa conto che ero stato io, ma ha aggiunto come sovrappensiero: «Sì, trovo merda ogni giorno e la pulisco da me». La mattina dopo, alle quattro, sono andato davanti a casa sua come al solito. Ho dato le spalle alla porta, mi sono accovacciato e l'ho fatta. Poi sono sceso a casa. Circa mezz'ora dopo sono tornato con la scatola di cartone, i due sacchetti di plastica e la spatola. Volevo dire ad Anya che ero venuto a pulire tutto. E che ero lì per proteggere lei, non suo zio. Il mio piano era di bussare alla porta e sussurrare: «Anya, Anya, sono qui, sono venuto a pulire». Ma non c'era niente. Come se avessi cagato aria. Allora ho bussato alla porta sussurrando: «Anya, Anya, hai visto una merda?».

All'improvviso suo zio ha aperto la porta, con un taglierino in mano. «Che ci fai qui, coglione?», mi ha detto.

Ho cercato di mantenere la calma come Kalashnikov Fiore, Tuxedo e i delinquenti locali e così ho ribattuto: «Non dovrebbe esserci una merda qui, davanti a casa vostra?».

«No, ma ora ce ne sarà un po' davanti casa tua». Mi ha afferrato per il colletto e mi ha portato di fronte al nostro appartamento. Con l'altra mano mi ha abbassato i pantaloni del pigiama e mi ha costretto ad accovacciarmi. «Caga!», mi ha ordinato. Ma il mio intestino era vuoto, non c'era nulla.

«Ho la pancia vuota», gli ho detto.

«Non è un mio problema», ha replicato. «Devi cagare. E voglio che sia una cagata grossa, come quella di un rinoceronte. Altrimenti ti faccio uscire il cervello dal naso». Ho cominciato a sforzarmi più che potevo. Mio padre era in piedi dietro la porta, ma non osava aprirla. Più tardi si è giustificato dicendo che voleva che ricevessi una bella lezione, ma io so che aveva paura dello zio di Anya. Dopo circa mezz'ora, forse, è venuto fuori un piccolo mucchietto. Papà mi stava guardando dallo spioncino. Mi sono messo a piangere e a supplicare lo zio. Ho detto che nelle viscere avevo solo saliva. «Allora caga la saliva». Sono rimasto accovacciato in quel modo finché non ho sentito Anya chiamarlo e dirgli: «Basta così».

Un suicidio in un vetro insonorizzato

È vero che, dopo la sua morte, Anya non è più apparsa nei miei sogni, ma ho trovato il modo di vederla quando volevo. All'inizio era facile, ma in seguito mi ci è voluto più tempo. Mio padre credeva che si trattasse di tentati suicidi. Ha cercato di convincermi a smetterla. Non mi era mai stato vicino, ma ora ogni mattina si sedeva sul bordo del mio letto e mi parlava. A volte diceva cose banali, solo per stare lì con me. E a volte diceva: «Che ne pensi se io ti dico un segreto e tu in cambio me ne dici uno tuo?». E prima che potessi rispondere, mi raccontava degli errori commessi nel suo rapporto con mia madre. Quando aveva finito, gli dicevo che non avevo segreti. «Bene, allora dimmi solo una cosa. Oggi cercherai di suicidarti?».

«Non lo so», rispondevo, perché non lo sapevo davvero.

Mio padre era disposto a fare qualsiasi cosa per farmi desistere da quell'idea. «Anche l'officina, potrei intestarla a te. Chiedimi qualunque cosa. L'importante è che tu non lo faccia più».

Gli avevo spiegato più volte che con i miei tentativi di suicidio non intendevo uccidermi. «Solo la prima volta, lo ammetto. Tutti gli altri tentativi erano dovuti ad altro», ho detto, il che ha fatto sentire mio padre ancora più confuso.

«Tua madre diceva sempre la stessa cosa. I suoi tentativi di uccidersi mi hanno stancato. Vederla prendere un coltello, o stare vicino alla finestra, o andare in bagno e chiudere a chiave la porta mi faceva stare in ansia. Non ne potevo più. E quando ha fatto i bagagli e se n'è andata, mi sono limitato a guardare».

Dopo il mio terzo tentato suicidio, mio padre stava per perdere la testa. «Il medico del pronto soccorso mi ha detto che ogni volta che cercano di rianimarti ti diventa duro. Sappiamo entrambi che sei ancora piccolo, ma se vuoi dei film porno te ne procuro qualcuno. Il dottore dice che potrebbe essere una specie di disturbo sessuale».

Continuavo a dirgli che non avevo bisogno di nulla e che se avessi avuto bisogno di qualcosa, avrei cercato di ottenerla e non mi sarei suicidato.

Se ci ripenso adesso, dopo tutti questi anni, non credo che avrei dovuto fare tanti sforzi per Anya, perché le possibilità che mi amasse dipendevano da un pezzo di merda. Immagina quanto deve essere profondo l'amore che nasce tra due persone perché un pezzo di merda le ha fatte incontrare. Ma Anya continuava ad amare Kalashnikov Fiore. E io, invece di provare a conquistarla in qualche altro modo, ho fatto del mio meglio per convincere Kalashnikov che il suo amore per Anya non era autentico e che i suoi sentimenti erano solo frutto della sua immaginazione. Ma Kalashnikov, che era un ragazzo semplice e a volte si confondeva facilmente, mi diceva: «Non lo so. Se avessi immaginazione, come dici tu, riuscirei almeno a sognare». Il massimo che sono riuscito a fare è stato fargli dubitare per qualche istante di amare Anya. Poi risolveva la questione dicendo: «So solo che quando penso a lei e mi tocco il viso, non sento più le cicatrici».

Mio padre aveva una piccola officina che produceva vetri insonorizzati e tornava sempre a casa con la tuta da lavoro sporca. Le finestre avevano due lastre di vetro con un vuoto al centro. I vetri insonorizzati si sono molto diffusi dopo la fine della guerra. Nonostante tutte le rassicurazioni, la gente non era affatto sicura che la guerra fosse finita davvero. Erano stanchi di incollare i vetri ogni volta che il rumore di un'esplosione o di una granata in lontananza li incrinava. Mio padre realizzava finestre a basso costo, con materiali che si lineavano invece di frantumarsi, riducendo di molto l'intensità del boato quando avveniva una deflagrazione. Ma era l'unico inquilino del palazzo a non aver installato vetri insonorizzati nel proprio appartamento. Preferiva mantenere quelli normali perché così avrebbe sentito le urla della gente ogni volta che avessi tentato di nuovo di suicidarmi. I clienti però sospettavano che non si fidasse dei suoi prodotti, e quindi si rivolgevano ad altre vetrerie. «Ti rendi conto che i tuoi tentativi di suicidio prima o poi ci faranno fallire?», diceva. E così ci siamo trasferiti in un altro condominio di un altro quartiere.

Non stavo mentendo a mio padre. Al mio primo tentato suicidio avevo davvero intenzione di morire. L'ho fatto poco dopo aver visto Kalashnikov Fiore per l'ultima volta, quando mi aveva preso il salvadanaio. Ero arrabbiato, e frustrato anche, perché avevo scoperto che Anya si era trasferita dai miei sogni ai suoi. Volevo morire per poter essere con loro quando sarebbe apparsa a Kalashnikov nei suoi sogni. Per prima cosa ho pensato di arrampicarmi sull'impalcatura e saltare, ma questo avrebbe lasciato dei lividi. Forse il collo mi si sarebbe spezzato come un fiammifero, oppure mi sarei fracassato il cranio. Ciò significava che sarei apparso deforme nei sogni di Anya e Kalashnikov. Così ho pensato a un altro modo per uccidermi: procurarmi un'ernia. Non avrebbe lasciato alcun segno. I ragazzi del quartiere giocavano a pallacanestro nel parcheggio e io mi sono avvicinato a una macchina, ci ho messo le mani sotto e ho cercato di spostarla. Sapevo che non ce l'avrei fatta, ma l'obiettivo era sollevare un grosso peso così a lungo da stracciarmi le viscere e morire. Sentivo l'ernia estendersi dentro di me, come se io fossi una camicia da cui si strappano i bottoni. Ma ho continuato a spingere l'auto verso l'alto finché i ragazzi del parcheggio non hanno smesso di giocare e hanno iniziato a incitarmi, urlando in coro: «Spa-to-la! Spa-to-la! Spa-to-la!». E forse stavano per iniziare a fare scommesse quando sono caduto a terra, mi è uscito sangue dal naso e sono svenuto. In quel momento è apparsa Anya. È vero che sono caduto prima sul portabagagli dell'auto e poi a terra, ma mi è sembrato di cadere dall'ultimo piano dell'edificio. Sentivo un dolore tremendo e una sensazione di bruciore alle gambe, alle braccia e alla gola. Per un attimo ho pensato che avesse funzionato e che la morte ti porti davvero da questo mondo a quello dei sogni altrui, e che si possa passare la vita a vagare da un sogno all'altro, a volte con sembianze umane e a volte come una pianta, un rumore, una voce o persino uno sfondo. In questo modo non ci si annoierebbe mai, perché la vita sarebbe una continua e inattesa trasformazione.

Ma non ho visto Kalashnikov Fiore da nessuna parte. E poiché era impossibile sognare Anya senza che ci fosse anche lui, mi sono reso conto che le cose non stavano come avevo pensato, soprattutto perché Anya mi ha detto: «Rendi l'anima». Non ha usato quelle parole esatte, ma qualcosa dentro di me era certo che mi stesse chiedendo questo. Come accade nei sogni, quando si riesce a capire qualcosa senza alcun segnale verbale.

«Sei morto, e non devi fare altro che dire: *Ti consegno la mia anima*, e quella se ne andrà automaticamente», mi ha detto, porgendomi un sacchetto di carta aperto come quelli per vomitare in aereo, con la differenza che aveva il logo del riciclaggio. È vero quello che ha detto. Per i medici ero morto. Non c'era più battito. Ma Anya sembrava avere fretta, perché Kalashnikov Fiore la stava aspettando e doveva tornare da lui. «Anche se sei a tutti gli effetti un angelo, sei sempre dello stesso pessimo umore», ho detto, ma Anya non mi riconosceva. Non sapeva chi fossi o di cosa stessi parlando. Ho intuito anche questo, ma lei non ci ha badato affatto. Sembrava di qualche anno più grande. È stata quella la prima volta che ho sentito di non dover fare tanti sforzi per lei. Ho provato una tale umiliazione, mi sembrava quasi che le dita di suo zio mi stessero premendo il collo, come quando mi aveva detto: «Caga la saliva».

Quel giorno il mio cuore ha smesso di battere per un momento, ma non ho reso l'anima e ho ripreso conoscenza. Quando mi sono risvegliato nel reparto rianimazione il medico mi ha detto con orgoglio: «Ti abbiamo perso per circa un minuto, ma i veri eroi si riprendono sempre».

Quando, nel nostro rione, i ragazzi della pallacanestro mi hanno chiesto cosa avessi visto, ho risposto che l'angelo della morte che viene a prendere le nostre anime si presenta sotto le sembianze della persona che abbiamo amato di più in vita nostra. Per alleviare il dolore, per distoglierci dalla sofferenza. E il mio angelo della morte avrebbe avuto le sembianze di Anya.

Ospedale

L'ultima volta che l'ho vista era incinta. Non potevo crederci. Erano già passati sette mesi dal mio ultimo tentativo di suicidio. Sembrava stremata, visto che era ormai prossima al parto. Ora mi rendevo conto che ogni volta che la evocavo, lei veniva da me dai sogni di Kalashnikov Fiore, e la distanza tra me e lui era enorme. Tuttavia, associavo il suo sfinimento alla malattia, e non alla gravidanza. Guardandola, capivi che nel suo corpo c'era qualcosa che non andava. Stanca, magra e sudata. Eppure stava in piedi davanti a me con la fierezza e la fiducia in se stessa che aveva sempre avuto, e mi ha detto: «Ora sei morto. Non ti resta che dire: *Ti consegno la mia anima*, e quella se ne andrà automaticamente». Come al solito, Kalashnikov Fiore non c'era, ma riuscivo a intuire che anche lui soffriva di quella stessa malattia e che stava molto male. Questo significava che non avrei più potuto evocarla nei miei sogni, perché lui era in fin di vita e lei gli sarebbe rimasta accanto. Volevo avvicinarmi e aiutarla a sedersi. Per la prima volta mi sentivo come un fratello, e non quel ragazzo che soffriva per Anya. Ma non riuscivo a fare un solo passo verso di lei. «Aspetterò che tu partorisca e poi renderò l'anima», le ho detto. Sarei rimasto per prendermi cura della sua bambina. Ero sicuro che sarebbe stata una femmina, e io mi sarei occupato di lei e della sua educazione. Questo sarebbe potuto accadere di lì a un'ora o due, o al massimo a fine giornata. E non avrei avuto problemi, visto che potevo fermare il mio cuore per ore e tornare ripetutamente in vita.

Mentre pensavo a tutto questo, mi sono reso conto di essere in ospedale. Come ogni volta, con la differenza che aspettavo fuori dalla stanza, al pronto soccorso, seduto accanto ad altri padri di tutte le età. Ma nessuno di loro sembrava accorgersi della mia presenza. E mentre ero in attesa di sentire il vagito di una neonata, da un'altra stanza che non potevo vedere mi è giunta la voce di un medico che diceva a un padre disperato, abbracciandolo: «Abbiamo fatto tutto il possibile. Questa volta l'abbiamo perso. Non pianga, la sua anima potrebbe essere ancora qui in giro». Avevo paura di alzare lo sguardo e vedere il padre che stava uscendo dalla stanza proprio in quel momento. Si asciugava le lacrime con la manica della tuta da lavoro sporca.

Antologia del KO

Il Francese

Quando il cadavere del Francese è entrato in casa nostra, non riuscivo a credere ai miei occhi. «Lo mettiamo sul tuo letto per dieci minuti», ha detto mio padre, e io ho accettato senza dire una parola. Lui e un altro uomo sono andati nella mia stanza. Era mezzanotte passata e le luci erano spente. Mia madre stava dormendo e i miei due fratelli minori non erano in cameretta. L'indomani sarebbe cominciato il fine settimana e non dovevamo andare a scuola, perciò mio padre li lasciava stare svegli fino a tardi a patto che non facessero rumore. Non vedevamo un cadavere da settimane. Prima di allora avevamo avuto in casa quelli che l'ospedale inviava a mio padre, il che ci portava a credere che fossero innocui. Rimanevano da noi per qualche ora o addirittura per una notte intera, prima di essere portati via all'alba. Questo per dire che vedere un altro cadavere non avrebbe dovuto mettermi a disagio. E invece è esattamente ciò che ho provato, mentre passavo in rassegna con lo sguardo quelle fasce muscolari simmetriche con le loro linee sottili, speculari come le due facce di una carta da gioco, al solo pensiero che lui ormai era morto, e la sua forza non era superiore a quella di una foglia di lattuga. Mio fratello si è accorto che non mi sentivo bene. «Sembra solo stanco, non morto», ha detto. Da un lato, pensavo di aver perso una grande opportunità, dall'altro avevo la forte sensazione, quasi un'intuizione dovuta a una sorta di sesto senso, che la sua morte avesse a che fare con me. A maggior ragione perché era scalzo.

«Perché non porta le scarpe?», ho chiesto a mio padre, e lui mi ha rivolto un'occhiata che sembrava dire: «Che razza di sciocchezza... e adesso, poi!». Ma io sapevo di cosa stavo parlando. Quel giovane che aveva solo qualche centimetro più di me, infatti, era la star del pugilato della nostra scuola. Tutti quelli che aveva battuto erano più alti di lui e pesavano di più. Era lo studente più carino del liceo, parlava poco e si pettinava quei suoi bei capelli castani con la riga di lato, cosa che lo faceva sembrare più grande. Quando sferrava il primo pugno, non riusciva più a fermarsi, ragion per cui tutti dicevano che il Francese sarebbe diventato il campione dei tornei universitari entro la fine del suo primo anno accademico, e poi sarebbe entrato a far parte del mondo dei professionisti, il che sarebbe stato per lui ancor più facile che allacciarsi le scarpe.

Ero un appassionato di pugili, come Rocky Marciano, Muhammad Ali e Mike Tyson, a differenza di mio padre che aveva lavorato per due anni e quattro mesi nel reparto di Anatomia Patologica dell'ospedale universitario, prima di essere licenziato. Gli era stato detto di non fare domande. In seguito, cominciò a girare la voce che fosse per un incendio nel reparto di Neonatologia, anche se si trovava al sesto piano dell'ospedale, mentre la stanza in cui lavorava mio padre era nel seminterrato. Il direttore non aveva avuto altra scelta che addossare la colpa a mio padre nelle pseudo-indagini condotte da una commissione interna. Non si sapeva quale dei neonati fosse l'obiettivo, ma c'era di mezzo qualche pezzo grosso e una storia di riciclaggio di denaro. Insomma, mio padre è stato costretto ad accettare l'offerta. Lo avevano licenziato ma non avrebbe perso il suo lavoro.

«È possibile?», ha chiesto mio padre al direttore dell'ospedale.

«Tutto è possibile in questo paese. Non lo vedi il grande manifesto pubblicitario del chirurgo plastico sulla Corniche? È ancora appeso lì. Si è beccato sei o sette denunce, ma esercita ancora la professione... Ti manderemo dei cadaveri di tanto in tanto dopo averli sottoposti ad autopsia e tu li farai esaminare agli studenti di medicina prima di restituirceli», gli ha risposto il direttore.

Quel giorno mio padre è tornato dal lavoro dicendo: «Mi hanno trasferito a casa». Non ha detto: «Mi hanno licenziato», né: «Mi hanno espulso», o qualcosa del genere. Ha detto la verità nuda e cruda. «Mi hanno trasferito». Così come un impiegato viene assegnato dall'archivio a un altro reparto, con la differenza che mio padre si è messo a lavorare da casa. Quando ci ha spiegato che era una cosa che qualunque dipendente al mondo avrebbe desiderato, anche se lavorava nel reparto di Anatomia Patologica, i miei due fratellini hanno iniziato a fare salti di gioia.

Autolavaggio

Sezionare i cadaveri non era l'unico mestiere di mio padre. Nel pomeriggio lavorava nell'autolavaggio sotto il nostro condominio, che il proprietario aveva suddiviso in tre sezioni: amministrazione, luogo di preghiera e clienti. Durante gli anni della sua specializzazione in Medicina Legale nella Germania dell'Est, mio padre aveva lavorato in un autolavaggio, e dopo la laurea non aveva rinunciato a quella professione. Lavare le macchine gli dava una sorta di equilibrio psicologico. Adesso era anche il direttore dell'autolavaggio del nostro palazzo, e non solo un dipendente. Così, da quando mio padre era stato *trasferito* a casa, l'autolavaggio di notte si trasformava in una sala per l'esposizione di cadaveri non identificati, a beneficio degli studenti di Medicina che venivano a studiarli in segreto. Mio padre adagiava la salma su una lastra di alluminio per terra, e i cilindri che normalmente sollevano le macchine durante il lavaggio la elevavano fino a una certa altezza.

Le prime volte che l'ospedale gli ha affidato dei cadaveri, mio padre non li ha mostrati agli studenti nell'autolavaggio, bensì in camera mia, una stanza rettangolare con una finestrella affacciata su un piccolo frutteto di banane sul retro del nostro palazzo, da dove spesso emanava un cattivo odore di concime, così forte da poter coprire persino il fetore di una salma. La mia stanza non era l'ideale per un adolescente, ma mi andava bene, specialmente perché la puzza di concime teneva lontani i miei fratellini, più piccoli di me rispettivamente di quattro e cinque anni e mezzo, e con cui non andavo molto d'accordo. Quando si sono accorti del mio interesse per la boxe, hanno provato a guardare alcuni incontri insieme a me. Ogni volta, però, le loro continue domande mi guastavano il divertimento. Erano domande del tipo: «Perché litigano? Si conoscono? Se nessuno dei due ha mai fatto del male all'altro, perché si stanno picchiando?». Io non rispondevo. Per loro era difficile capire come mai due tizi cercassero di uccidersi a vicenda, con violenti pugni alla testa, per far divertire persone che non avevano mai visto in vita loro. I miei fratelli alla fine si sono arresi e sono tornati al loro consueto passatempo: disegnare vestiti per le bambole delle figlie dei vicini. Quanto a me, la mia passione per il pugilato e tutto ciò che lo riguardava – articoli, libri, reportage, descrizioni di scene di KO di tutte le categorie e pesi – ha coinciso con la scoperta del mio amore per la lettura e la letteratura. E ho deciso che in futuro avrei scritto un libro di racconti e che lo avrei intitolato *Antologia del* KO.

Primo incontro

Quando portavano i cadaveri a casa nostra, io ero costretto ad andare a dormire nella stanza dei miei fratelli. Ce lo chiedeva nostro padre. La salma arrivava, e nel giro di mezz'ora cominciavano a bussare gli studenti universitari. A volte tutti insieme, altre volte uno a uno. Consegnavano una busta a mio padre e lui li portava direttamente in camera mia, chiudeva la porta e lì trovavano ad attenderli un cadavere disteso su un telo cerato, sul mio letto. Mio padre non mi permetteva di guardare in faccia gli studenti. Ma dalle loro voci dovevano essere in quattro o cinque. Mentre studiavano il corpo, io rimanevo con i miei fratelli nella loro stanza. A dire il vero, il mio arrivo improvviso generava confusione nel loro mondo infantile. Se ne stavano in silenzio, per paura che facessi loro del male. Forse pensavano che mi sarei messo a prenderli a pugni di punto in bianco, come un idiota. Non appena mettevo piede nella loro stanza, cadevano a terra da soli.

Questo perché i miei fratelli mi avevano deluso. E lo sapevano. La mia passione per il mondo della boxe non significava che il mio sogno fosse di diventare un pugile. Come vedrete in questa storia, non sono bravo a mantenere intatta la testa. Per essere un buon pugile, dovrei mettere da parte il cervello e combattere senza usarlo. In compenso, mi piace molto vedere la gente prendersi a pugni.

Tutto ha avuto inizio quando ho chiesto ai miei fratelli di sferrare tre pugni ciascuno sul braccio dell'altro, più forte che potevano; in cambio avrebbero potuto spartirsi a metà la mia paghetta quotidiana. Era domenica e non avevo niente da fare. Per qualche ragione, il loro scambio di pugni mi ha dato un senso di sollievo, e in seguito ho scoperto che quel che mi affascinava della boxe era organizzare gli incontri, non disputarli. E non ho tardato a farlo. Così ho organizzato il primo combattimento a pugni nudi tra i miei due fratelli, nel corridoio dell'ultimo piano del nostro palazzo, che era disabitato, chiedendo a tutti i ragazzi e le ragazze presenti di scommettere una somma sul pugile che secondo loro avrebbe vinto. Avevo passato la sera prima a convincere i miei fratelli ad affrontare il match, dicendomi: «Se riesco a organizzare un incontro di boxe tra loro due, significa che posso organizzare un incontro di boxe tra chiunque altro nel mondo».

La mia ambizione era quella di metter su un torneo di pugilato senza precedenti. Stelle del cinema, persone facoltose, VIP, conduttori di TG, scrittori, politici. Uomini e donne. Convincerli a fare a pugni su un ring e guadagnarci un sacco di soldi. Sarebbe stato un successo clamoroso, avrei dovuto costruire uno stadio per migliaia di persone e prendere accordi con le reti televisive internazionali per trasmettere gli incontri in diretta, in modo che anche le persone più povere fossero disposte a sborsare qualcosa per vedere un politico o un uomo d'affari cadere al tappeto con un colpo da KO. Non nascondo di essermi ritrovato dalla parte del mio fratellino più piccolo, che aveva una voglia a forma di intestino in miniatura dall'angolo della bocca fino a un punto a metà tra il labbro e il mento, il che faceva sì che gli altri bambini in genere lo evitassero. Tuttavia, quell'incontro non era destinato a svolgersi: quando ho suonato la campana, una delle ragazze ha urlato: «Intestino!», muovendo il dito per aria come un verme, e mio fratello si è voltato verso il pubblico, che si contava sulle dita di due mani, e si è avventato su facce e corpi con deboli pugni vaganti, mentre borbottava qualcosa con rabbia e con le lacrime agli occhi. L'altro mio fratello si è unito a lui senza pensarci un attimo.

«Cadavere! Cadavere!»

Il televisore rimaneva in camera mia. Mio padre aveva detto che non era possibile trasferire il cavo satellitare in soggiorno o nella stanza dei miei fratelli perché era troppo corto, e che, se volevo seguire i programmi di boxe dal vivo che andavano in onda all'alba per via del fuso orario tra noi e gli Stati Uniti, dovevo farlo dalla mia stanza, mettermi le cuffie ed evitare di pensare al cadavere accanto a me. Poi, comunque, non è stato necessario. Mio padre ha cominciato a portare le salme direttamente nell'autolavaggio al seminterrato, e io sono tornato a dormire in camera mia. Ci eravamo del tutto dimenticati la cosa. Perciò sono rimasto molto sorpreso quando i miei fratelli hanno aperto la porta della mia stanza esclamando: «Cadavere! Cadavere!», come se stessero parlando dell'arrivo di qualcosa che aspettavano da tempo.

Stavo guardando un incontro di Tyson, e il commentatore stava facendo un confronto tra il suo stile e quello di Jack Dempsey. L'ospedale non aveva mandato nessuna salma a mio padre per due settimane. Credevo che quello fosse il motivo per cui i miei fratelli erano tanto entusiasti, e poi mi sono chiesto cosa avesse spinto mio padre a portare un cadavere in casa. Sono uscito dalla mia stanza per capire cosa stesse succedendo, e ho visto papà e un suo ex assistente venire verso di noi trasportando il corpo del Francese attraverso il soggiorno. Mio padre, senza guardarmi in faccia, ha detto a bassa voce: «Lo metteremo per dieci minuti sul tuo materasso». Allora ho preso il materasso dal letto e l'ho messo a terra, coprendolo con un lenzuolo. Il Francese era a petto nudo, come sapete, e pantaloncini sportivi rossi, le mani avvolte nella garza, avvizzito come una gigantesca foglia di lattuga, come se fosse semplicemente rilassato, stanco e non morto, come aveva detto mio fratello. Il suo corpo mi sembrava perfettamente intatto. Mio padre ha cominciato a esaminarlo e, come medico legale, ha cercato di risalire alla causa della morte per dare una dimostrazione all'assistente. È stato in grado di individuare due fratture sulle dita della mano. Si è soffermato su un livido sulla tempia destra e altre ecchimosi al viso. L'assistente ha spiegato che il giovane era morto sul ring e che il suo avversario era stato arrestato, ma mio padre, tutto concentrato sul livido alla tempia, ha detto: «Non credo che a ucciderlo sia stato quel colpo».

Una sensazione di profonda tristezza mi ha divorato quando ho sentito le sue parole, ma non ho lasciato trasparire alcun sentimento. Se volevo diventare un organizzatore professionista di incontri di pugilato, quella era la mia prima lezione. Era vero che avevo perso un pugile promettente ancor prima di riuscire a fargli un contratto, ma ne sarebbero arrivati altri. Era solo questione di tempo. Di fronte a quei pensieri da due soldi, mi è venuto in mente che se avesse avuto l'opportunità di risorgere dalla morte, assestare un solo pugno in testa a qualcuno e poi morire, il Francese avrebbe scelto me.

Ho deglutito a fatica prima di intromettermi nel discorso: «Le fratture al dito indicano che ha cercato di concludere l'incontro al primo round con un montante, ma ha fallito», ho detto mentre mi figuravo ogni pugno che aveva preso in base ai lividi che aveva in faccia. «Questo livido è stato causato da un diretto. Questo da un gancio... E quest'altro da un montante». Parlavo in modo febbrile, come se stessi delirando. Forse perché ero influenzato dal match di Tyson che si era concluso con un knock out. O perché volevo che l'ultimo capitolo della vita del Francese fosse epico. Oppure semplicemente per togliermi di dosso quella brutta sensazione di avere qualcosa a che fare con la sua morte. In ogni caso, per tutto il tempo ho evitato di guardare i suoi piedi scalzi.

Di fronte al silenzio di mio padre e del suo assistente, che ho interpretato come interesse per quello che stavo dicendo, ho aggiunto: «Voglio stare con gli studenti quando studieranno il corpo. Li sfiderò a scoprire la causa di ogni livido che ha in faccia».

«Non verrà nessuno studente...», ha detto il collega di mio padre mentre girava il corpo del Francese per sistemarlo di lato. Poi ha aggiunto: «C'è dell'altro... al cervelletto... un colpo...», indicando la nuca.

Mio padre ha toccato molto delicatamente l'area interessata con il pollice. «È una frattura. Delle dimensioni di una grossa noce», e ha proseguito spiegando che nel punto in cui era stato colpito c'era un'incrinatura, ma era ancora intero, come quando butti per terra un oggetto di porcellana e quello si spacca senza frantumarsi. E poi mi ha gettato in faccia la sua conclusione come una bomba fumogena: «Deve aver ricevuto questo colpo almeno mezz'ora prima dell'incontro. Probabilmente ha combattuto con le vertigini... non so come ci sia riuscito...».

Sapevo dell'incontro, come tutti nella mia scuola. Era il match più importante che il Francese avrebbe disputato fino a quel momento. Il suo avversario aveva quattro anni più di lui, era al quarto anno di Biofisica. Era il campione universitario in carica. Si faceva chiamare Apocalypse.

Mio padre ha rimesso il corpo nella posizione precedente, guardandolo in silenzio. Tutta quella massa muscolare, centinaia di ore di allenamento... ora sarebbe diventata cibo per i vermi, che sottoterra si sarebbero divertiti a strisciare dentro ogni muscolo e a farlo esplodere per poi divorarlo. Intanto, il collega di mio padre stava spiegando che l'ospedale non c'entrava niente con quel cadavere. Era stata la madre del giovane a chiedergli di nasconderlo, perché la polizia lo stava cercando, e lui l'aveva portato a casa nostra. Avremmo dovuto tenerlo in camera mia per la notte, e l'indomani mio padre l'avrebbe portato all'autolavaggio, poi la signora sarebbe venuta a prenderlo per seppellirlo nel cuore della notte.

Il ring del gelso

Gli alunni della scuola che frequentavo erano molto bravi a infrangere le regole. Dall'uscire di soppiatto per rubare oggetti dalla cooperativa e tornare in classe, alla vendita di sigarette di contrabbando alle ragazze della vicina scuola femminile. E a volte qualcuno tornava raccontando di aver litigato con uno sconosciuto fuori dalla scuola e si metteva a spiegare con dovizia di particolari come lo aveva gonfiato di botte. Eppure non avevamo mai visto una sola rissa, almeno a mani nude, nella nostra scuola. Ma bastava dare un'occhiata agli studenti, anche solo per cinque minuti, per capire che erano nervosi. Cosa, questa, che mi ha incoraggiato a cercare di diventare un promoter di combattimenti a scuola, soprattutto dopo il fallimento di quell'incontro tra i miei fratelli, dopo il quale avevo soprannominato il più piccolo Tommy the Intestine, richiamando la sua attenzione sull'impatto del nome in inglese per farlo abituare alla voglia sul viso. Ho lavorato per persuadere gli studenti a battersi con spirito sportivo, promettendo che mi sarei fatto carico personalmente di qualsiasi azione disciplinare a cui il preside avrebbe potuto fare ricorso se ci avesse scoperti. Ci sarebbero state scommesse, e quindi soldi, anche per gli sconfitti. Tutti gli incontri si sarebbero svolti in orario extrascolastico e vi avrebbero preso parte ragazzi e ragazze. Abbiamo anche corrotto il bidello per trasformare un angolo del cortile sul retro, ombreggiato da un gigantesco gelso, in un ring. Tutto è filato liscio. Gli scontri rendevano gli studenti, ragazzi e ragazze, più calmi durante le lezioni. E il preside ha scoperto di non essere più costretto ad arrabbiarsi. Forse è per questo che ci permetteva di continuare a batterci, senza che noi sapessimo che ne era a conoscenza. Gli incontri di boxe sotto il gelso cominciavano alle tre e mezza e duravano un'ora.

Non realizzavo grandi profitti. Ma con il tempo, gli abitanti dei palazzi intorno alla scuola, che potevano vedere il ring del gelso, hanno iniziato a uscire sui balconi per assistere agli incontri. Nessuno di loro ha mai pensato di fermare i combattimenti tra gli studenti che, ho scoperto, non conoscevano le regole della boxe. Gli incontri si sono così trasformati gradualmente e mio malgrado in round di risse da strada, perché la nostra scuola si trovava ai margini di un quartiere che cominciava a essere abitato da persone benestanti apparse all'improvviso dopo la fine della guerra, e i poveri nutrivano del malcontento nei confronti della nuova società, con la quale non riuscivano a tenersi al passo nemmeno con i prestiti bancari; così come nutrivano risentimento nei nostri confronti, perché eravamo in qualche modo una loro rappresentazione, un'immagine tridimensionale che avrebbero sempre voluto gonfiare di botte. Per questo apprezzavano particolarmente gli incontri. A volte si sentiva qualcuno gridare frasi di incoraggiamento o suggerire mosse e pugni al pugile. «Alla tua destra, alla tua destra!», «Copriti le costole, scemo!», «Abbassa la testa!», «Non curvare la schiena!», «Allontanati dall'angolo!», «Vai a farti fottere!».

Soltanto il Francese – che avevamo soprannominato così per via del suo corpo muscoloso ma non enorme, visto che della Francia non conoscevamo nulla a parte due cose: la torre Eiffel e lo stile di body building che ti faceva avere muscoli sporgenti ma non gonfi –, già famoso nelle scuole del quartiere, non si lasciava convincere a partecipare. Ne avevo un disperato bisogno per passare a un altro livello. Se avesse disputato anche solo un incontro, il mio nome avrebbe attirato l'attenzione dei club e forse degli uomini d'affari. Ma il Francese non mi prendeva sul serio. Non ha provato nemmeno una volta a rimanere dopo la scuola, neanche a guardare. Io allora ho deciso di organizzargli un incontro, anche se suo malgrado. Noi due eravamo gli unici ad avere un vero interesse per la boxe. E sentivo di potergli essere molto utile con la mia passione e le mie informazioni. Ma siccome ero in seconda media, e lui invece in seconda superiore, mi vedeva solo come un ragazzino invadente e non badava affatto a me, nonostante le buone maniere e l'atteggiamento rispettoso. Io, invece, pensavo di dover assolutamente sfruttare quell'opportunità, perché non capita tutti i giorni di incontrare il pugile più importante a livello scolastico da quando è nato questo sport.

Leone

È per questo che alla fine mi sono ritrovato a rubargli le scarpe che indossava durante gli incontri. Erano di marca Leone, in due sfumature di marrone. Pelle e camoscio, con scritte sulla parte superiore della linguetta, a lettere d'oro, screpolate. Erano scarpe usate, adatte agli allenamenti, non alle sfide sul ring. A volte gli avversari protestavano, ma i giudici, ammirando lo stile del Francese, li mettevano subito a tacere: «Ti ha preso a pugni con i guantoni o con le scarpe?».

Si allenava tre volte a settimana, dopo la scuola. Portava con sé i vestiti della sua palestra, comprese quelle scarpe che metteva in un sacchetto di nylon sotto i libri nello zaino. Dapprima avevo pensato di rubare entrambe le scarpe, ma il Francese se ne sarebbe accorto subito. Allora ho rivisto il mio piano e ho deciso di prenderne una soltanto. Sarebbe stato anche più facile. Ho fatto tutto il giovedì successivo. Un giorno prima che il suo cadavere arrivasse a casa nostra. Era il compleanno di uno dei suoi compagni di classe e il gruppo era nel campetto in cortile a festeggiare facendosi i gavettoni. Ne ho approfittato per entrare nella sua classe e uscire con la scarpa senza che nessuno mi vedesse. Mancavano ancora altre due ore di lezione. Quando è suonata l'ultima campanella, sono passato davanti alla sua classe e l'ho visto cercare ansiosamente la scarpa in giro per l'aula, mentre il contenuto del suo zaino era sparpagliato sul banco. Era da solo. Mi sono reso conto che non aveva detto a nessuno dei suoi compagni che la scarpa non c'era più, o forse l'aveva scoperto solo quando stava per uscire dall'aula. Oppure non poteva proprio credere che qualcuno gli avesse fatto uno scherzo del genere. Quella è stata l'ultima volta che l'ho visto. Il venerdì non sono andato a scuola per due motivi: per fugare da me i sospetti e perché credevo che la mia assenza avrebbe esercitato su di lui un meccanismo di pressione, portandolo ad accettare la mia offerta.

Mentre tornavo a casa, quel giovedì, ho iniziato a pensare alle conseguenze della mia azione se lui avesse scoperto che ero stato io, tanto più che i miei due terribili fratelli mi avrebbero smascherato di nascosto. E così sono passato al negozio dell'usato. Un locale enorme pieno di vestiti, giocattoli e scarpe che il venditore aveva diviso in due parti: una sugli scaffali, dove erano esposte paio per paio, e l'altra messa alla rinfusa in enormi scatole, dove dovevi cercare le due scarpe che volevi comprarti. Mi sono diretto verso una di quelle scatole fingendo di voler acquistare qualcosa. «Salve», ho detto al venditore, proseguendo per la mia strada. Ho iniziato a giocherellare con il contenuto della scatola, prendendo le scarpe e poggiandole per terra per poi rimetterle nel contenitore. Il mio piano era di lasciare lì, tra le altre scarpe, quella che avevo preso al Francese. Dal momento che era una soltanto, nessuno l'avrebbe comprata. Ora non potevo più tirarmi indietro. E se, mentre uscivo dal negozio, il venditore avesse scoperto che avevo una scarpa nello zaino? Avrebbe pensato che gliel'avevo rubata. Il mio zaino era a terra vicino alla scatola, quindi mi sono chinato, ho preso la scarpa Leone e l'ho infilata nella scatola in mezzo alle altre, poi ho iniziato a rimestare per seppellirla bene. Lunedì avrei parlato con il Francese. Se fosse venuto a combattere sotto il gelso, gli avrei comprato delle scarpe al posto di quelle che aveva «perso». Scarpe da pugile professionista. Anzi, avrei annunciato a scuola non solo l'incontro ma anche il suo scopo, ricomprare le scarpe al campione, guadagnandomi così la simpatia degli studenti. E se anche avessi dovuto spendere l'intero incasso dei biglietti per le scarpe del Francese, non avrei avuto nulla in contrario. Sarebbe stato un ottimo investimento. Tutti mi avrebbero conosciuto come il promoter di incontri che era riuscito, in giovane età, a convincere un pugile alle soglie del professionismo a disputare un match sotto la sua guida.

L'ultimo incontro

Quando il Francese è caduto a terra con quel pugno alla tempia – non particolarmente violento, secondo me, un pugno di media intensità – la polizia si è avventata su Apocalypse e lo ha arrestato con l'accusa di omicidio colposo. Si trovavano lì per catturare il Francese al termine dell'incontro. Volevano prendergli le impronte digitali. Era successo che il Francese, mentre andava al match, era entrato in un negozio di abbigliamento sportivo per commettere un furto: il proprietario del negozio, il vecchio, che si trovava in una stanza sul retro, lo stava tenendo d'occhio mentre lui si provava degli stivaletti da boxe. Avrei saputo più tardi che erano delle Adidas bianche con due strisce rosse. Proprio le scarpe che intendevo comprargli, il che ha gettato sale nelle ferite dei miei dolori, come dice la canzone popolare, e ha aumentato la mia rabbia. Se quella storia aveva un significato, be', era che io e il Francese la pensavamo allo stesso modo, che avremmo potuto raggiungere grandi traguardi e che la scuola, con tutti quelli che c'erano dentro, poteva andarsene nelle fogne. Quello che sappiamo è che quando è arrivato al negozio, il Francese era già stato colpito da un oggetto appuntito nella parte posteriore della testa, e che non ha potuto prendere le scarpe. Ha detto al proprietario del negozio che gliele avrebbe pagate quella sera dopo il match. Quest'ultimo però, come ha spiegato alla polizia, non gli ha creduto. Il Francese si è tolto le Adidas non appena il negoziante gli ha chiesto per la seconda volta di farlo, anche se sarebbe potuto scappare. L'uomo ha quindi ritenuto che il giovane fosse onesto. È uscito in strada dietro di lui e ha visto il Francese circondato da alcuni ragazzi che erano intervenuti, la sua voce agitata li aveva convinti che fosse un ladro. Quelli, però, hanno negato di aver avuto contrasti con il Francese, sostenendo che a colpirlo con l'oggetto appuntito non meglio identificato doveva essere stato uno degli abitanti dei palazzi che si affacciavano su quella via. Quanto ai poliziotti, avevano il dovere di assicurarsi che quelle sulle scarpe fossero le sue impronte, per chiudere il fascicolo.

Per questo motivo sua madre aveva fatto uscire di nascosto il corpo dall'ospedale e il collega di mio padre l'aveva aiutata a portarlo a casa nostra. Voleva seppellirlo prima che prendessero le sue impronte. Non accettava che suo figlio fosse sospettato di aver commesso un illecito. I poliziotti, invece, spiegavano la cosa come una questione di ordine pubblico. E poi, aveva aggiunto la madre, a suo figlio non servivano scarpe nuove perché ce le aveva già. «Bene, signora. Ce le porti, per favore, così diamo un'occhiata». Sua madre è riuscita a trovare una sola scarpa. E come se non bastasse, dopo la morte del Francese hanno cominciato a circolare varie voci sul suo conto, che gli conferivano un'aura di mistero. Per esempio, si diceva che a volte disputasse combattimenti clandestini nei garage di ospedali, teatri, depositi di cibo, macelli e altro, e che avrebbe persino potuto comprare un diploma di maturità ufficiale o far apparire la sua ragazza (di cui non avevamo mai sentito parlare) nel videoclip di un cantante famoso. La sua cerchia di conoscenze comprendeva trafficanti d'armi, politici, informatori e uomini d'affari, e inoltre aveva un visto permanente per l'Europa. Ma era tutta aria fritta. Solo voci.

Allergia

Il giorno dopo sono andato a recuperare la scarpa spaiata. Ero frustrato. Volevo che tutto filasse liscio. Sono entrato nel negozio, ho raggiunto la scatola e mi sono messo a rovistare finché non l'ho trovata. Ho fatto lo stesso con le altre due scatole, fingendo di cercare l'altra scarpa, prima di dirigermi dal negoziante. «Non riesco a trovare la seconda», ho detto.

«Hai cercato bene?».

«Sì. Ho controllato tutte le scatole ma non l'ho trovata».

Mi ha guardato con aria scettica e poi ha detto: «Dovremo aspettare la prossima spedizione. L'altra scarpa dev'essere lì in mezzo. A quel punto potrò stabilire il prezzo e tu potrai comprarle». Le scarpe nelle scatole, infatti, non erano prezzate. Lui le prendeva, se le rigirava tra le mani e poi decideva il prezzo in base alle loro condizioni.

«Ma ne ho bisogno oggi... In realtà me ne serve una soltanto».

«Se te ne serve solo una, perché sei venuto a chiedermi l'altra?».

«Comprerò l'altra quando arriverà il prossimo carico».

Lui ha preso la scarpa e se l'è rigirata tra le mani. «Non ho mai visto scarpe del genere prima d'ora».

«È per pugili», ho spiegato.

«Ed è per questo che ne hai bisogno?».

«Sì... più o meno».

«Perché? Sei un pugile?», ha chiesto.

«Sì...», ho risposto.

«Peso pidocchio, immagino», ha detto beffardo.

«Nel mondo della boxe puoi cambiare il tuo peso...», ho replicato.

«Che ne dici di farmi vedere quanto sei bravo?», ha detto uscendo dal negozio e chiamando qualcuno ad alta voce: «Khaled... Khaled... scendi!». Ho deglutito a fatica. «Mio nipote fa karate. È orfano. Voglio che tu ti batta con lui e faccia finta di perdere. In cambio ti darò la scarpa».

«Va bene... nessun problema... ma gli dica di darmi un pugno nello stomaco».

«Perché?».

«Perché ho un'allergia. Se vengo preso a pugni in faccia, mi si gonfia la lingua e soffoco».

«Non hai detto di essere un pugile?», ha replicato nervosamente.

«Sì... ma agli incontri è presente lo staff medico... con noi c'è un vero dottore... e farmaci per l'allergia!».

A quanto pare, il negoziante ha capito che stavo mentendo. Quando suo nipote è entrato nel negozio, non lo ha informato di nulla. «Combatti con lui», gli ha detto mentre chiudeva la porta del negozio. «È un pugile».

Il ragazzo ha assunto una posizione da combattimento e prima ancora che potessi sollevare le mani per tenermi pronto, il suo metatarso mi era piombato sul naso, facendomi perdere l'equilibrio e stramazzare a terra.

Impronte digitali

Sono tornato a casa con il naso gonfio e bluastro. Pulsava di un dolore che aumentava di intensità fino a raggiungere il livello di quando avevo ricevuto il colpo e poi si placava. Era come se l'orfano stesse continuando a prendermi a calci con la stessa forza e con cadenza regolare, sicché ero di pessimo umore. E così mi sono messo a pensare a come avrei potuto sfruttare la morte del Francese prima che mio padre lo portasse all'autolavaggio. Il suo corpo era ancora nella mia stanza, che avevo chiuso a chiave, il ventilatore era acceso e l'odore del concime dei banani stava facendo la sua parte perfettamente. Ho preso una compressa di Panadol e mi sono disteso sul grande divano del soggiorno per riposarmi un po'. Non erano neppure passati dieci minuti, o al massimo un quarto d'ora, quando ho sentito bussare alla porta. L'ho aperta e mi sono ritrovato di fronte una donna sulla cinquantina. Si stava sistemando in testa un fazzoletto nero con degli uccellini bianchi ricamati. Probabilmente colombe. Sembrava molto tesa. Sapevo dai suoi occhi che era la madre del Francese. Ma sono state le sue spalle rigide e il collo largo ad attirare la mia attenzione. Il Francese doveva aver ereditato da lei il fisico da pugile, anche se lui stesso non se ne era mai reso conto. «Di' a tuo padre che verrò domani, non stasera», ha detto.

«Glielo dirò. Non vuole vederlo?», ho risposto. «Ha solo un livido sulla testa, qui...».

«Vedere chi?», ha ribattuto con fermezza, mentre i suoi occhi per un momento sfuggivano al suo controllo e perlustravano la casa palmo a palmo per poi tornare da me.

«No, nessuno...», ho risposto sentendo di aver commesso un errore. Se n'è andata senza dire una parola. Io ero stupito dal fatto che non avesse voluto dare neppure un'occhiata a suo figlio. Forse non le andava di farlo davanti a un ragazzino, o forse voleva proteggere il figlio morto. Mi sarei scusato con lei la volta dopo, o almeno è quello che intendevo fare. Non l'ho più rivista dopo quella visita.

Quando mio padre è tornato, gli ho riferito l'accaduto, assicurandogli che quella donna era la madre del Francese e che il cadavere sarebbe rimasto da noi per un giorno in più. Ho visto che la cosa non gli faceva piacere. «Cosa hai fatto al naso?», mi ha chiesto. «Sembra che qualcuno lo abbia afferrato e ti abbia buttato a terra».

«Ho litigato», ho risposto amaramente, stupito dalla precisione con la quale aveva intuito ciò che era successo.

«Niente di grave...», ha detto. «Ci metteremo sopra del ghiaccio». In cucina, mentre faceva gli impacchi di ghiaccio, mi ha bisbigliato che dovevamo tenere segreta la faccenda del cadavere fino all'indomani e che non avrei dovuto permettere ai miei fratelli di uscire di casa. «La polizia sta cercando il Francese. Vogliono le sue impronte digitali. È un argomento spinoso e forse privo di senso. Il morto è sospettato di furto e del suo cadavere non c'è traccia, e poi c'è un giovane universitario in carcere accusato di averlo ucciso, ma questa è una sciocchezza. Se qualcuno lo scoprisse, verrei accusato di aver nascosto un ricercato, anche se si tratta di un cadavere. Perciò, nessuno deve entrare nella stanza o venire in contatto con il morto. Né tu né io. Né nessun altro. Fino a quando non porteremo fuori il corpo domani. Ma ti lascerò la chiave perché mi fido di te, dopo tutto è la tua stanza...».

«Capisco... non permetterò ad anima viva di avvicinarsi al cadavere», ho detto.

«Bene... So di poter contare su di te. Ora premi questo sul naso», ha ribattuto porgendomi un sacchetto di ghiaccio avvolto in uno strofinaccio da cucina pulito e cingendomi le spalle con un braccio: «Dov'è tua madre?».

«È andata dalla zia, dormirà lì fino a lunedì».

«Meglio così... In ogni caso, questo sarà l'ultimo cadavere con cui avrò a che fare».

È vero che ho ascoltato attentamente le parole di mio padre, ma ho prestato attenzione soltanto alla parte sulle impronte digitali. Nell'attimo esatto in cui l'argomento è venuto fuori, sapevo cosa avrei dovuto fare, e che quella che avevo davanti era un'occasione d'oro per beneficiare del Francese da morto, dato che non ero riuscito a farlo mentre era in vita. Ho aspettato che mio padre scendesse nell'autolavaggio per entrare nella mia stanza e chiudere a chiave la porta. Ho controllato le dita del

Francese. Le sue mani erano semirigide. Ho preso una Bic blu dall'astuccio e ho cominciato a scarabocchiare il più rapidamente possibile il suo pollice destro, fino a quando è diventato scuro. Poi ho tirato fuori dallo zaino un quaderno spesso, l'ho aperto su una delle pagine bianche e ho premuto forte il pollice morto in fondo alla pagina. Si è formata un'impronta digitale. Questo era tutto ciò di cui avevo bisogno. Ci avrei scritto sopra alcune parole come se fossero del Francese, che diceva di avermi affidato l'organizzazione dei suoi incontri per un intero anno, considerato il mio successo con i tornei della nostra scuola, e che presto avremmo reso noto l'accordo. Ma ora dovevo togliere l'inchiostro dal pollice. Mio padre sarebbe potuto tornare da un momento all'altro e, se avesse scoperto che avevo manomesso il cadavere, sarebbe rimasto sconvolto perché avevo infranto la mia promessa, tradendo la sua fiducia. Mi sono messo a strofinare il pollice del Francese con un fazzolettino. L'ho sfregato con tutte le mie forze, senza che succedesse nulla. Era strano che neppure una goccia d'inchiostro si fosse cancellata dal dito del Francese. Forse perché i miasmi del concime l'avevano prosciugato, o forse il ventilatore... Ho strofinato il dito con il palmo della mano, con i jeans, con un foglio strappato dal quaderno, ma invano. Ma che razza di maledizione era quella? Mi sono precipitato in cucina, e da sotto il lavello ho preso una bottiglia di solvente chimico che mio padre usava per pulire le ruote delle macchine e a volte per sturare i tubi di scarico. Ho bagnato qualche fazzolettino con quel liquido e, quando l'ho passato sul pollice del Francese, mi è preso un colpo. Il solvente non aveva solo rimosso l'inchiostro, ma anche corroso la stessa impronta del pollice, pungendomi il naso con un leggero odore di pelle ustionata. La soluzione che avevo usato era acido solforico diluito. Così, per puro caso, mi ero ritrovato a bruciare una delle impronte digitali del Francese, ricercate dalla polizia. Ma cos'è che rende d'oro un'opportunità? Una cosa soltanto: il fatto che diventa più ghiotta a ogni istante. Così, con l'acido solforico, ho cancellato tutte le altre impronte digitali del Francese per scagionarlo dalle accuse contro di lui.

Scommesse

A distanza di tutti questi anni dalla sua morte mi chiedo: per chi combatteva il Francese? Per i suoi quattro fratelli? Per sua madre? Suo padre? Per il suo cognome? O per se stesso? E cosa ci affascinava davvero in lui? Non lo conoscevamo bene. Per noi era uno studente educato, gentile e di buon cuore tra le pareti di scuola, ma violento sul ring. Cosa c'era nel mezzo, tra quelle due immagini? È stato questo ad attirare la nostra attenzione dopo la sua morte. Il fatto che nessuno di noi conoscesse una sola storia sulla sua vita personale. E che dopotutto non ci importava di lui al di fuori del ruolo che volevamo interpretasse come parte delle nostre vite. Quel che è certo è che il Francese faceva di tutto per concludere gli incontri al primo round, come se avesse l'asma e il suo ossigeno cominciasse a scarseggiare dal secondo round. Combatteva con odio. Su questo i suoi avversari sono tutti concordi. Riacquistava la sua solita calma solo dopo la fine del match, quando suo padre lo aspettava tra il pubblico per poi tornare a casa insieme.

Il padre aveva quindici o vent'anni più della madre. Si diceva che tutto andasse bene nella vita della famiglia, fino a quando un giorno il padre tornò a casa a tarda notte, come faceva sempre rientrando dal grande ristorante dove lavorava come cameriere. L'abitazione era composta da una sola stanza. Il Francese e i suoi quattro fratelli, tutti più piccoli di lui, dormivano per terra accanto alla madre. Pare che l'ingresso del padre in casa sia coinciso con un brutto sogno della madre del Francese, la quale spaventata aprì gli occhi e si alzò di scatto, urlando, con grande stupore del padre e dei bambini, per poi precipitarsi alla finestra e saltare fuori in preda al terrore. Per fortuna il loro appartamento era al primo piano e una tettoia li separava dalla strada, il che le risparmiò la morte, ma la povera donna riportò un lieve trauma cranico. Suo padre non si perdonò mai per quell'incidente. Forse, si diceva ossessivamente, avrebbe dovuto fare meno rumore. O arrivare un po' più tardi. Se solo fosse rimasto con il collega dopo il lavoro, come al solito, a chiacchierare e fumare qualche sigaretta, prima di tornare ciascuno a casa propria... Il dottore disse che forse le era capitato qualcosa di brutto quando era bambina, forse la guerra. Ci sono traumi che non sappiamo di conservare dentro di noi, sono come bombe a orologeria, distruggono la nostra personalità da un momento all'altro, all'improvviso. In ogni caso, la madre del Francese non spiegò mai il motivo del suo trauma. Lavorava come infermiera, ma quando si era venuto a sapere dei suoi problemi, nessun ospedale era più stato disposto ad assumerla. Se si fosse fatta del male durante un turno di lavoro, in un modo o nell'altro sarebbero stati incolpati, dissero.

Forse prima dell'incidente della madre, il Francese si era veramente impegnato per diventare un campione. E forse, a nostra insaputa, in fondo al suo cuore provava amarezza ogni volta che ci sentiva parlare di lui come del futuro campione universitario. Dopo l'incidente della madre e i sensi di colpa del padre, le sue gambe sono diventate grasse e gonfie in un modo che insospettiva gli spettatori, e il Francese era stato costretto ad abbandonare i suoi piani. Così era andato a disputare incontri di altro genere, non professionistici, clandestini, mentre suo padre andava a scommettere sul figlio, che doveva vincere. Incontri che si svolgevano una volta al mese, oppure a distanza di una o due settimane, di notte, e talvolta in pieno giorno (il che spiega almeno le sue assenze occasionali da scuola). Comunque sia. Dopo ogni match, il pugile e suo padre uscivano con in tasca i soldi sufficienti per mantenere la famiglia fino all'incontro successivo. Il padre non scommetteva grosse somme per evitare guai con gli organizzatori.

Il match con Apocalypse, però, è stato diverso. Non perché fosse il primo che il Francese disputava dopo una serie di incontri clandestini, ma perché il suo avversario era l'attuale campione universitario. E il Francese voleva battere un record. Fare qualcosa per se stesso, compiere un'impresa memorabile. Né più né meno. Questo è ciò che ha detto a suo padre, o almeno così raccontava. Sua madre ha confermato la cosa dicendo che presto avrebbe lasciato la boxe, che aveva già fatto domanda per un lavoro notturno al Comune. Avrebbe tagliato l'erba e gli alberi mentre dormivano e pulito i giardini e i piccoli spazi verdi sparsi qui e là.

E così, dopo aver ricevuto il colpo al cervelletto, il Francese non aveva avuto altra scelta che andare sul luogo dell'incontro per disputarlo. Suo padre aveva scommesso su di lui e lo stava aspettando tra la folla. Ma lui era arrivato con le vertigini e le gambe molli. E i poliziotti lo stavano pedinando per arrestarlo con l'accusa di tentato furto. Un solo colpo, con la giusta precisione, avrebbe posto fine al combattimento. Ma i suoi pugni lo hanno tradito. Quando è caduto a terra, tra le persone che lo hanno portato in ospedale c'era suo padre. Mentre gli agenti, imbarazzati dalla morte del giovane, dal panico del padre e dal caos tra il pubblico, si sono limitati ad annotare il nome dell'ospedale, per raggiungerli non appena finito di interrogare Apocalypse. Poi è stata informata anche la madre del Francese, che è arrivata al reparto di Anatomia Patologica e ha parlato con il collega di mio padre. Solo Dio sa come l'ha convinto. Eppure, prima che arrivassero i poliziotti per prendergli le impronte digitali e autorizzare l'autopsia, il suo corpo era già nella mia stanza.

Il ritorno a scuola

Avevo ancora il naso gonfio quando sono entrato a scuola il lunedì successivo. Mi aspettavo che la mia faccia suscitasse risate, e invece nessuno ha badato a me. Tutti erano presi da certe voci di corridoio che circolavano già dal mattino a proposito di un'umiliante sconfitta subita dal Francese, che era stato prelevato privo di sensi dal ring in condizioni critiche. Tuttavia, anche le voci hanno scelto di salvargli la faccia. «Le gambe», si diceva, «le gambe gli si sono pietrificate dopo un gancio alla testa che gli ha fatto perdere conoscenza. Ma lui è rimasto in piedi all'angolo del ring e non è caduto al tappeto». Io ho confermato dicendo che era andata proprio così.

«E tu come fai a saperlo?», mi ha chiesto uno dei miei compagni.

«Perché io ero lì!», ho risposto.

«Oh, sì... e hai dovuto combattere al suo posto finché non ha ripreso conoscenza», ha ribattuto lui, sarcastico.

«No... il colpo al naso l'ho preso dopo il match...», ho replicato cercando di risultare più credibile. Ma una ragazza di terza media mi ha salvato chiedendomi: «E perché ti trovavi lì?».

«Sono l'organizzatore dei suoi incontri», ho detto. E di fronte agli sguardi sprezzanti da cui ora mi trovavo circondato, ho aggiunto: «Sai, da quando mi aveva incaricato di farlo... e ne ho le prove».

«Vuoi dire un contratto tra te e lui?», ha chiesto la sua amica.

«Sì... e con impronta digitale», ho risposto tirando fuori da una tasca interna dello zaino un foglio di carta piegato e con un breve testo tracciato sopra: *Io sottoscritto, soprannominato il Francese, dichiaro di aver affidato al portatore di questo documento la gestione dei miei incontri di boxe e dei miei affari finanziari.* Si sono messe a leggere mentre io aggiungevo: «E questa è la sua impronta digitale... Accanto c'è la mia».

«E chi ci dice che è proprio la sua impronta digitale?».

Ho giurato loro sull'anima di mia madre che quella era la sua impronta digitale, e che avrei dovuto perdere i miei due fratelli in un giorno solo, se stavo mentendo... Che mi portassero via da lì in un feretro, se stavo mentendo... Ma inutilmente. Non mi hanno creduto e sono subito tornati a discutere di ciò che poteva veramente essere accaduto al Francese. Ho rimesso il foglio al suo posto nello zaino e sono salito in classe, trascinandomi dietro la mia delusione.

Alla fine della seconda ora, abbiamo visto due agenti di polizia entrare nella scuola e andare nell'ufficio del preside per ascoltare la sua deposizione. E circa un'ora dopo, in cortile alla prima ricreazione, tutti quanti, dalla seconda media in su, commentavano in un misto di indignazione, tristezza e incredulità la notizia sconvolgente che il Francese era morto, e che i poliziotti cercavano le sue impronte digitali perché era sospettato di aver tentato di rubare un paio di scarpe. Nessuno ci credeva. Il Francese non avrebbe mai fatto una cosa del genere. Lui, con il suo orgoglio da vero combattente... Ho capito allora che il Francese non aveva detto a nessuno di aver perso la scarpa a scuola.

Prima della fine delle lezioni, qualcuno ha rubato dal mio zaino il finto contratto tra me e lui. Ancora oggi non so chi sia stato. In seguito, mi hanno detto che i compagni di classe del Francese l'avevano strappato in tanti piccoli pezzi che avevano poi ingoiato. E questo poteva significare soltanto una cosa: che almeno una persona nella nostra scuola credeva che quelle fossero davvero le impronte digitali del Francese, e tanto bastava a legittimarmi a diventare un organizzatore professionista di incontri di boxe in futuro.

Mistero

Dopo aver lasciato casa nostra, il corpo del Francese non è mai stato ritrovato. Sul suo conto circolavano molte storie. Quella che ho appena raccontato è soltanto una di queste. Ma io dico che è la verità. E non sono solo parole, perché almeno cinque o sei delle altre storie discendono direttamente da questa. Come verruche che non si sa perché siano spuntate, e allo stesso tempo non si riesce a strapparle dalla pelle. I loro narratori insistono, quanto me e con lo stesso fervore, nel dire che la loro storia è quella originale. Quel che è certo è che nessuno può provare niente, tanto che c'è chi, per noia, è arrivato a dire che il Francese non sia mai esistito. Ma di tanto in tanto qualcuno mi chiede se è vero che gli ho organizzato degli incontri quando ancora non avevo neppure quattordici anni. E io confermo, e aggiungo che ho anche una delle sue scarpe.

A volte passavano giorni e persino settimane senza che nessuno parlasse di lui. A volte lo trovavi raffigurato in un disegno a matita da qualche parte a scuola, per lo più sulle porte delle aule o sui banchi, sullo schienale di legno di una sedia, su un libro o un righello. E a volte sopra il disegno c'era una freccia e accanto la scritta in stampatello IL FRANCESE. Con una scarpa sola e muscoli che sembravano un mucchio di melanzane incollate le une alle altre. Ma nessuno di quei disegni gli somigliava davvero. Forse perché non ha vinto nessun campionato o perché il suo cadavere è sparito nel nulla?

Mio padre dice che il corpo ha lasciato l'autolavaggio in ambulanza. Ed è stata sua madre a deciderlo dopo che mio padre le ha mostrato come le sue impronte digitali erano state inspiegabilmente cancellate. La donna continuava a ringraziarlo e a versare lacrime, credendo che lo avesse fatto lui, per salvare la reputazione di suo figlio. Ma mio padre giurava di non aver mai visto nulla di simile in vita sua. Un morto le cui impronte digitali evaporano mentre le dita rimangono intatte. Nessun segno di desquamazione, tagli o ustioni. Io stesso non lo capisco. In quel momento avevo sentito puzza di bruciato. Ma ovviamente non l'ho detto a mio padre. Né ho rivelato a nessuno di aver tenuto la sua scarpa spaiata dopo aver cancellato le impronte. Altri affermano che, quando è arrivata all'ospedale, la barella dell'ambulanza era vuota e che la madre del Francese era seduta dietro e rideva come una pazza. Io ve lo dico: le storie sul Francese non smettono di riprodursi, il che è fastidioso. Come verruche che non si sa perché siano spuntate, e allo stesso tempo non si riesce a strapparle dalla pelle.

In ogni caso, tutto questo è successo prima che la scuola chiudesse i battenti e si trasformasse in un progetto commerciale. Alcune istituzioni educative sono state convertite in centri commerciali o cliniche di bellezza. La nostra scuola è diventata un club non solo per la boxe, ma anche per molti altri sport da combattimento. L'imprenditore che l'ha acquistata ha deciso di chiamarla La Scuola. Pugili e atleti di altre arti marziali di tutte le categorie, età, professioni e livelli si allenano con passione. Ma solo in pochi sono interessati a vincere un campionato. La Scuola è principalmente terapeutica. Eppure, potete trovarmi in campo quasi tutti i giorni, in giacca e cravatta e con una parrucca in testa. Faccio tutto il possibile per firmare contratti con quelli che considero promettenti. La persona che mi colpisce di più, però, è l'uomo che viene ogni quindici giorni a potare l'erba e i rami nel giardino del club. Lavora con calma e in silenzio, e io lo guardo negli occhi e gli fisso le braccia, e mi dico che ha una sorprendente somiglianza con il Francese. Soprattutto per via di quel segno alla nuca sulla sua testa calva, all'altezza del cervelletto, probabilmente un colpo con un oggetto appuntito. Ho pensato di chiedergli qualcosa al riguardo, ma preferisco non correre il rischio di indisporlo, perché il suo pollice è sempre blu.

La mucca Rosa

Ho una mucca cieca. Si chiama Rosa. Ha perso la vista quando a duecento metri da casa nostra è esplosa una bomba al fosforo. Lei era l'unica a trovarsi fuori casa. Non so come abbia fatto a non morire, anzi, a non essere colpita neppure da una scheggia. Ma, di contro, non è nemmeno tornata, né è fuggita da qualche parte. Forse non ha avuto il tempo di farlo perché è diventata cieca in un batter d'occhio. E così è rimasta ferma a muggire per tre ore, finché non sono uscito dal rifugio e l'ho riaccompagnata in fretta alla stalla di mio padre dove lavoro. I bambini avevano fatto capannello intorno a lei e quando sono arrivato mi hanno guardato come se mi stessero rimproverando. Uno di loro ha detto: «La tua mucca è diventata cieca». Forse la bomba conteneva veleno di serpente.

Le mucche sono di mio padre, ma io gli ho nascosto il fatto che Rosa adesso era cieca. L'ho messa nella parte della stalla riservata a lei – mio padre tratta le sue mucche come se fossero cavalli – e poi sono tornato nella mia stanza piangendo. È vero, ero un adolescente e ai figli dei vicini sarebbe sembrato sciocco che io piangessi per una mucca. Ma non mi importava. Eravamo all'ultimo giorno di bombardamenti. L'indomani mi sono svegliato presto sentendo un gran baccano. Tutti erano fuori a ispezionare le loro case, la scuola e la farmacia, guardando le strade e le nuvole. Ma le persone si chiamavano anche a vicenda – «Tizio c'è? Caio sta bene?» – per assicurarsi che tutti fossero salvi. Quanto a mio padre, era nella stalla a controllare le sue mucche. Quando sono entrato, ho scoperto che sapeva cos'era successo a Rosa. D'altra parte, non era difficile. Il colore del suo latte era cambiato. Era diventato marrone. A essere sincero, all'inizio ho pensato che la mucca Rosa avesse iniziato a far sgorgare dalle mammelle cioccolata invece del latte. E che il cioccolato che mangiavamo provenisse da mucche accecate dalle guerre. Mio padre, però, mi ha proibito di assaggiarlo. Mi ha detto che sarei morto se anche una sola goccia mi fosse caduta in gola.

La mia mucca non è uscita dalla stalla. Due giorni dopo, tre uomini sono venuti e hanno iniziato a parlare con mio padre, dicendo di voler piazzare un ordigno esplosivo nell'enorme campanaccio di Rosa e di inviarla all'insediamento vicino a casa nostra. Erano seri, e avevano lineamenti duri come scorza di zucca, ma mio padre era rimasto in silenzio. Quelli hanno preso il campanaccio e l'hanno riportato l'indomani, dopo avervi saldato un ordigno esplosivo. Poi lo hanno legato lentamente intorno al collo di Rosa, che non muoveva neppure un orecchio. Avrei voluto dire una cosa ai tre uomini. Una cosa soltanto. *Rosa è malata.* Ma mio padre mi lanciò uno sguardo con cui mi ordinava di uscire subito dalla stalla, e sono andato via risentito senza nemmeno guardare negli occhi ciechi di Rosa. Avevano intenzione di liberarla vicino all'insediamento. Hanno stabilito che, dopo averla portata fuori dal fienile e indirizzata verso la colonia, le avrebbero messo della salsa di peperoncino sull'ano, in modo che non smettesse di camminare. Non appena fosse entrata nell'insediamento, l'avrebbero fatta esplodere con un telecomando.

Per tutta la notte non ho chiuso occhio. All'alba, mi sono svegliato e ho deciso di far scappare Rosa. L'ho fatta uscire dalla stalla in silenzio. Una volta fuori, mentre cercavo di sfilarle il campanaccio dal collo, si è messa a camminare. Sembrava che conoscesse bene la strada, e così ho camminato insieme a lei. Non mi ero reso conto che fosse diretta verso l'insediamento. Mentre ci avvicinavamo al filo spinato, ho cercato di farle cambiare direzione. Tuttavia, non riuscivo a controllarla, la sua mole era troppo pesante. C'erano telecamere di sorveglianza ovunque e dispositivi in grado di rilevare la presenza di esplosivi. Mentre avanzavamo, le sirene si sono messe a suonare e si sono accesi i riflettori. Uomini armati sono usciti dalle loro case in pigiama e hanno iniziato a spararci addosso. Hanno colpito Rosa per prima. È stramazzata a terra. I proiettili ci piovevano addosso. E non c'era nessun posto dove ripararsi, tranne la mia mucca esplosiva. Quando è caduta, mi sono disteso accanto a lei. Ho socchiuso gli occhi e teso tutto il corpo. O forse è quello che avrei dovuto fare. Ma non ho potuto trattenermi dall'allungare la mano e stringere la mammella di Rosa che adesso era così vicina a me.

Volevo sbrigarmi ad assaggiare la cioccolata prima che un proiettile colpisse il campanaccio.

Pugno della speranza

I biscotti della memoria

In ogni chilometro quadrato di Beirut, o forse ogni cento metri quadri, o anche dieci, c'è una persona della cui storia tutti parlano. Se vivessimo in un altro chilometro quadrato, racconterei eventi completamente diversi. Fatto sta che a volte ci vuole qualcuno che renda la vita degna di essere narrata come un libro di memorie. Può darsi che, leggendo queste parole, tu abbia pensato a una persona in particolare. Per quanto mi riguarda, io ho in mente Tabillo.

C'è gente che perde la testa durante i bombardamenti. Queste persone non soffrono. Non si tormentano né provano dolore. Per loro tutto succede senza intoppi e in un batter d'occhio. Voglio dire, quella luce arancione, spaventosa e calda. Per loro il mondo, con i suoi orrori e disastri, si trasforma in un bel sogno, uno spettacolo avvincente, un puzzle. E ce ne sono altre, le più infelici, che perdono la testa durante la tregua, mentre stanno cercando di riprendere conoscenza. E quando se ne rendono conto, cercano di evitarlo in tutti i modi, ma senza riuscirci. Poi c'è un terzo tipo, e mi riferisco a Tabillo.

Abitava al quinto piano del nostro palazzo. Il suo lungo curriculum di progetti mai andati in porto gli è valso il soprannome di Ingegnere – ma quel nome lo faceva arrabbiare, lo viveva come un insulto, perciò non lo chiamerò più così. L'ultima idea imprenditoriale riguardava un ristorante specializzato in pietanze a base di pane. Panini, piadine, baguette, toast farciti con crostini di pane tostato o fritto, ovviamente accompagnati da salsa di pane. Per farlo ha dovuto tagliare la metà posteriore della sua Toyota station wagon e costruire uno stand elegante, rivestito di mattoni, con una vetrina in plexiglass, decorata con adesivi e colorata come le case delle bambole. I suoi progetti non erano fallimentari in senso stretto. Ma ogni volta gli giungeva notizia che qualcun altro aveva lanciato la stessa idea nello stesso giorno, ma in modo migliore e più sostenibile in termini di costi. E Tabillo si sentiva frustrato.

Dopo tre o quattro iniziative fallite, non ce la faceva più. Decise quindi di confrontarsi con le persone che copiavano le sue idee, non per fare i conti con loro o chiedere una percentuale sui profitti, ma solo per sapere come fosse possibile che ogni volta il suo proposito finisse nelle mani di qualcuno che non aveva mai conosciuto.

Il tizio che aveva plagiato il progetto dei biscotti della memoria – come l'aveva battezzato – lo guardò commosso prima di dire con voce tremante che l'idea gli era venuta in sogno: «Sei stato tu stesso a spiegarmela, con tanto di migliorie da apportare, e hai anche fissato il giorno e l'ora in cui avrei dovuto inaugurare l'attività».

«Io?», chiese Tabillo.

«Certo: 22 marzo, ore 13:45. Che Dio mi porti via i miei figli se sto mentendo. L'unica differenza – non volermene – è che nel sogno eri ricco. Sei sceso da una limousine blu dai vetri oscurati. Insieme a te c'erano un autista e un bambino malnutrito e trascurato. Poi mi hai fatto un cenno e io ti sono venuto incontro. Mi hai parlato dell'impasto della memoria e di come produrre un tipo di biscotto che di fatto è insapore ma che quando lo mangi puoi gustare tutto ciò che ti viene in mente in quel momento, dalla salsiccia piccante alla gelatina. Poi sei salito sull'auto, che è ripartita dileguandosi in un batter d'occhio». E come se non bastasse, l'uomo che gli aveva copiato l'idea dei biscotti della memoria gli diede il colpo di grazia: «Quando vuoi, sei il benvenuto. Fa' come se il negozio fosse tuo». Gli aveva parlato con una tale sincerità che Tabillo non ebbe più bisogno di incontrare gli altri plagiatori dei suoi innumerevoli progetti. La sua unica consolazione era che quei piani, anche con le varie migliorie, non erano stati così redditizi come aveva sperato.

Quando quello dei piatti a base di pane fallì, Tabillo restò chiuso in casa per giorni. Quella era stata la sua più grande speranza. Poi nel palazzo arrivò un giornalista straniero e lo vedemmo uscire con lui, elegante e tranquillo, con mezzo sigaro in mano. La sua storia però non fu pubblicata su nessun giornale, a differenza delle sue fotografie, che si diffondevano a macchia d'olio accanto a quelle dei santi, delle pop star e dei calciatori del momento, come Samantha Fox, gli Abba, George Michael, Maradona, san Charbel e l'imam Ali. La differenza è che le sue foto erano Polaroid e venivano vendute in quantità limitate, come se fossero originali. Tabillo vi era raffigurato davanti a una limousine, con un piede per terra e l'altro sulla ruota anteriore, mentre sul sedile posteriore dell'auto c'era un ragazzino pallido. In giro iniziò a circolare la voce che se l'uomo della foto ti fosse apparso in sogno, ti avrebbe dato un'idea unica per un progetto imprenditoriale. Bisognava assolutamente starlo a sentire, si diceva, perché i suoi consigli ti avrebbero cambiato completamente la vita, a trecentosessanta gradi.

Così le foto di Tabillo divennero un segno di speranza, e molti abitanti di Beirut cominciarono ad appenderle nei propri negozi, dai saloni dei barbieri ai banchi di verdura, dalle officine dei meccanici ai taxi, nelle case, negli scuolabus. Anche noi, a casa, ne avevamo una. Mio padre l'aveva attaccata all'angolo del quadro famoso, quello del bambino ebreo che piange. Un ridicolo senso di importanza mi solleticava ogni volta che la guardavo.

Tabillo non è apparso in sogno a nessuno di quelli che possedevano la sua immagine. E questo a causa mia. Ciò che nessuno nel nostro condominio sapeva, compresi i miei genitori e i miei due fratelli, era che il ragazzino che appariva insieme a Tabillo in quelle foto, con indosso un pigiama di cotone grigio con un agnello pugile stampato sul petto, altri non era che me. Ma come mai mi trovavo con Tabillo, con il quale non avevo alcun tipo di legame, nei sogni di persone che nessuno di noi due conosceva? È una cosa che non capirò mai. Forse è proprio questa la logica dei sogni. Mettere insieme persone che non hanno un comune denominatore. I coniugi, per esempio. Come mio padre e mia madre, che sono l'altra metà di questa storia.

Sanguinare dentro una provetta

Posso raccontare questa storia a partire da qualsiasi evento in essa contenuto. Ma sceglierò il giorno in cui sono partiti mio padre e i miei fratelli. Quella mattina io e mia madre siamo andati in clinica. Due settimane prima, tornando a casa da scuola, avevo avuto un capogiro ed ero caduto su un banco di verdure. Il fruttivendolo mi aveva fatto sedere su una piccola sedia di paglia e mi aveva messo in mano un pomodoro perché lo mangiassi e riprendessi le forze. Mia madre non mi ha portato subito a fare un controllo ma ha detto che avevamo un appuntamento di lì a due settimane, di giovedì. C'erano dei feriti e dovevo aspettare il mio turno.

Poi quel giovedì è arrivato. Ci siamo alzati e subito mamma e papà hanno iniziato a mettere i nostri vestiti in tre valigie. I miei e quelli di mia madre in una, quelli di papà e dei miei fratelli in altre due. Hanno detto che saremmo partiti. Lo sapevano tutti tranne me. Ecco perché ho provato una gioia indescrivibile. Mia madre non sembrava felice. Ha detto che saremmo andati in clinica e mio padre e i miei fratelli ci avrebbero aspettato. Non capivo perché avessero preso appuntamento per un esame del sangue poco prima di andare in aeroporto. Ma ho ubbidito, limitandomi a starmene in piedi davanti alla porta a incalzare mia madre, che abbracciava i miei fratelli e mio padre, perché non facessimo tardi. Poi i miei due fratelli sono venuti da me e mi hanno dato un caloroso bacio sulla guancia, e così anche mio padre. Pensavo fosse per tirarmi su di morale. In clinica mi hanno fatto sedere su una sedia con un ampio schienale e un'infermiera è venuta a controllarmi il braccio. Per rassicurarmi ha detto: «Non aver paura. Sanguinerai un po' nella provetta e sarà tutto finito». Le sue parole mi hanno spaventato, ma ho tenuto duro perché ho notato che mia madre stava piangendo. Mentre tornavamo a casa ho avuto un mancamento e sono quasi svenuto. «Parla», mi ha detto mia madre. «Di' una cosa qualunque. L'importante è che tu non smetta di parlare».

Quella è stata la prima volta che mi sono messo a creare storie. E ancora oggi continuo a farlo allo stesso modo. Voglio dire, quando sento che sto per perdere conoscenza, mi siedo immediatamente davanti a un foglio bianco. E non appena svengo, inizio a scrivere. Non torno in me fino a quando non ho finito con l'idea. Proprio come sto facendo adesso. A volte la cosa va avanti per settimane e quando mi sveglio il mondo è cambiato.

Siamo tornati a casa, ma di mio padre e dei miei fratelli non c'era traccia. Mia madre ha detto: «Sono partiti, li raggiungeremo presto». Ha aperto la valigia in cui c'erano i nostri vestiti e ha rimesso tutto nell'armadio. Io mi sono messo a piangere, credendo che il nostro ritardo fosse dovuto al fatto che mi ero sentito male lungo il tragitto. Dopo che mio padre e i miei fratelli se ne sono andati, mia madre è diventata una bomba a orologeria. Ma non l'ho mai vista piangere. Ricordo che due o tre volte mi sono sentito in colpa perché anche lei voleva partire e a causa mia è dovuta rimanere. Tuttavia, quella sensazione è svanita dopo poco tempo. Poi ho studiato infermieristica, in modo che prendermi cura di me sarebbe stato meno costoso.

Qualche tempo dopo, mia madre e mio padre hanno divorziato. Lo hanno fatto tramite audiocassetta. Mio padre ha inviato una lettera e mia madre mi ha portato a comprare un registratore. Il negozio si chiamava Un Po' di Tutto ed era una specie di emporio. Vendeva vestiti invernali, giochi elettronici, orsacchiotti, elettrodomestici, attrezzi, utensili da cucina, bijoux. Questo è quello che ho potuto vedere, dato che mancava la corrente elettrica. Mentre andavamo al negozio non ho visto nessuno camminare per strada. Tutti quelli che abbiamo incontrato erano seduti. Per terra, o sul ciglio di un marciapiede, sulle scale di un palazzo, sul bagagliaio di un'auto parcheggiata. Non c'era nessuno in piedi tranne noi, io e mia madre. «Le persone non sono più costrette a scappare da un momento all'altro», mi ha spiegato mamma. Nella lettera mio padre parlava dell'uomo che aveva procurato il visto falso per lui e i miei fratelli. A quanto pare era legato a una rete che gestiva affari malavitosi, dal contrabbando di oggetti d'antiquariato e pelli di animali alla raccolta di rifiuti. E aggiungeva di non poter tornare. Siccome dovevamo dei soldi a quel tizio, mio padre e i miei fratelli si erano ritrovati alla sua mercé fin dal primo giorno. Al punto che papà sentiva la mancanza dei miei fratelli. Quando si vedevano, era notte fonda e loro erano così stanchi che non dicevano neppure una parola. La lettera era scritta con una grafia diversa da quella di mio padre, non era firmata, ed era accompagnata da una somma di denaro e un indirizzo. Mia madre l'ha letta senza soffermarsi su una sola sillaba, come se la stesse leggendo a qualcun altro. Le ho chiesto se poteva darsi che non fosse stato mio padre a mandarla. «No. È da parte sua. A tuo padre piace mangiare merda fritta», ha risposto.

«Scelga quello che vuole. Le cose più economiche sono al piano di sotto», ha detto in tono amichevole il negoziante a mia madre, porgendole una candela per illuminare la strada. Mamma mi ha preso per mano e, mentre con l'altra mano reggeva la candela, siamo scesi da una scala di ferro a chiocciola. Ha scelto un registratore senza radio. Quando abbiamo finito, il signor Un Po' di Tutto aveva gli occhi chiusi. Mia madre l'ha svegliato e ha detto in tono di protesta: «Senta, lei! Ci ha preso per dei ladri?». Quello è stato il primo che io ricordi di una serie di episodi di quel tipo, che continuano ancora oggi. L'uomo era in imbarazzo e ha affermato di essere disposto a ricomprare il registratore da noi a metà prezzo quando mia madre avesse finito di usarlo. Un'offerta in occasione dell'annuncio ufficiale di cessazione delle ostilità. Sulla via del ritorno, mi ha detto che quel signore aveva chiuso gli occhi per permetterci di rubare ciò che volevamo, dato che voleva sbarazzarsi della merce poiché proveniva dalle case saccheggiate dei cristiani di Beirut Est e presto l'esercito avrebbe fatto irruzione nel suo negozio per sequestrarla.

Abbiamo comprato il registratore. Era il più economico. Non perché fosse senza radio, ma perché le sue bobine, per un difetto di fabbrica, saltavano al minimo rumore di fondo mentre registravi, quindi giravano nella direzione opposta. Mia madre attribuiva a ogni difetto nella nostra vita un ruolo, in modo che non fosse più un difetto. Al primo tentativo di registrazione, ero seduto accanto a lei. Ha inserito la cassetta nel mangianastri, ha premuto il pulsante rosso e ha preso a parlare in modo frammentario e rapido, come se non volesse darmi la possibilità di ricordare nulla. In effetti, mi sembrava che ci fossero due versioni di mia madre, che si alternavano nel prendere la parola e si interrompevano a vicenda senza sosta. Una era frustrata, sul punto di scoppiare in lacrime da un momento all'altro; l'altra invece era tagliente. Sembrava quasi che stesse litigando con se stessa, non con mio padre. Qualcosa nel tono della sua voce mi ha fatto capire che non saremmo partiti e che non avrei mai più rivisto mio padre e i miei fratelli.

Qualche tempo dopo è arrivato un uomo. Era più giovane di mio padre e molto beneducato. Ha bussato alla porta di casa nostra dicendo che era del tribunale e che mio padre lo aveva autorizzato a divorziare da mia madre in sua vece.

Talento

Ho cominciato a uscire di casa ogni volta che mia madre voleva registrare una cassetta per mio padre. «Quando senti che ti gira la testa», mi diceva, «siediti per terra e inizia a parlare per non perdere conoscenza». Passavo il tempo fuori casa cercando di scoprire un qualche mio talento. Dal tentativo di trovare il sibilo giusto per far fischiare le orecchie ai miei nemici, al piegare il mio corpo dentro una scatola di cartone nel garage dell'edificio e concentrarmi in modo da scomparire per poi materializzarmi ovunque volessi, al cercare di raccogliere a occhi chiusi le pietre che i figli del cambiavalute mi lanciavano addosso mentre gli altri ragazzini passavano il tempo a saltare. Si ergevano su scale, muretti, tettoie e pick-up parcheggiati e si esercitavano diligentemente a cadere. Come se stessero facendo un addestramento. Forse perché nella vita non si sopravvive se non si trova il modo giusto per cadere. Poi vedevo mia madre venire verso di me perché stavo tardando, e allora mi sedevo per terra e blateravo qualcosa affermando di avere un attacco di anemia. Mentre tornavamo a casa, per risollevarmi il morale e forse risollevarlo anche a se stessa, mi diceva che quando Dio toglie qualcosa a qualcuno, gli dona in cambio qualcos'altro. «Un talento che lo distingue da tutti gli altri ragazzini e ragazzine». E se avessimo chiesto a tutti i bambini del mondo se fossero stati disposti a scambiare un po' delle loro cellule ematiche con un talento, avrebbero accettato senza pensarci due volte. E così sono giunto alla conclusione che avevo stretto un patto con Dio mentre ero ancora nel suo grembo, e non potevo più tornare indietro. Per non parlare del fatto che i suoi occhi si sono riempiti di grosse lacrime. Lacrime che evitavo di guardare, perché la mia immagine vi appariva capovolta, e mi faceva girare la testa per davvero.

Scenografia di un cecchino

Tabillo viveva con sua madre, ma quando sono iniziati i litigi l'ha messa in un ospizio. Mio padre li ha accompagnati con il suo taxi, facendoli pagare la metà, in cambio della possibilità di spostare la nostra antenna tv dal tetto del palazzo al balcone di casa di Tabillo. Così il balcone di Tabillo al quinto piano è entrato a far parte della nostra casa al piano terra. Poi i miliziani che avevano preso il controllo della nostra strada sono scomparsi abbandonandoci al nostro destino. Nessuno ha preso il loro posto. Due settimane dopo, i condomini del palazzo hanno deciso di trasformare la nostra strada in una zona demilitarizzata, la prima nel suo genere in tutta Beirut. Il nostro piano era semplice. Avremmo messo sul tetto dell'edificio una piccola sedia e uno sgabello, un materasso, un posacenere, un bicchiere da tè e una teiera, un walkman, una rivista osé, un filo per stendere il bucato con delle mutande, una canottiera, due paia di calzini e un piccolo asciugamano, in modo da far credere ai quartieri limitrofi che un cecchino vivesse sul tetto del nostro palazzo. Ogni giorno, all'alba, uno dei condomini si sarebbe occupato di cambiare l'equipaggiamento del cecchino. Inoltre, la taglia della biancheria intima avrebbe dovuto far pensare che il presunto cecchino fosse snello, il che significava agile, scattante, nervoso. Non c'era niente di meglio della biancheria intima di mio padre per dare quest'impressione; finché uno dei suoi boxer non si è beccato una pallottola. Mio padre non ha più avuto il coraggio di salire sul tetto ogni volta che era il suo turno di cambiare i vestiti al cecchino. Così mia madre e io abbiamo cominciato ad alzarci all'alba al posto suo ogni volta che toccava a lui, a patto che nessuno nel palazzo lo venisse a sapere.

Nel condominio tutti continuavano a cambiare l'equipaggiamento del cecchino come al solito. Finché un giorno mio padre è tornato a casa insolitamente calmo, come se avesse perso la testa. Ha detto che uomini armati a un posto di blocco vicino alla nostra strada stavano fermando le auto per controllare le mutande. Quando avevano scoperto che nei suoi boxer c'era un buco, lo avevano tenuto in una stanza sotterranea per circa due ore. Nessuno era andato a chiedergli alcunché, nemmeno il suo nome. Poi erano arrivati due giovani che gli avevano detto con fare scorbutico: «Puoi andare». Sembrava che stessero eseguendo degli ordini loro malgrado, quindi mio padre non aveva osato chiedere nulla. Tuttavia, dopo quell'episodio, è rimasto in apprensione e non si è più avvicinato al tetto. Così mia madre e io abbiamo cominciato ad alzarci all'alba al posto suo ogni volta che toccava a lui, a patto che nessuno nel palazzo lo venisse a sapere.

Pallone d'olio

Il fatto che gli scontri fossero cessati non significava che ogni sorta di guerra fosse svanita dalle nostre strade. Il figlio del cambiavalute, infatti, era il mio più acerrimo nemico. Una belva dal fisico basso e tarchiato, con un gran testone e la malvagità di un quarantenne. Avevano un Atari e un generatore da cinque ampere. Per lui il bombardamento era una benedizione, perché portavano l'Atari e il generatore al rifugio e lui si metteva a giocare a *Pong*, il primo videogioco al mondo, contro il computer, del tutto incurante degli altri bambini che facevano capannello intorno a lui con atteggiamento implorante. Avrebbe potuto far partecipare un secondo giocatore ma non l'ha mai fatto. Una volta, in preda al risentimento, l'ho sfidato e lui mi ha battuto undici a zero, e si è preso il mio cagnolino di pezza, regalo di compleanno di qualche anno prima, rifiutandosi di darmi la rivincita o di restituirmi il cane. E per farvi capire quanto era malvagio, il pupazzo non se lo è mica tenuto: lo ha squartato e smembrato e ne ha sparso le viscere di cotone sotto l'albero di fronte al nostro palazzo, come dichiarazione di guerra. Forse ce l'aveva con me perché facevamo il compleanno lo stesso giorno. Non ricordo che abbia mai umiliato in quel modo nessun altro a parte me. Ecco perché adesso avevo intenzione di distruggere il suo Atari. Riuscivo a vederlo da un angolo del tetto. Il nostro edificio era a forma di L, casa loro si trovava al quarto piano e lui dormiva con l'Atari accanto a sé nel letto. Ho riempito un palloncino con l'olio per auto di mio padre, l'ho chiuso per bene e, di sera, l'ho nascosto vicino alla porta che conduceva alla terrazza sul tetto. Questa era circondata da un muretto che arrivava all'altezza della pancia dei grandi e del torace dei piccoli. Io e mia madre dovevamo portare lì una tazza di tè e un walkman e sostituire le mutande del presunto cecchino standocene accovacciati, mentre mia madre mi raccomandava di tenere giù la testa, di non fare sciocchezze e di stare esattamente dietro di lei. Ne avrei approfittato per bombardare la sua stanza con un gavettone d'olio. A mio padre toccava cambiare l'equipaggiamento del cecchino una volta ogni otto giorni. Quindi avevo abbastanza tempo per architettare il piano. Beccati questo regalo da parte mia, figlio del cambiavalute! In vita tua, non ti scorderai mai di me! Mi vedrai come un fantasma a tutti i tuoi compleanni, un fantasma venuto per guastarti l'umore! Immaginavo le sue calde lacrime. Lui che con gambe tremanti portava l'Atari al cassonetto dell'immondizia. Mentre io lo guardavo gongolante, con in mano il mio cane, che mia madre aveva imbottito con vecchie spugne per i piatti e ricucito con novantuno punti di sutura, cosa che lo aveva reso una creatura sfigurata e dall'aspetto triste.

Questo era il mio piano: non appena mia madre, accovacciata con me alle sue spalle, avrebbe gettato le mutande sul filo del bucato, mi sarei alzato e avrei lanciato il palloncino pieno d'olio nella stanza da letto del figlio del cambiavalute, per poi tornare alla mia posizione e sistemare i boxer sulla corda. Ma quando ho sollevato la testa, mi è preso un colpo e il mio piano è andato a farsi benedire. Il figlio del cambiavalute era alla finestra. Mi guardava come un fantasma, mentre tenevo il palloncino sulla spalla. Tutti sapevano della sua capacità di fiutare il pericolo (un'abilità che in seguito, dopo ciò che è successo a mio padre, gli avrei invidiato continuamente), e infatti quando scendevamo nel rifugio guidava le famiglie nel punto più sicuro, ma io non ci avevo mai creduto finché non l'ho visto lì impalato a fissarmi, e non erano ancora neppure le cinque del mattino. Mia madre non si è accorta di nulla perché era davanti a me. Avevo commesso un errore fatale: in preda allo stupore per il figlio del cambiavalute, non mi sono abbassato subito, e così ci è arrivato addosso un proiettile, seguito da un secondo sparo oltre che da insulti e uno scalpiccio di scarponi militari. Non sapevamo che l'edificio fosse circondato dalle milizie del partito che ora avevano deciso di togliere di mezzo il cecchino. «Scappa, scappa!», ha urlato mia madre, e io me la sono data a gambe mentre lei mi veniva dietro. Ma invece di scendere a casa nostra, mi sono fermato davanti all'appartamento di Tabillo al quinto piano e ho bussato alla porta. Forse perché ho pensato fosse più veloce che arrivare a casa nostra al piano terra. Mia madre è entrata dietro di me. Tabillo le ha dato una bella camicia da notte e lei l'ha indossata al posto dei suoi vestiti. I miliziani hanno perquisito il palazzo casa per casa e riunito le famiglie giù nel parcheggio. Quando è venuto fuori che io e mia madre eravamo nell'appartamento di Tabillo, per un attimo nessuno dei condomini ha più badato alla faccenda del cecchino. Piuttosto si chiedevano cosa ci facesse mia madre a casa di Tabillo all'alba, in camicia da notte, e per giunta insieme a me. Poi ho avuto un capogiro e sono caduto a terra quando ho visto uno di quegli uomini armati strapparle gli occhiali dal viso. Nessuno ci ha difesi a parte Tabillo, che ha detto con un filo di voce, guardando il pavimento per rendere convincente agli occhi dei miliziani la sua confessione di colpevolezza: «Lei era a casa con me... da mezzanotte».

La gente avrebbe capito, pensavamo, che Tabillo aveva parlato in quel modo per salvare mamma, e invece i sospetti non facevano che aumentare giorno dopo giorno, e io continuavo a ripetere che eravamo sul tetto e che il figlio del cambiavalute mi aveva visto, potevano anche chiederglielo, ma lui ha negato. Ha detto che aveva fiutato il pericolo ed era sveglio già dalle tre e mezza del mattino, in piedi davanti alla finestra, ma non aveva visto né me né la mamma. I condomini gli hanno creduto:

prova delle sue parole era il fatto che si era davvero materializzato un pericolo. Da quel giorno, le divergenze tra mio padre e mia madre si sono fatte più profonde, e ogni volta che litigavano, lui le strappava gli occhiali dal viso, come aveva fatto quell'uomo armato.

Dopo quell'episodio, mio padre ha iniziato a lavorare di notte, e quando gli abbiamo chiesto il perché, ha risposto che lo faceva per dimostrare ai miliziani di non avere nulla a che fare con il cecchino. Mamma, invece, riteneva che lo stesse facendo apposta per evitarla, dopo l'episodio del tetto, mentre gli inquilini del palazzo continuavano a ripetere che mia madre era già da qualche tempo l'amante di Tabillo, e che la cosa era risaputa, a dimostrazione del fatto che nel condominio nessuno aveva rapporti con il cecchino, altrimenti sarebbero stati puniti tutti. Le voci sulla relazione di mia madre con Tabillo erano tutto ciò che restava dell'equipaggiamento del cecchino. E il figlio del cambiavalute si prendeva gioco di me dicendo che forse ero sonnambulo ed ero salito a giocare con l'antenna di Tabillo mentre dormivo. Sembrava che quell'affermazione contenesse un volgare doppio senso. E così sono stato soprannominato Antenna. Ora sapete perché finora non avevo rivelato il mio nome.

Pugno della speranza

La vita di Tabillo, a sua volta, non era priva di problemi. Con il fatto delle mutande – l'irruzione dei miliziani era stata chiamata così perché aveva a che fare con i boxer di mio padre – aveva scoperto di apparire nei sogni di persone mai viste prima cui stupidamente rivelava i suoi progetti. Ma perché mai uno dovrebbe farsi del male di proposito? Non ne avevamo la più pallida idea. In ogni caso, Tabillo aveva trovato il modo di mettere fine alla faccenda: avrebbe trascorso la maggior parte del tempo a dormire finché non si fosse visto in sogno sdoppiato in due. E la sua immagine onirica gli avrebbe rivelato un progetto che avrebbe cambiato completamente la sua vita. Ora riteneva che alla sua esistenza, per essere completa, mancasse solo un sogno. Come per qualsiasi altra persona in questo mondo, magari, ma con la differenza che lui sapeva di quale sogno stava parlando, e questo lo rendeva nervoso. Ed è che forse le persone diventano infelici non perché non hanno realizzato un sogno, bensì perché sanno esattamente qual è il sogno che manca.

La nostra antenna è rimasta a casa sua. Mio padre non ha voluto togliere da lì quel rottame di alluminio per non confermare i sospetti sulla presunta relazione di mia madre con Tabillo. Mentre guardavamo la televisione, l'immagine si frantumava in mille piccoli pezzi che si mischiavano tra loro, come se qualcuno stesse lanciando la scena dal decimo piano, e allora io mi precipitavo da lui per sistemare l'antenna. Mi apriva la porta parlando da solo. Si era appena svegliato. Io ruotavo l'antenna a destra e a sinistra e poi me ne andavo mentre lui continuava a parlare tra sé e sé. Non gli dicevo neppure «Grazie», per non disturbarlo. Una volta, prima che entrassi, ha detto freddamente: «Lo so! Sei venuto perché la tv non si vede bene e voi state guardando *Pugno della speranza*». Era un cartone animato che spopolava nella nostra strada e prendeva il titolo dalla frase pronunciata dal protagonista mentre dava il colpo di grazia al suo avversario. Era la storia di un ragazzo che trova dei guantoni da boxe in un edificio abbandonato.

Scopre che i guanti sono magici, ma che sulle sue mani non funzionano, si attivano solo quando sono gli altri a indossarli. Un giorno, mentre dà pugni per aria a mani nude, di ritorno dal panificio dove lavora, davanti a lui si apre un portale che lo trasporta in un altro tempo. E lì presta i guanti a persone miserabili e le aiuta a realizzare i propri sogni con la forza, secondo la logica della vita moderna. Guardavo quel cartone animato perché i miei fratelli lo adoravano. Verso la fine di ogni episodio, per gioco mi bombardavano di pugni ben assestati, ripetendo: «PUGNO DELLA SPERAAAAAANZA!» prima di ogni colpo, mentre io, per difendermi, incrociavo le braccia e seppellivo la testa tra le scapole come un pollo. Avvertivo il loro risentimento dopo il fatto delle mutande, e sapevo che lo facevano per sfogarsi. Permettendoglielo, speravo dessero fondo alla loro rabbia, smettendo poi di trattarmi con freddezza, e che tornassero a essere affettuosi con nostra madre come prima. Perciò anch'io ripetevo «PUGNO DELLA SPERANZA!» mentre venivo preso a cazzotti, ma con una voce calda, come una preghiera.

Non capivo come facesse, uno che stava dormendo fino a un momento prima, a sapere che stavamo guardando i cartoni animati. Il cuore ha preso a battermi forte. O meglio, a dimenarsi come se stesse cercando di sfuggire alle fauci di un cane. Oh Signore, fa' che Tabillo non sia l'amante di mamma come dicono nel palazzo. «Antenna! Vieni, ti devo parlare», ha detto mentre stavo per uscire da casa sua. E io ho lasciato che i miei piedi mi portassero da lui. Aveva l'aria infelice e guardava per terra, poi ha esordito come se stesse lanciando un SOS: «Sono stanco e ho bisogno del tuo aiuto». Io ero ancora perplesso, non capivo come facesse a sapere che stavamo guardando i cartoni animati e se mamma c'entrasse qualcosa. E come se i miei pensieri fossero stati nella sua mente anziché nella mia, ha aggiunto: «Te l'immagini? Ho dormito per otto giorni e non ho sognato altro che di trovarmi a casa vostra. Scusami, Antenna. Non l'ho fatto di proposito!».

Brutto stronzo, sta bluffando, ho pensato. Sul suo viso c'era un'ombra di commozione. Doveva essere distrutto. L'occasione perfetta per fargli pressione e indurlo a confessare se era l'amante di mamma oppure no. «Dimmi di più», ho ribattuto in tono tagliente.

«Volevo solo vedermi in sogno... Voglio dire, hai mai sognato di sdoppiarti? Solo i bambini sono capaci di sogni del genere».

Sdoppiarmi? Sta cercando di depistarmi, lo stronzo... L'ho smascherato! «Anche se ci fosse un altro me, non avrei paura», ho detto sfidando Tabillo, mentre il cane stringeva ancora più forte le fauci sul mio cuore. In pochi sanno che l'unica cosa che può turbarmi, ben più che i fantasmi e gli spiriti, è vedere qualcuno che mi somiglia. Ma chi non ne sarebbe sconcertato?

«È come viaggiare nel tempo, con la differenza che attraverso i sogni si entra nella vita degli altri. E questo mi fa vedere tutto ciò che vi succede». Poi mi ha spiegato che nei sogni ci si muove molto rapidamente, e questo gli permetteva di condensare le nostre vite in pochi istanti. Bel tentativo di sviare i sospetti dalla mamma. Tabillo dimenticava che non era mai entrato in casa nostra, e io lo avrei inchiodato. Lui, però, mi ha preceduto. «Vi vedo da una piccola crepa sopra il lampadario». Mi sono sentito come se di colpo fossi diventato grigio e nelle mie vene scorresse succo di luna. Quel che aveva appena detto era vero al cento... anzi, al centoventi per cento. C'era davvero una crepa sopra il nostro lampadario, e dentro c'era un ragno. In passato, quel ragno aveva fatto una ragnatela in un angolo del soffitto, e ogni volta che c'era un'esplosione la tela vibrava per le onde sonore provocate dalla deflagrazione, e lui si agitava nervosamente sopra la sua trappola, credendo di aver catturato una preda, ma poi cercava come un pazzo senza trovare nulla, e tornava a rintanarsi e aspettare. Alla fine era morto di fame. L'ho seppellito nella crepa vicino alla sua tela, che mi era sembrata una tomba adatta a lui, senza dirlo a nessuno. Come aveva fatto, mamma, a rivelarlo a Tabillo? Le interferenze in tv e il posizionamento dell'antenna per aggiustare l'immagine erano un codice segreto tra di loro? Dopo tutto quello che mi aveva detto non me la sentivo di tirarmi indietro e lasciargli evitare il tranello. Gli avrei chiesto degli occhiali di mamma. Era l'unica cosa che mia madre non avrebbe potuto dirgli, perché lei stessa non sapeva dove li mettesse papà. «Bene», ho detto, «se davvero vedi tutto quello che succede a casa nostra, dimmi dove mio padre nasconde gli occhiali di mamma quando glieli toglie!».

«Nell'armadio», ha detto con la stessa spontaneità con cui respirava. «Nella tasca interna della giacca indaco di tua madre. Li troverai lì».

Spionaggio

Tabillo voleva che spiassi mio padre. Non aveva salvato mamma dai miliziani? Dunque era il caso che ricambiassi il favore. È così che si comportano le persone perbene. «Perché lo chiami spiare? Voglio solo che tu mi trasmetta un mio messaggio», ha detto. Sarebbe andata così: Tabillo sarebbe apparso in sogno a papà e gli avrebbe parlato di un progetto che avrebbe cambiato le nostre vite. Quando? Non lo sapeva. Ma ne era sicuro, altrimenti che senso aveva trasferirsi a casa nostra ogni volta che si addormentava? Poi avrei preso l'idea del progetto così come l'avrebbe raccontata papà e l'avrei rivelata a Tabillo. Da un punto di vista pratico, non avrei fatto altro che trasferire l'idea dal Tabillo dei sogni al Tabillo della realtà. È vero che il prezzo per salvare mamma sarebbe stata la felicità di cui idealmente avremmo potuto godere in futuro, ma la vita delle madri vale meno della felicità? «Rispondimi, Antenna... Rispondi!».

«No!», ho esclamato. Dopo che mi aveva parlato della crepa del ragno e degli occhiali di mamma, avrei creduto a qualsiasi cosa avesse detto.

«Inizieremo immediatamente», ha dichiarato sdraiandosi sul divano e chiudendo gli occhi, mentre io mi fiondavo di corsa a casa. Pensavo solo agli occhiali di mamma. Eravamo in prima serata. I miei fratelli stavano ancora guardando *Pugno della speranza*. E papà era appena uscito per andare a lavorare sul suo taxi. Casa nostra era una stanza divisa in due parti. Una per i miei genitori, in cui si trovavano l'armadio e il letto, e l'altra per noi con la tv e il salotto. Ho aperto l'armadio e ho preso la giacca di mamma color indaco. Gli occhiali erano esattamente dove aveva detto Tabillo. Invece di portarli a mamma, li ho rotti con mani tremanti, dicendo: «Questo è per te, mamma». *Tac*, il suono della plastica spezzata ha sovrastato quello della tv.

Dall'altra metà della stanza, i miei fratelli hanno chiesto: «Cos'hai rotto, scemo?», mentre io stavo rimettendo gli occhiali al loro posto nella tasca della giacca. Sono tornato in soggiorno e, per distrarli dalla loro curiosità e salvarmi, ho indicato il soffitto. «Il ragno stecchito lì nella crepa è Tabillo, e ci guarda».

«Non ci provare, diremo a papà che hai rotto qualcosa».

Non capivo i miei fratelli. Fuori casa erano due bambini timidi e buoni, simili persino nella forma delle dita dei piedi, una versione grande e una più piccola delle matrioske russe; a casa, invece, erano due persone completamente diverse. Volevo dare una lezione a mio padre. Quando avrebbe scoperto che gli occhiali erano rotti, si sarebbe sentito in colpa e ne avrebbe comprato a mamma di nuovi. Io e i miei fratelli raccoglievamo soldi nel salvadanaio per partecipare alla prima gita scolastica dopo la fine della guerra. Tutti gli studenti lo facevano. Quella nel nostro salvadanaio non era una gran somma, ma sarebbe stata sufficiente a procurare alla mamma dei nuovi occhiali. E se mio padre glieli avesse di nuovo strappati dalla faccia al litigio successivo, io li avrei rotti e poi rimessi nella giacca, come la prima volta. Allora sarebbe andato in confusione e non avrebbe più ripetuto quel gesto.

Mio padre ormai lavorava solo di notte e dormiva di giorno. Così forse avrebbe allontanato da sé i sospetti dei miliziani, diceva. Usciva alle sei o alle sette di sera, e quando tornava a casa la mattina si cambiava, poi si sedeva vicino alla finestra, chiudeva gli occhi e si addormentava. Per assicurare ai miliziani – che a volte passavano senza alcun preavviso dalla strada di casa nostra a bordo delle loro jeep equipaggiate con mitragliatrici DŠK 500 – che lui con il cecchino non aveva niente a che fare. A volte si fermavano davanti al condominio e colpivano mio padre alla testa con una ghianda, così, per divertirsi. Lui sudava freddo ma non apriva gli occhi. La fine degli scontri aveva peggiorato il loro umore. E a maggior ragione volevano conoscere il cecchino che si era stabilito sul nostro tetto, prima che la sua roba finisse nella spazzatura. La tregua era ormai la più lunga che ci fosse mai stata e annunciava la fine della guerra, il che aumentava la loro tensione. Finché un giorno non hanno trascinato mio padre fuori casa fino a un punto vicino al confine. In un edificio semidiroccato gli hanno dato un fucile da cecchino e gli hanno indicato il bersaglio da colpire: un negozio di animali a Beirut Est. Hanno chiesto a mio padre di dare un'occhiata attraverso il mirino dell'arma da guerra e di descrivere loro ciò che vedeva.

«C'è una signora... e cagnolini, conigli, topi e uccelli...».

«È vero», hanno detto, «ma il bersaglio non è nessuno di loro, è la tartaruga. Guarda bene, ce n'è una in una gabbia blu». Mio padre avrebbe dovuto trafiggere con una pallottola il povero animale mentre era dentro il suo guscio. Perché proprio la tartaruga? Perché le tartarughe non gemono né si contorcono per il dolore. In questo modo nessuno si sarebbe accorto di nulla finché il sangue non fosse sgorgato dal guscio. La poveretta lì dentro sarebbe già annegata ancor prima di poter allungare le zampe per chiedere aiuto. Solo allora il messaggio dei miliziani sarebbe giunto a destinazione.

Mio padre non aveva mai sparato in vita sua. Ora, se si fosse rifiutato di farlo, lo avrebbero torturato, mentre se avesse accettato, avrebbe dimostrato di essere il cecchino. E così è crollato e ha raccontato loro la messinscena del tetto. Almeno la tartaruga si è salvata. La mamma gli ha detto che se avessero voluto punirlo, i miliziani non l'avrebbero riportato a casa. E poi, quando volevano dare una lezione a qualcuno, prendevano i genitori che avevano quattro o più figli, così il danno psicologico sarebbe stato maggiore.

La confessione di mio padre non è passata inosservata agli occhi della famiglia del cambiavalute. Sua moglie era incinta. E poiché il loro nucleo famigliare, come il nostro, era composto da un padre, una madre e tre figli, la signora ha dovuto abortire per evitare il rapimento del marito da parte dei miliziani. Il figlio del cambiavalute, dopo questo fatto, non ha perso occasione per dimostrarci il suo odio. Considerava l'aborto di sua madre un affronto personale, non perché fossero affari di famiglia, ma perché in quel caso non era riuscito a fiutare il pericolo. Ne era sconvolto. Da quel giorno ha perso il suo potere miracoloso. Se ne stava alla finestra, silenzioso e inquietante, gli occhi che lanciavano scintille, e minacciava mio padre, che sudava freddo, borbottando senza aprire gli occhi: «Quando sarò grande ti farò vedere io». E mio padre prendeva sul serio le parole del figlio del cambiavalute, che era solo un bambino della mia stessa età, cercando al contempo di nascondere la sua preoccupazione. Alla fine, non aveva usato il salvadanaio per comprare a mamma un nuovo paio di occhiali al posto di quelli che avevo rotto e che avevamo riparato con la colla, ma poi lo aveva comunque spaccato dicendo di voler conservare i soldi per noi in un posto sicuro. Tuttavia, qualche giorno dopo, ha comprato ai due fratelli del figlio del cambiavalute dei pacchetti di caramelle e un pallone da calcio. Loro li hanno scambiati con delle pistole di plastica a pallini, con le quali rincorrevano i miei fratelli urlando: «Ridurremo la vostra famiglia a un colabrodo!». Quanto al figlio del cambiavalute, non si è più fatto vedere da noi. È diventato violento come un gatto randagio. Quando litigava con qualche ragazzo, lo gonfiava di botte. Dopo averlo gettato a terra, gli si accovacciava sul petto e non si alzava finché il malcapitato non pronunciava la frase umiliante: «Sono il padre di Antenna».

Segmenti

A Tabillo non è piaciuto che avessi rotto gli occhiali di mamma. Non era un buon inizio per una spia. Piuttosto sarei dovuto stare vicino a papà, per ascoltarlo.

«Mamma non ha bisogno degli occhiali...», ho detto per lasciargli intendere che sapevo quel che facevo, di modo che non perdesse la fiducia in me.

«Non ne ha bisogno?».

«No».

«Com'è possibile?».

«Perché la mamma vede il mondo a segmenti».

«Segmenti?».

«Sì. Di ogni cosa lei vede solo una parte».

Tabillo ha fischiato, camuffando una parolaccia che sono riuscito a individuare dall'intonazione.

«Del cielo, lei vede una nuvola. Del giardino, un albero. Dell'albero, una foglia. Delle sue scarpe, ne vede solo una e dei miei denti, un solo dente. Di ogni cosa, una parte».

«E voi, i suoi figli?».

«Dei suoi figli vede solo me. Ma i miei fratelli non lo sanno... così non gli si spezza il cuore. Hanno già toccato il fondo», ho affermato freddamente, per dargli l'impressione di saper badare a me stesso, come tutti i bambini, a differenza dei miei fratelli. Quando Tabillo era di malumore, non potevi sapere cosa stesse pensando.

Ti chiedeva qualcosa e un attimo dopo la sua mente era già occupata da una questione completamente diversa.

Mia madre aveva un tipo di disabilità visiva a cui si sarebbe creduto a stento. Con la sua immaginazione ansiosa, e senza occhiali, i volti delle persone assumevano forme distorte. Orecchie gonfie, nasi sbilenchi, denti enormi dall'aspetto minaccioso. Le teste, invece, le vedeva con pieghe di pelle accavallate l'una sull'altra. In poche parole, le persone diventavano mostri, tutti identici tra loro. Non riusciva più a distinguere una persona dall'altra. Ero atterrito nel vedere le sue mani spaventate urtare le cose e farle cadere. Questo mi portava ad avere una certa avversione nei suoi confronti. Mi sono reso conto del problema quando mio padre le ha strappato gli occhiali dal viso per la seconda volta. Quello era stato il loro peggior litigio, e ho capito che mio padre voleva che commettesse un reato, così l'avrebbero sbattuta in prigione e si sarebbe sbarazzato di lei. Ho pregato che arrivassero i miliziani e lo offendessero, o almeno che il figlio del cambiavalute lo apostrofasse dicendogli: «Ridurremo la vostra famiglia a un colabrodo!». Ma questo non è accaduto, e così ho deciso di prendere in mano la situazione. Mia madre guardava per terra terrorizzata come se stesse precipitando da un'altezza vertiginosa. Ho aspettato che mio padre si sedesse sulla sedia e chiudesse gli occhi per dormire, e sono uscito in strada. Mi sono nascosto dietro un'auto parcheggiata e ho iniziato a lanciare a mio padre piccole pietre. Alcuni ragazzini adesso mi stavano intorno, raccoglievano pietre da terra e me le porgevano ridendo. La finestra di casa nostra era munita di sbarre di ferro per scoraggiare i ladri, dato che eravamo al piano terra e l'appartamento dava direttamente sulla strada. Ho smesso di lanciare pietre quando una di queste ha rotto il vetro e il vicino di casa ha urlato: «Antenna! Idiota! Perché tiri pietre a casa tua?».

Quando sono tornato, ho trovato mio padre ad aspettarmi e i miei due fratelli dietro di lui. Avevano un'aria ridicola e per poco non sono scoppiato a ridere, se non fosse stato che mio padre mi ha ordinato di mettermi le mani in tasca e ha cominciato a prendermi a schiaffi senza sosta. All'inizio il dolore era lancinante, come se la mano di mio padre mi si spiaccicasse sul viso a ogni schiaffo, ma a poco a poco è diminuito. Finché ha smesso di picchiarmi quando ho detto: «Spero che tu muoia». In quel momento avevo perso ogni senso del dolore. Quando i miei fratelli hanno sentito quella frase, hanno tirato indietro mio padre, temendo per la sua vita. Nel frattempo mia madre stava ancora precipitando da un'altezza vertiginosa.

Non credo che quel che avevo detto lo avesse ferito, piuttosto era terrorizzato all'idea di perdere il controllo su di me. Allora mi ha buttato fuori casa e mi ha ordinato di rimanere sul piccolo zerbino senza uscire dal suo raggio d'azione, e poi mi ha sbattuto in faccia la porta. Non so per quanto tempo sono rimasto intrappolato sullo zerbino davanti all'ingresso, ma mi sono sembrati interi giorni. Il figlio del cambiavalute è passato e ho pensato che stesse per lanciarmi delle pietre all'altezza delle caviglie. Lo faceva così velocemente che non riuscivi neppure a sollevare le gambe. E invece si è avvicinato dicendo: «Non piangere, Antenna». Mi ha dato dell'acqua salata da una bottiglietta stranamente piccola, e cinque o sei pillole, tutte diverse per forma e colore. Avevo sete, perciò ho bevuto tutto. Ed è stata la prima volta in cui mi è successo quello che saprete dopo.

Tutto questo è accaduto prima che Tabillo mi confessasse di venire a casa nostra ogni volta che andava a dormire e mi chiedesse di diventare la sua spia. Per prima cosa mi ha chiesto se mio padre lo avesse mai sognato. Ma sembrava molto attento mentre parlavo dei segmenti di mondo, come se stesse aspettando che pronunciassi la parola d'ordine per interrompermi dicendo: «Toccare il fondo! Forse è quello che dovresti fare».

«Rompere di nuovo gli occhiali di mamma? Posso spezzarli ancora in due, e con i denti».

«No. Voglio dire, quello che devi fare è apportare il maggior danno possibile alla famiglia. Se non toccate il fondo, non ho alcuna possibilità di apparire in sogno a tuo padre».

Tutti quelli a cui Tabillo appariva in sogno erano in uno stato di grande sofferenza. Prima di quel momento, aveva sognato di trovarsi nelle loro case senza sapere chi fossero finché non li aveva incontrati.

«Facile, che ci vuole?», ho replicato cercando di sembrare indifferente. Ora dovevamo pensare a come far cadere in basso la nostra famiglia.

«Tuo padre parla male dei miliziani?», mi ha chiesto.

«Continuamente», ho risposto.

«Cosa dice?».

«Ladri, disonesti e senza scrupoli».

«Lo dicono tutti. Ma sentirlo registrato, per i miliziani, avrà un impatto diverso».

Non ho detto a Tabillo che mio padre malediceva i miliziani solo quando dormiva con mamma nell'altra metà della stanza, da cui ci separava una pesante tenda posta al centro. Così, quando ho infilato sotto il letto il registratore nascosto nel mio zaino di scuola, ho catturato non solo le sue imprecazioni contro i miliziani, ma anche i gemiti suoi e di mia madre e il suo pianto dopo. La verità è che mio padre insultava i miliziani per lo più mentre eiaculava. Quando Tabillo ha ascoltato la registrazione, ha detto che dovevamo tagliare alcune parti non necessarie. Quanto a me, mentre ascoltavo la registrazione pensavo che mio padre e mia madre avessero l'asma quando dormivano fianco a fianco.

Tutto andava di male in peggio. Ma dopo il discorso di Tabillo sul toccare il fondo, ho cominciato a considerare la nostra vita come la più interessante del condominio. Eravamo altamente qualificati per toccare il fondo. Prendi mio padre che dormiva alla finestra, per esempio, o gli insulti del figlio del cambiavalute, io che facevo la spia per Tabillo e avevo rotto gli occhiali di mamma, i nostri risparmi andati ai figli del cambiavalute. Eppure non avevamo ancora toccato il fondo. Così aveva detto Tabillo.

«E tu come lo sai?», gli ho chiesto.

«Perché non sono ancora apparso in sogno a tuo padre».

A peggiorare le cose, in casa nostra era proibito parlare di sogni. Belli o brutti che fossero, i sogni non avrebbero fatto altro che aumentare la nostra frustrazione. Mamma ci permetteva di parlare di qualunque cosa, tranne che di politica e di sogni. E siccome era lui il ragno morto nella crepa, Tabillo lo sapeva fin troppo bene. Per questo il mio compito non era semplice, e mi sentivo in colpa dal momento in cui lui mi aveva chiesto di spiare mio padre. Oltre al fatto che, informando Tabillo del progetto che avrebbe rivelato a papà in sogno, sarei stato responsabile della nostra infelicità futura. Signore, perdonami per aver privato la mia famiglia della felicità che ci sarebbe spettata un domani. Ho venduto mia madre e mio padre. Sto distruggendo il futuro dei miei due fratellini. Non merito di apparire nelle foto di famiglia. Non merito di essere ricordato da nessuno. Oh Signore, fa' che io d'ora in poi mi trovi sempre nel punto cieco dell'occhio dei miei fratelli, di mia madre e di mio padre, come abbiamo studiato in scienze, in modo che non mi vedano più e con il passar dei giorni ci facciano l'abitudine e dimentichino tutto ciò che mi riguarda. Anzi, metti anche me nel punto cieco dei miei occhi ogni volta che mi guardo allo specchio, così non mi vedrò e dimenticherò che aspetto avevo. D'ora in avanti mangerò gli avanzi dei miei fratelli e porterò i loro zaini di scuola all'andata e al ritorno. Lascerò che mi diano pizzicotti e calci quando vogliono. Anzi, passerò il resto della mia vita a dormire, ma con gli occhi aperti, e senza che nessuno lo sappia.

Tabillo non ha consegnato la cassetta ai miliziani. Stava aspettando il momento politicamente adatto per farlo. «Non dobbiamo correre rischi. Adesso sottovalutano tuo padre. Ma se la cassetta arriverà loro al momento giusto, si comporteranno in modo diverso».

«Cosa faranno?», ho chiesto.

«Probabilmente prenderanno il taxi di tuo padre. Non c'è altro modo che questo per farvi toccare il fondo».

Ho immaginato mio padre come un clochard, molto cambiato nell'aspetto, tanto che io gli passavo davanti senza riconoscerlo. Mia madre era in una clinica sperduta in montagna, probabilmente era andata a cercarci e per qualche motivo era stata trattenuta lì. Forse perché era senza occhiali. Sotto la finestra della sua stanza c'erano delle ragazze che svolgevano un compito scolastico sull'amnesia. Quanto a me, vivevo in giro, mi arrangiavo raccogliendo i panini avanzati dai cestini della spazzatura della scuola quando gli studenti se ne andavano, ma... che fine avevano fatto i miei fratelli? Dov'erano? Come se la cavavano?

«Non preoccuparti, Antenna. Non continuerete a toccare il fondo per molto tempo. Cinque mesi al massimo. Dopo che il progetto sarà andato a buon fine, riceverete una limousine».

«Una limousine?».

«Come risarcimento per il taxi».

«Non voglio una limousine, voglio la cassetta!», ho esclamato. Il momento politicamente adatto per me significava soltanto che le cose ci sarebbero sfuggite di mano. E ci sarebbe successo tutto quello che avevo immaginato. Ma Tabillo si è rifiutato di fare marcia indietro. Quella cassetta era la sua ultima speranza.

Cinema in cucina

Abbiamo ripreso ad andare a scuola cinque giorni alla settimana anziché tre. Beirut, infatti, stava tornando alla normalità. Niente scontri. Solo un'autobomba qui e là di tanto in tanto. I miei compagni di scuola dicevano che quando avveniva un'esplosione potevi vendere una bottiglia del tuo sangue. Andavi all'ospedale dell'American University e mostravi la tua mercanzia. Il prezzo, se l'esplosione era stata catastrofica, poteva arrivare fino a cento dollari. Ho pensato: offro mezza bottiglia del mio sangue, e per cinquanta dollari mando due ragazzi a pulire il pavimento a casa di Tabillo e a recuperare la cassetta. E così in classe tendevo bene le orecchie aspettando di sentire il boato di un'esplosione. Ci sarebbe stata una baraonda e allora avrei agito. Non ho dovuto attendere a lungo. Un giorno un'auto è esplosa davanti a un centro di ricerca vicino alla nostra scuola. Nessun morto. Solo feriti. Ma l'onda d'urto è stata così forte che le foglie dell'albero di mimosa in cortile sono cadute. Mi sono precipitato nel bagno della scuola come prevedeva il mio piano. Ho tirato fuori dallo zaino una bottiglia d'acqua vuota e ho iniziato a punzecchiarmi il naso per farlo sanguinare. Dovevo riempire a metà la bottiglia e poi correre in ospedale a venderla. Tuttavia, il sangue dal naso non usciva abbastanza veloce. Ho provato a pensare a un ricordo felice per rilassarmi. Ma non sono riuscito a trovarne nemmeno uno. Maledizione! Ho continuato a soffiare più forte finché non ho avuto un leggero capogiro. I miei fratelli erano in cortile a cercarmi. Ho mentito dicendo che l'emorragia nasale era dovuta all'esplosione. Per rassicurarli sul fatto che andava tutto bene, ho preso i loro zaini e ci siamo incamminati verso casa. Ma lungo il tragitto sono impallidito e sono caduto su un banco di verdure. Il fruttivendolo mi ha dato un pomodoro perché lo mangiassi e riprendessi conoscenza, mentre i miei fratelli sono corsi a chiamare nostra madre. Conoscete la storia, non è il caso che io mi metta di nuovo in imbarazzo, a maggior ragione perché, mentre mi girava la testa, il mio naso ha iniziato a sanguinare in modo normale. E così mi hanno considerato uno dei feriti nell'esplosione al centro di ricerca. E sono rimasto a casa per giorni. Ogni tanto sentivo la terra ondeggiare sotto i miei piedi. Ma Tabillo non si è arreso. Quando la tv non si vedeva bene, i miei fratelli andavano da lui per aggiustare l'antenna.

«Tabillo vi ha chiesto di me?», domandavo.

«No», rispondevano.

Canaglia, mi aveva voltato le spalle. E mio padre a casa diceva che i miliziani stavano perdendo potere a poco a poco. Lui era più sereno e il lavoro sul taxi andava meglio. Niente più litigi con mamma. Ci ha persino comprato un nuovo salvadanaio e presto avremmo ricominciato a risparmiare. Ma di giorno continuava a dormire alla finestra. Poverino, mio padre. Non sapeva che quello era il momento politicamente adatto. Sono andato da Tabillo per cercare di dissuaderlo dal consegnare la cassetta ai miliziani.

«Perché insisti? Te l'ho detto, avrete una limousine. Vieni domani e la macchina sarà qui».

«Qui dove?», ho chiesto asciugandomi le lacrime.

«A casa».

«E come?».

«Domani, quando la tv non si vedrà bene, vieni qui e te la farò vedere».

Il giorno dopo, ovviamente, non c'era nessuna limousine in casa sua, bensì una grande macchina fotografica su un treppiede in un angolo del soggiorno. «Dobbiamo farci una foto insieme», ha detto. «La foto è un'istantanea, ma bisogna aspettare ventiquattr'ore prima che la limousine vi appaia». Adesso avevo la sensazione che Tabillo mi stesse ricattando e che non avrei dovuto fare nessuna foto con lui, perché quella sarebbe stata la prova che avevo tradito la mia famiglia. Mi sono addormentato mentre la scattava, tenendo gli occhi aperti in modo che Tabillo non sapesse che stavo dormendo. E in sogno ho cominciato a cambiare faccia. Proprio come mi è successo quando ho bevuto l'acqua del figlio del cambiavalute.

Quando l'indomani mi ha fatto vedere la fotografia, il mio viso non mi rappresentava in alcun modo. Quanto alla limousine, solo Dio sa come era apparsa sullo sfondo dell'immagine, con Tabillo che poggiava il piede su una delle sue ruote. Aveva pianificato tutto. La nostra foto si è diffusa sulle bancarelle, nelle case, nei taxi, nei chioschi, e chi la vedeva in sogno era come uno che avesse vinto alla lotteria, mentre Tabillo guadagnava una somma che gli avrebbe permesso di avviare la sua attività. Ora gli mancava soltanto l'idea del progetto, che avrebbe potuto trovare solo nei sogni di mio padre. Mi ha detto che avrebbe consegnato la cassetta ai miliziani il giorno dopo. Adesso erano tenuti a consegnare le armi, e si sarebbero uniti alla gendarmeria o alla polizia, molto probabilmente come agenti in motocicletta, il che giustificava il loro comportamento nervoso di quei giorni. Pertanto, era preferibile che la cassetta arrivasse loro in forma anonima. Io mi sentivo la gola come ostruita dalla segatura. Se questo fosse successo, non me lo sarei mai perdonato.

«Voglio essere io a consegnarla», ho detto.

«Va bene, Antenna», ha risposto dopo averci pensato un attimo. «Ti darò ventiquattro ore, così sarai soddisfatto». Cioè, fino alla fine dell'episodio di *Pugno della speranza* del giorno dopo.

Sono rimasto sveglio tutta la notte, pensando a cosa avrei potuto fare. Ho trattenuto il respiro, ho fatto pipì quattro volte, mi sono tirato i capelli per stimolare il cervello. L'unica conclusione a cui sono giunto era che, quando Tabillo avesse consegnato la cassetta, sarei andato via da casa. Sarei tornato due o tre anni dopo e la famiglia mi avrebbe perdonato. Probabilmente l'unico ricordo divertente che i miei fratelli avrebbero avuto di me sarebbe stato di quando andavo al minimarket e dicevo al negoziante: «Vorrei degli assorbenti per mia madre». E lui mi rispondeva: «Entra a prenderne un pacco», indicando il fondo del negozio. Io andavo nel reparto delle uova, dove non poteva vedermi. Rompevo un uovo crudo, lo bevevo e poi uscivo dicendo: «Ho dimenticato la misura». Fin quando mi ha scoperto.

«Ci sono!», ho esclamato tra me e me a un certo punto. Sì, sapevo cosa dire a Tabillo. Il giorno dopo, mentre guardavamo *Pugno della speranza*, mi sono appisolato a occhi aperti. Con i miei spossanti attacchi di anemia, potevo addormentarmi in pochi istanti. I miei fratelli non si sono accorti di nulla. Poi sono salito da Tabillo. Avevo l'aria assonnata. Non appena ha aperto la porta, ho detto: «Congratulazioni».

«Congratulazioni? Per cosa?».

«Sei apparso in sogno».

«A tuo padre?».

«No, a me».

«A te? Quando?», ha chiesto scettico.

«Poco fa, mentre guardavo *Pugno della speranza*. Non c'è più bisogno di consegnare la cassetta. Anzi, se vuoi sapere cosa mi hai detto, devi ridarmela». Tabillo è corso in camera sua ed è tornato con una busta bianca con dentro la cassetta. L'ha poggiata accanto a me sul divano, poi ha preso il taccuino e la penna dal tavolo del soggiorno e ha iniziato a scrivere.

Ho messo la mano sulla busta e ho accavallato le gambe dicendo: «Il progetto si chiama Cinema in cucina». Lui se l'è annotato freddamente sul quaderno e ha lanciato un'occhiata alla mia mano e alla busta. Il nome non l'aveva entusiasmato. Ma la cosa non mi ha preoccupato. Anzi, meglio così: il colpo fatale lo avrebbe preso alla sprovvista e avrebbe avuto un impatto più forte.

«E il progetto?», ha chiesto.

«Un ristorante che serve pietanze apparse in film famosi. Per esempio, il cocktail Rocky Balboa, quello che lui beve prima dell'allenamento per il campionato del mondo: cinque uova crude in un bicchiere; il cardamomo di Julia Roberts, per un alito profumato, un seme di cardamomo sotto la lingua; i fagioli He-man, con burro e aglio, l'ultimo pasto dell'eroe prima che monti sul drago e perda la memoria mentre va in battaglia. Le melanzane Duke Fleed, grigliate, ripiene di riso e noci, Actarus le mangiò prima del combattimento con un sosia di Goldrake; i bastoncini di pollo Alfred Hitchcock con salsa e aglio che il regista tiene in mano in una fugace inquadratura in uno dei suoi film». Non c'era niente di vero in quello che avevo detto, tranne il cocktail Rocky Balboa. Comunque sia, gli occhi di Tabillo si sono riempiti di lacrime.

«Questi sono i miei pensieri. Li riconosco», ha esclamato interrompendomi. «A nessuno verrebbe mai in mente un progetto del genere, a parte me». Poi è entrato in cucina a bere un bicchiere d'acqua per bagnarsi la gola, mentre io ho preso la cassetta dalla busta e sono corso a casa. In seguito ho scoperto che Tabillo aveva rimosso le due linguette alla base del dispositivo in modo che nessuno potesse cancellare il contenuto del nastro o registrarci sopra.

Il sogno

Era troppo tardi. Quella stessa notte, i miliziani hanno tolto il taxi a mio padre. E lui non era il solo. Si è trattato di una campagna di saccheggio prima che si arruolassero nella gendarmeria, ma era evidente che non avevano dimenticato la messinscena del cecchino. Avevo intenzione di distruggere la cassetta, ma dopo quel fatto ho deciso di tenerla per ricordo. Qualche giorno dopo, mio padre mi ha chiesto una copia della mia foto con Tabillo, che ora spopolava come segno di speranza, soprattutto da quando erano cessati gli scontri, e l'ha appesa accanto al dipinto del bambino ebreo che piange. Abbiamo sentito discorsi del tipo: «Come può una persona appendere in casa la foto dell'amante di sua moglie?». Ma secondo mio padre la gente voleva che lui togliesse la foto solo per avere un concorrente in meno nella corsa al sogno di Tabillo. I miei fratelli erano depressi e per tirarli su di morale ho detto che la limousine nella foto sarebbe stata nostra entro cinque mesi, ma loro si sono arrabbiati pensando che mi stessi facendo beffe della situazione in cui ci trovavamo.

Due o tre giorni dopo ho visto per la prima volta lo zio in casa nostra. Lo zio era il più famoso falsario di passaporti di Beirut. Che Tabillo fosse apparso in sogno a mio padre indicandogli il suo nascondiglio segreto? Non potevo saperlo. In qualche modo, però, mio padre era riuscito a convincerlo a venire. La mamma ci ha fatto fare il bagno, mettere dei vestiti nuovi e pulire la casa. Anche lei e papà indossavano abiti nuovi, però si vedeva che papà era ancora triste. La mamma ci ha detto di comportarci bene perché lo zio avrebbe fatto delle domande a ciascuno di noi. Lui avrebbe inventato per ognuno di noi un nome e un cognome falsi per iniziare una nuova vita all'estero. Mio padre gli ha chiesto quanto sarebbero costati i passaporti per cinque persone... «Oh, è molto... Okay, e uno solo invece?».

Lo zio ha chiesto una garanzia. «Non sto parlando di soldi, in fondo lavorerete per me fino a ripagare l'intero importo. Allora sarete liberi di vivere la vostra vita come vorrete. Potrebbero volerci due anni, o tre, non lo so». Ma voleva qualcos'altro per assicurarsi che mio padre non lo tradisse. «Alcuni bastardi, una volta che partono, si trasformano, come se avessi preso accordi con qualcun altro. Il che mi spinge a ricorrere a metodi che non mi piacciono, e sappiamo entrambi che non bado affatto alla legge, ma rispetto la parola data», ha concluso.

«Bravo, fratello», ha detto mio padre, imbarazzato.

«Sono davvero tuo fratello? Rispondimi!», ha ribattuto lo zio, risentito.

«In realtà no. Volevo solo dire che siamo tutti come fratelli».

«Stronzate, non prendermi per il culo. Dopo che avrai pagato, non vorrai più avere nulla a che fare con me, credi che non lo sappia? E ti prometto che anch'io taglierò i ponti con voi».

A quel punto è arrivato il momento cruciale, per il quale la mamma ci aveva preparati. Un colloquio con lo zio, ciascuno di noi separatamente. Non si fidava di nessuno. Pertanto, tutti coloro che avevano più di cinque anni venivano presi sul serio. La sua teoria era che le crisi rovinino qualcosa nel profondo delle persone, coltivando in loro inclinazioni imprevedibili. E alla prima prova venivano fuori le loro nuove qualità. Il colloquio dello zio con me è stato il più lungo. Lui si comportava come un vero ispettore. Aveva un quaderno di appunti con dentro un po' di tutto su di me. Mi ha dato fastidio che qualcuno mi stesse spiando a mia insaputa. Ma mi sentivo ancora responsabile per quello che era successo a mio padre. E allo zio bisognava dare una garanzia, perché ci facesse partire. E così gli ho rivelato tutto quello che avevo fatto con mio padre, mia madre e Tabillo.

«Ti affido ogni dettaglio della mia vita», gli ho detto.

«E cos'altro?», ha ribattuto lui. Non avevo più niente da spiattellare. «Dimmi qualcosa su Tabillo».

Gli ho detto che Tabillo metteva i soldi in una scatola di latta sotto una mattonella all'angolo del muro vicino alla porta. «Sono i soldi che ha raccolto grazie alla foto, puoi ottenerli facilmente, se vuoi».

Sul suo volto è apparso un sorriso beffardo misto a un'espressione trionfante. «Pensi che io sia un imbroglione?», ha detto.

Il giorno dopo, alcuni uomini sono venuti a casa di Tabillo, lo hanno riempito di botte e hanno preso tutti i soldi che aveva guadagnato grazie alla foto. Dopodiché il poveretto non ha più dormito per paura di apparire in sogno a qualcuno e rivelargli il progetto.

Di ritorno dal colloquio con lo zio, temendo che si fosse offeso, gli ho detto: «Ti do qualcosa con cui puoi ricattare mio padre se pensi voglia fare la spia. Ma nel parcheggio». Così, gli ho consegnato la cassetta, chiedendogli di farla avere alla succursale dei miliziani del paese in cui stavamo andando. Perché in ogni parte del mondo esiste una copia esatta di tutte le persone che vivono nella nostra strada, con le loro abitudini, le loro crisi e i loro sogni. O almeno così credevo.

Quando è venuto a casa nostra per la seconda volta, lo zio era teso. Ha detto a mio padre che non poteva farci partire perché, dopo averci intervistati, aveva scoperto che non poteva fidarsi di noi. Mio padre l'ha pregato di darci una possibilità. Alla fine sono arrivati a un accordo: avrebbe fatto partire quattro di noi. Mia madre, mio padre e i miei fratelli. Io no. Mia madre ha rifiutato. Ma lo avrei saputo solo tempo dopo. Siamo andati a fare una foto di famiglia. Questa volta non ho dormito con gli occhi aperti cambiando faccia, anzi, ero eccitato. Mamma, invece, sembrava nervosa e triste ed è rimasta al mio fianco. Quando mio padre ha ritirato la foto, io e mia madre non c'eravamo. Non intendo che apparivamo sfocati, ma proprio che non eravamo accanto a mio padre e ai miei fratelli. Ho chiesto di rifare la foto, ma papà ha detto che non avevamo i soldi. Lo zio mi ha chiamato in disparte e ha detto: «Non mi avevi confidato che puoi cambiare faccia? Molto probabilmente ti sei rimosso dalla fotografia per errore, ma non preoccuparti, abbiamo un modo per fartici ritornare».

Qualche settimana dopo la partenza di mio padre, lo zio gli ha consegnato la cassetta, dicendo che ormai, dopo lo scioglimento dei miliziani, non aveva alcuna importanza. Mio padre ha inviato la cassetta a mia madre con la prima lettera, insieme a una somma di denaro e un biglietto in cui diceva che lo zio aveva ragione a non fidarsi di Antenna e che avrebbe dovuto ascoltare la registrazione «per sapere cosa intendo». Così siamo andati al negozio Un Po' di Tutto per comprare un registratore. Mia madre non mi ha detto niente. E ho cominciato a uscire di casa ogni volta che registrava una cassetta per mio padre. Litigavano tramite le audiocassette. Lui diceva che lo zio non mi avrebbe fatto partire. E lei gli chiedeva di tornare, perché non c'erano più scontri. Ma mio padre doveva pagare allo zio la somma convenuta, o forse era stanco di vivere a Beirut dopo tutto quello che gli era successo.

Quanto a Tabillo, non ha più dormito dopo che quegli uomini lo hanno aggredito. La sua giustificazione era che, se non dormiva, la sua immagine onirica non si ricaricava, e questo gli garantiva di non apparire in sogno a nessuno e non parlare del progetto Cinema in cucina. Adesso era ossessionato da quell'idea, ci pensava giorno e notte e la proteggeva rimanendo sveglio.

Quando ho sentito quello che mio padre diceva in una delle cassette, mia madre mi ha spiegato che i registratori fissano il discorso su nastro, mentre sul retro del nastro registrano i pensieri che passano per la mente di chi parla. E mio padre non intendeva affatto quello che diceva. E per fare in modo che io ci credessi, lo ha azionato al contrario. Ha sorriso e mi ha abbracciato mentre ascoltava le parole di mio padre al contrario, che ovviamente non avevano alcun significato. Tuttavia, ha finto che ciò che stava ascoltando fosse interessante e portasse bene. Ora i miei attacchi di anemia erano sempre più frequenti. Mi girava la testa e mamma mi diceva di non smettere di parlare per non perdere conoscenza, e così mi sono messo a creare storie. Però ho portato la cassetta a Tabillo, quella in cui mio padre diceva che non voleva che io partissi, e gli ho chiesto di ascoltarla. Quando abbiamo riavvolto il nastro, le parole di mio padre erano capovolte e incomprensibili. Gli ho detto che volevo sapere cosa passava per la testa di mio padre. Lui ha capovolto il registratore e abbiamo sentito un quarto della cassetta. Tabillo ha sorriso e ha detto: «Tuo padre si confida con tua madre. Le dice: "Tabillo mi è apparso in sogno e mi ha detto che avrei fatto meglio a partire insieme ai fratelli di Antenna, e che tu e Antenna ci raggiungerete tra cinque anni, quando avremo messo su una fortuna"». Aveva la voce rauca, come se avesse commesso un errore. Poi mi ha detto: «Mi dispiace».

Io ero arrabbiato. Ogni volta che qualcuno mi chiedeva qualcosa in proposito, mi innervosivo. Senonché mio padre dopo quella cassetta non ne ha più mandate altre. È venuto un giovane del tribunale che non avevamo mai visto prima e ha divorziato da mia madre per conto di mio padre. La cassetta dello spionaggio, quella in cui avevo registrato le loro voci, ce l'ha ancora mia madre. A volte mi sveglio di notte con un leggero brusio proveniente dalle cuffie alle sue orecchie. Il suono di mio padre e mia madre che facevano l'amore, poi lui che imprecava contro i miliziani mentre eiaculava e scoppiava a piangere. Avrei saputo in seguito che mia madre ascoltava la cassetta ogni volta che provava risentimento nei confronti di mio padre.

Quanto a Tabillo, casa sua adesso è piena di piante di lattuga. Di forme e colori che non avevo mai visto prima. Dopo il messaggio vocale in cui mio padre diceva che lo zio aveva ragione a non fidarsi di me, ha iniziato a piantare lattuga. Ha paura che io possa vendere a qualcuno il progetto Cinema in cucina. Dice di voler creare una lattuga che, quando viene mangiata, fa parlare i morti, e che verrà usata per risolvere i casi criminali. Per me, il solo dilemma è: come faranno i morti, dato che sono morti, a mangiare un vegetale o qualunque altro cibo?

Leoncino

Non sapevamo che il Leoncino non fosse un vero leoncino finché non gli hanno rubato la bicicletta, e lui non ha osato fare nulla per riaverla. Si è limitato a sparare alcuni colpi in aria dalla finestra della sua stanza, poi si è sdraiato sul materasso di gommapiuma sul pavimento e le lacrime hanno preso a sgorgargli dagli occhi, spalancati e puntati al soffitto, mentre provava una gran nostalgia per sua madre. Aveva la pistola accanto a sé.

La bici era un regalo di sua madre. Ma gliel'avevamo vista guidare solo qualche volta. La teneva esposta in una teca di vetro rettangolare vicino alla scuola, sulla strada dove abitavamo, in modo che tutti la vedessero. Ma a nessuno sarebbe mai venuto in mente di guardarla, neppure per un istante. Il Leoncino, infatti, si sarebbe potuto arrabbiare, e magari sarebbe venuto di notte e ti avrebbe sparato mentre dormivi nel tuo letto, come aveva fatto con la sua anziana zia quando una sera l'aveva sorpresa a cercare di tirar fuori i suoi due pesci rossi dalla vasca da bagno per potersi lavare, e aveva premuto il grilletto. Il Leoncino poteva farlo con la stessa facilità con cui uno si taglia le unghie, perché la sua pistola aveva il silenziatore. E dopo averlo fatto, si sarebbe sbarazzato di quell'arma per poi procurarsene una diversa, come qualsiasi killer professionista sotto i sedici anni. Pertanto, nessuno era disposto a sacrificare la propria vita per una bicicletta. Alcuni addirittura sorridevano alla bici o la salutavano con un cenno del capo come se fosse il cane fedele che faceva la guardia al quartiere. Quanto a me, ogni volta che la vedevo, mi veniva voglia di balzarci sopra e addentarne un pezzo. Era una bici che ti faceva venir fame, tanto era bella. Una Chopper. Arancione e bianca, con due ruote marroni che brillavano estate e inverno, come se fossero state di latte misto a cioccolato e ciliegie. La ruota anteriore era piccola e quella posteriore grande. Ho anche avuto l'ardire di immaginare che sarebbe stato impossibile guidarla velocemente, perché se lo avessi fatto, la bicicletta si sarebbe sciolta tanto era delicata. Come se fosse fatta di granuli di detersivo. Ma era il contrario. Una bici estremamente solida, di nichel e piombo. Il Leoncino aveva addirittura detto con leggerezza, quando è esplosa la prima autobomba alla rotonda più vicina al nostro quartiere, che la sua bici avrebbe potuto arrampicarsi sulla colonna di fumo che tutti guardavamo in preda al panico. Come se l'autobomba fosse parte di uno spot pubblicitario della sua bicicletta.

La teca di vetro in cui il Leoncino riponeva la sua bicicletta era quella della statua di san Matanios, patrono dei pazzi. E il Leoncino, il giorno in cui sua madre è stata ricoverata all'ospedale psichiatrico, ha svuotato la teca del santo patrono e ci ha messo la bicicletta al suo posto. Questo è successo poco prima che cominciasse la guerra. Non c'erano cristiani nel nostro quartiere. La teca e il santo erano un dono degli abitanti del rione di fronte, i vicini con cui la guerra ci avrebbe poi costretto a tagliare i ponti. I loro figli, che ora erano armati, si erano infiltrati nel nostro quartiere di notte e avevano osato mettere le mani sulla Chopper nella teca come risarcimento per il patrono perduto Matanios, quella statua di cera che il Leoncino, solo con un cenno della testa, mi aveva costretto a legare a un razzo e lanciare in aria in direzione del quartiere cristiano. E io l'avevo fatto sotto gli occhi di tutti. Ore dopo, gli abitanti del nostro quartiere avevano cominciato a erigere barricate.

Sapevo che la teca e il santo erano lì solo per me. Li avevano messi lì il giorno del mio compleanno. Erano espressione della pietà che gli abitanti del quartiere cristiano nutrivano nei miei confronti. È questo che mi dicevano gli occhi del barbiere ogni volta che andavo da lui per tagliarmi i capelli. Dicevano anche che sarei dovuto guarire il più rapidamente possibile, prima che scoppiassero disordini. Perché se lo avessi fatto, la gente del nostro rione avrebbe restituito intatti la teca e il patrono al quartiere cristiano, magari con un biglietto di ringraziamento, e poteva darsi che facessero tutti insieme una grigliata macellando un piccolo montone. Così facendo, avremmo scongiurato la guerra ed evitato molti scontri, accontentandoci nel peggiore dei casi dei muretti costruiti sui tetti di alcune case del rione come postazioni per i cecchini, e sui quali si era pensato di far scrivere ai bambini, con la pece, le loro memorie condivise con i bambini del quartiere cristiano, insieme a feste e ricorrenze, e la storia di ogni momento, se possibile. Ma se non avessi obbedito al santo e non fossi guarito, e fosse scoppiata la guerra, la statua avrebbe senz'altro rischiato di essere distrutta, perché era una statua cristiana, e questo avrebbe fortemente irritato i vicini. Magari l'avrebbero usata come scusa per prendere d'assalto il nostro quartiere. Per questo ero sotto pressione, dal momento che ero tenuto a guarire, e il più rapidamente possibile. E quando tornavo ogni giorno dal mio lavoro di idraulico, mi accorgevo degli occhi che mi fissavano.

Il meccanico, il proprietario del minimarket, quello del negozio di articoli sportivi e della torrefazione. Anche i bambini. E infatti uno di loro, mentre entravo nel palazzo, una volta mi ha chiesto: «Perché non guarisci?». Poi arrivavo a casa e mia madre, mio nonno e mia sorella mi guardavano, e il loro sguardo diceva: «Non abbiamo nessun altro posto dove andare. Devi guarire. Non hai altra scelta!». Mia madre ogni giorno accendeva due bastoncini di incenso, mi strofinava la testa e premeva in un punto tra i miei occhi mentre mormorava versetti del Corano, e poi concludeva dicendo: «Pronta guarigione», mentre mi addormentavo. E quando andavo a guardare le esercitazioni degli scout, che ormai indossavano abiti militari, tutti per un attimo smettevano di allenarsi e mi scrutavano con l'aria di dire: «Ci stiamo allenando perché sappiamo che non guarirai mai». Poi riprendevano a fare quello che stavano facendo. In breve, con il passare dei giorni, mentre le strade e le case scivolavano verso il tritacarne della guerra, la statua era diventata un peso, specialmente per me. Perciò sono stato felice di legarla a un razzo e farla volare in aria. Come se fossi stato io stesso a volare.

Il Leoncino era un tipo molto realista. Era l'unico ad aver capito che non sarei mai guarito. Nella sala giochi mi diceva sempre: «Lo so che non guarirai mai, ecco perché porto con me la pistola. Guarda. Questo tubo serve a non farle fare rumore. Voglio dire, se ti sparo, nessuno saprà che sei morto. Nemmeno tu». Mi piaceva molto questa parte della storia. Morire senza che nessuno sappia che sono morto. Per questo, ogni volta che vedevo il Leoncino gli dicevo: «Raccontami di nuovo quella storia. Che se muoio nessuno lo saprà». Allora lui con un movimento agile tirava fuori la pistola da dietro la schiena, con grande apprensione degli altri ragazzi, la caricava e poi diceva: «Questa è una pistola. E c'è questo tubo qui, che serve a non farle fare rumore. Cioè, se ora io ti portassi in quel vicolo e ti sparassi, nessuno saprebbe che sei morto. Nemmeno tu». Sentivo un'ondata di gioia arrivare fino alla cicatrice dell'ustione al mignolo del piede, la testa mi tremava come quando faccio pipì, e gli dicevo: «Portami nel vicolo e sparami», come se lo stessi sfidando. Ma lui mi rispondeva: «Prima devi guarire. Non faccio fuoco su persone che non sono nel pieno delle loro facoltà mentali», e poi, in tono perentorio, mi ordinava di togliermi dai piedi.

Era chiaro che il Leoncino non mi avrebbe sparato, per quanto lo avessi implorato di farlo. Per lui era una questione di dignità. Se ne vantava persino in un messaggio alla sua fidanzatina, una ragazza di terza media che viveva al pianterreno del condominio in cui abitava lui. È stata lei stessa a dirmelo. Mentre smontavo il lavello della cucina a casa loro, armeggiando con lo sturatubi di metallo, si è avvicinata e mi ha sussurrato: «Lo sai? Tu sei il motivo. Da quando il Leoncino mi ha scritto dicendo che non ti sparerà, ho iniziato ad amarlo. Siccome non ti ha ucciso, ho capito che è un ragazzo davvero gentile e sensibile». La sua fidanzatina era magra, con gli occhi assonnati giorno e notte, e quando parlava avevi la sensazione che lo stesse facendo con la testa infilata dentro un sacchetto. Aveva pronunciato quelle parole con una dolcezza che mi ha fatto battere il cuore e così ho capito che sarebbe stato più facile che gli abitanti del nostro quartiere si trasformassero in sapone piuttosto che il Leoncino mi sparasse. Non c'era modo di entrare nella sua casa al quarto piano. La porta era carica di esplosivo, o almeno così si diceva in giro.

Se l'avessi toccata nel modo sbagliato, sarebbe detonata. Se non fosse stato per questo, sarebbe stato facile entrare nel suo bagno, togliere dalla vasca i suoi due pesci rossi e poi rimanere nudo sotto la doccia fino a quando il Leoncino non fosse tornato a casa.

Quando la madre del Leoncino è entrata nell'ospedale psichiatrico, nel rione hanno iniziato a picchiarmi invece di guardarmi soltanto. Il barbiere mi ha detto che tutto stava succedendo perché non ero guarito, e che a causa mia san Matanios non voleva più il bene del quartiere. Altrimenti, non sarebbe stata proprio la madre del Leoncino a impazzire. Poi mia madre è diventata nervosa e piangeva sempre, e mio nonno tossiva più forte e sputava più catarro del solito. Sapevo che mi stavano incolpando perché non capivano per quale ragione stesse per cominciare la guerra. E a me non piaceva quel tipo di vita. Ma il Leoncino, mettendo la bici nella teca, mi ha dato un'idea geniale. Ho pensato che l'unico modo per convincerlo a spararmi fosse andare lì e sedermi sulla Chopper in pieno giorno. Sarei uscito di casa come se stessi andando al lavoro. Alle otto e mezza del mattino. Ma invece di andare al negozio di idraulica, avrei attraversato la strada e con pochi passi mi sarei ritrovato nella teca di vetro, anzi, addirittura in sella alla bici. E sarei rimasto seduto così finché il Leoncino non mi avesse visto e mi avesse sparato. Forse mi avrebbe freddato dalla finestra della sua stanza mentre era ancora in mutande e canottiera. L'importante è che quando fossi morto, non avrei saputo di essere morto. Quindi non mi sarei fatto male. Non avrei più sentito le botte che ricevevo dalla gente del rione, né mi sarei più commosso per le lacrime di mia madre o per quello che gli occhi degli altri dicevano a proposito del rapporto tra me e la statua. Perciò sarei stato l'unico nel quartiere a guidare una Chopper.

Quella mattina ho baciato mia madre che dormiva e lavato la latta in cui mio nonno sputava il catarro, per poi riporla al solito posto, accanto a lui. Ma quando sono uscito di casa, ho scoperto che la bici non era più nella teca. Non credevo ai miei occhi. Ero scioccato e nervoso come se la bici fosse stata mia. Poi mi sono scese le lacrime e il mio mento ha preso a tremare. Sono entrato nella teca senza pensare a niente e ho cominciato a guardarmi intorno e a tastare con le mani l'aria e le pareti di vetro: magari la Chopper era lì ma io non riuscivo a vederla. Intorno alla teca c'erano alcuni abitanti del rione. Mi stavano guardando, ma nessuno di loro ha osato mettere piede nella teca per farmi uscire. Anche quando lo hanno visto apparire in lontananza nessuno di loro ha detto: «Il Leoncino! Sta arrivando! Esci subito!», o qualcosa del genere. Il Leoncino è venuto alle mie spalle e mi ha spintonato così forte da farmi cadere a terra finendo fuori dalla teca. Era furibondo, si capiva dalle sue orecchie rosse, e aveva la pistola in mano. Non sapevo che la bici fosse stata rubata. Piuttosto, immaginavo che l'avesse messa in un'altra teca o riportata a casa sua. Ecco perché l'ho scongiurato: «Ti prego, rimetti la Chopper qui dentro». Quando gliel'ho detto, è tornato nella sua stanza, ha sparato alcuni colpi con la pistola, ha pensato a sua madre e ha pianto.

Va detto che la teca e il santo patrono non erano un regalo disinteressato, bensì dovuto al fatto che i vicini cristiani si sentivano imbarazzati e tristi perché quello che mi è successo è stato a causa dei loro figli. Nello specifico, il figlio del titolare dell'organizzazione di beneficenza che organizza feste per bambini affetti da disfunzioni epatiche. Eravamo nella sala giochi, che si trova in un punto neutro tra i nostri due quartieri. Io indossavo dei guantoni da boxe. Sebbene non fossero guantoni da professionista, e nemmeno da dilettante, ne ero felice. Erano un premio della Rico, la marca di biscotti, che avevo vinto in cambio di cinquanta confezioni vuote. Avevano quello sciocco disegno di un biscotto con due piccole braccia e guantoni da boxe, che tirava pugni per aria. Ma a me non importava. Erano i primi guanti che avessi mai indossato. E ho sempre voluto diventare un campione di pugilato. Uno che salva il mondo con i propri pugni – senza sapere esattamente cosa bisogna prendere a pugni in questo mondo per salvarlo. Diventare un pugile forte, formidabile, che pareva combattere non con i guanti, bensì con due proboscidi di elefante avvolte intorno alle mani. Poi è arrivato il figlio del proprietario dell'ente di beneficenza. Mi ha chiesto di prestargli i guantoni. Ha detto che voleva provarli sul sacco da boxe della sala giochi. Meno di un minuto dopo, ci ha infilato le dita e ha chiuso le sue grandi mani, i guanti si sono strappati e lui si è rifiutato di ripagarmi i cinquanta biscotti Rico. Quando sono tornato a casa, sconfitto e senza capire perché era successo quello che era successo, mia madre li ha ricuciti con ago e filo. Naturalmente, non è per questo che soffro dei miei attacchi, che mi rendono incapace di credere a tutto ciò che sento o vedo. Piuttosto è perché il giorno dopo, indossando i miei guantoni Rico rammendati, sono andato a casa del figlio del titolare dell'ente di beneficenza, deciso a dargli un pugno quando avesse aperto la porta e poi scappare, ma ho scoperto che tutte e dieci le sue dita erano state ustionate da una scarica di corrente mentre cercava di allisciare i capelli della sorellina con la piastra elettrica. Anzi, ho scoperto che le sue dita erano attaccate l'una all'altra e anche arrotondate come se fossero ancora infilate nei guanti Rico strappati. I suoi occhi erano molto tristi mentre guardavano i due guantoni da boxe che avevo in mano. Come se li stesse incolpando. Anche suo padre e sua madre hanno guardato i guantoni Rico. Ho sentito una specie di paralisi al cervello. Qualcosa che non mi era mai successo prima. Da quel giorno ho avuto gli attacchi. Mi si paralizza la testa, e anche gli occhi, le labbra, le orecchie, le sopracciglia e le fossette. In quei frangenti, non riesco più a vedere, sentire o annusare qualsiasi cosa intorno a me. A scuola non credevo più alle lezioni che ci impartiva la maestra, e ho smesso di andarci regolarmente. Anche se il ragazzo si è operato alle dita e le sue mani sono tornate quasi nella posizione corretta, ho continuato ad avere gli attacchi, e così ho lasciato la scuola e ho iniziato a lavorare come idraulico. E poi hanno cominciato a chiamarmi il Patrono dei Tubi Intasati, perché ero diventato bravo a infilare lo sturatubi a molla negli scarichi ostruiti e a rimuovere con un solo colpo i tappi che li avevano otturati. Questo sesto senso nei confronti degli scarichi intasati è ciò che ho guadagnato dagli attacchi. Ma gli abitanti del quartiere cristiano, che erano molto gentili, si sentivano ancora in colpa nei miei confronti. Tanto che a volte qualcuno di loro ostruiva deliberatamente il lavello della cucina o il lavandino di casa sua con un semplice fazzolettino di carta, un sacchetto di nylon o un calzino, in modo che potessi andare a sturarlo, procurandomi così del lavoro. E al mio primo compleanno hanno inviato nel quartiere la teca e la statua di san Matanios.

Se fosse scoppiata la guerra, io sarei stato l'unico a poter fare la spola tra il nostro quartiere e quello cristiano.

Questo perché adesso i miliziani altri non erano che il figlio del proprietario dell'ente di beneficenza e i suoi amici. E al momento nessuno di loro aveva interesse a farmi fuori. Perché quando uccidi qualcuno in guerra, è per provocare gli altri. La mia morte non avrebbe provocato nessuno. Anche se avevo legato la statua di san Matanios a quel razzo e l'avevo lanciata verso il loro rione. Questo è ciò che ha spinto il Leoncino a venire a casa nostra e chiedermi di andare al quartiere cristiano a riprendergli la sua Chopper.

Quando l'ha visto, mia madre si è sentita rammollire le ginocchia e non è riuscita ad alzarsi. E mio nonno ha tossito molto. Ma io ero tanto, tanto orgoglioso. Ho tenuto aperta la porta di casa e anche le tre finestre in modo che la gente potesse vedere che il Leoncino era da noi. Mi sono persino dato delle arie davanti a lui, e una volta l'ho interrotto mentre parlava e sono andato a pulire la latta del catarro di mio nonno. Naturalmente ho subito accettato la sua richiesta. Ma a una condizione. «A patto che tu mi spari con il silenziatore mentre sto in sella alla bici», gli ho sussurrato. E il Leoncino ci ha pensato su e mi ha guardato a lungo negli occhi, poi ha detto che per lui sarebbe stato un disonore, ma che l'avrebbe fatto per riavere la sua Chopper e non per me, e in un luogo dove nessuno ci avrebbe visti: nel cortile dell'asilo della scuola vicina. Dovevo fare il bagno per non puzzare da idraulico e indossare un grande grembiule perché non voleva che la bicicletta si sporcasse di sangue. Ho pensato al grembiule del barbiere, il Leoncino ha detto che lo avrebbe portato lui stesso e io ho accettato.

I ragazzi del quartiere cristiano non mi hanno dato la bici il primo giorno. Mi hanno detto che avrei dovuto portare la statua, perché non guarirò mai, e tornare l'indomani. Quando sono arrivato il giorno dopo, di sera, la statua penzolava in un sacchetto dietro la mia spalla. Si era spezzata a metà, o forse in tre pezzi, e le sue estremità si erano sciolte per l'esplosione del razzo, essendo fatte di cera. Ma la Chopper mi stava aspettando. Splendente come se fosse appena uscita dalla teca di vetro. Pulita, senza nemmeno un graffio. Quella sarebbe stata la prima volta che toccavo una Chopper. E me l'ero meritato. Anzi, ero talmente eccitato che ho avuto un'erezione. Cosa che ha fatto ridere di me i ragazzi, che mi hanno ordinato gentilmente di andar via dicendomi: «Se anche diventassi tu stesso san Matanios, non guarirai mai». Sono andato all'asilo, dove il Leoncino mi stava aspettando. Aveva una pistola con silenziatore che non gli avevo mai visto in mano. Era argentata e più leggera delle sue pistole precedenti. Guardando la bicicletta e porgendomi un grembiule da barbiere, mi ha detto: «Non ho mai usato questa pistola prima. Ma d'ora in poi non ne userò nessun'altra. L'ho promesso a mia madre. Oggi sono andato a trovarla in ospedale. Uscirà presto. Andremo insieme in montagna, io e lei, come facevamo prima, e io guiderò la Chopper davanti a lei. Le farà bene». Quanto a me, non mi sentivo particolarmente coinvolto da tutto questo. Tenevo la bici e stavo solo pensando se fosse meglio sedermici sopra di mia iniziativa oppure aspettare che il Leoncino mi desse il permesso. Ma lui mi ha interrotto, prendendo la bicicletta e dandomi il grembiule, che ho indossato immediatamente per fargli capire che ora ero pronto a guidare la Chopper. Dopo aver tirato fuori una torcia e aver controllato la bici palmo a palmo sotto il fascio di luce, mi ha detto: «Va bene. Ora puoi guidarla, ma lentamente». E io, che non ero mai andato in bicicletta prima, tenevo i piedi per terra sforzandomi al massimo per non cadere. Allo stesso tempo, la Chopper per la prima volta mi è sembrata piccola. E stavo per dirlo al Leoncino, che la bici era più piccola di come la vedevo io nella teca, ma lui ha sollevato la pistola, mi ha puntato al petto la canna con il silenziatore e ha fatto fuoco. Il dolore si è propagato immediatamente a tutte le mie ossa. Come se un esercito di scarafaggi mi stesse mordendo. E sono subito caduto a terra, perché è quello che ti succede in simili circostanze. Quanto alla bicicletta, il Leoncino la teneva ancora in mano. Non mi ha guardato neppure per un istante. Ha girato la Chopper, è salito in sella e ha attraversato lentamente il campetto, allontanandosi da me. Ma mentre lo guardavo, lanciando un'ultima occhiata a quella bicicletta che mi aveva sempre affascinato, ho notato che c'era un corpicino accanto a me. Un corpo caldo da cui usciva un fumo leggero. Era un proiettile. Un proiettile di gomma. Un proiettile della nuova pistola del Leoncino, che non mi aveva affatto trafitto, e infatti non c'era sangue sul mio grembiule da barbiere. Mi sono reso conto che il Leoncino mi aveva ingannato, anzi si era persino preso gioco di me. Ora volevo alzarmi e inseguirlo, ma non riuscivo a superare il dolore alle ossa. Stavo per urlare per attirare la sua attenzione, quando un'esplosione è riverberata nelle due manopole della Chopper, trasformandola in un mucchio di rottami, e del Leoncino non è rimasta traccia.

Nesrin

Quando Nesrin si svegliò quella mattina, i suoi occhi si posarono sulla notizia in prima pagina. *Il mare se n'è andato*. «Andato?», si chiese tra sé e sé. «E dove?».

Nesrin non aveva mai visto il mare, né ne sapeva nulla. Del mare non possedeva nient'altro che l'immagine di un pesce sulla confezione delle sardine in scatola. Era nata in quel paesino povero e sperduto. E lì non c'era mare, c'erano solo piccole sorgenti d'acqua. Le chiamavano «gli occhi del mare», e per questo Nesrin a volte pensava che il mare la stesse guardando attraverso quelle sorgenti. E così passava molto tempo a fissare quegli occhi che non avevano il sapore del sale.

Per tutto il giorno Nesrin continuò a tenere in mano il giornale e a rimuginare sulla scomparsa del mare. Ma nessuno sembrava far caso alla notizia. Da quelle parti la gente non aveva bisogno del mare. L'articolo riportava alcuni particolari: il mare aveva trascinato con sé tutti i pesci e le creature acquatiche e se n'era andato. «Ma dove? Dove?», si chiese Nesrin, perplessa. E rilesse la notizia. Invano. Il giornale non diceva dove fosse andato.

Nesrin sapeva che il mare era grande. Grande, ma non aveva idea delle dimensioni esatte, e non poteva chiedere al professore. Le lezioni di geografia, infatti, sarebbero cominciate l'anno dopo, il che significava che Nesrin avrebbe dovuto aspettare un intero anno prima di poter porre al professore quella domanda. E chissà, forse neppure lui conosceva la risposta precisa. Era vecchio, e non aveva mai lasciato il paesino in vita sua. Era molto probabile che del mare non sapesse più di quanto ne sapeva lei. E quindi, se lo stesso professore non ci era mai andato né l'aveva mai visto, come poteva Nesrin essere sicura che stesse dicendo la verità?

Di una cosa sola era certa, e cioè che il mare somigliava al suo vestito, sempre lì per terra. Forse si era semplicemente ritirato, e tutti i pesci gli si erano aggrappati con le loro piccole mascelle, come se lo stessero mordendo. Non per fargli male. Piuttosto per non lasciarlo, per non cadere. E il mare, a sua volta, per non perdere un solo pesce, aveva scelto di andarsene piano. E forse stava ancora camminando lentamente. Nesrin si era convinta di poter trovare il mare, ma non avrebbe detto a nessuno di volersi mettere sulle sue tracce. In ogni caso, a nessuno in paese sembrava importare. E forse anche al mondo intero, sebbene la notizia fosse scritta in prima pagina. Così Nesrin decise di prendersi cura del mare, se mai lo avesse trovato. Per andarsene via in quel modo, doveva essersi arrabbiato per qualcosa, pensò, qualcosa di tanto tanto grande che neppure lui riusciva a sostenere, perciò si era stufato e se n'era andato via.

Nesrin aveva pensato di chiedere a suo padre, che faceva il calzolaio in quel paesino. Del resto, lì non c'erano molte cose che i ciechi potessero fare, a parte fabbricare scarpe o aggiustarle, e pregare. Lavorava lentamente e qualche volta l'ago pungeva il suo dito di anziano dentro la scarpa rovesciata. Eppure lui non ce l'aveva con il mondo, anzi, gli piaceva tenersi al corrente di quel che succedeva. E l'unico modo per farlo era il giornale.

Il giornale arrivava a casa di Nesrin due volte a settimana. Dopo esser stato letto da qualcun altro. Era sempre vecchio e ci potevi trovare notizie sui fatti accaduti nel mondo qualche giorno prima. Lo portavano gli spazzini della cittadina e dei paesi vicini, che l'avevano raccolto da qualche parte. Questo faceva sì che a volte Nesrin fosse costretta ad aspettare un giorno o due prima di leggerlo, il tempo di far scomparire il cattivo odore. Il netturbino lo metteva sotto la porta e se ne andava.

Il padre di Nesrin non aveva mai sentito il rumore del mare in vita sua. E sua figlia non ricordava se era stata lei a promettergli di portarlo al mare, o se invece glielo aveva promesso lui. Era lo stesso. Nessuno dei due aveva mai visto il mare.

Nesrin decise di non dire a suo padre che il mare non c'era più. Perché lui non aggiustava scarpe tutti i giorni. In quel paesino, a volte le persone camminavano scalze e, se un piede si spaccava, non potevi piantarci un chiodo per risanarlo come si fa di solito con le calzature. Questo poteva andar bene solo per gli asini e i cavalli. Se fosse stato possibile piantare chiodi nelle gambe spaccate della gente, il padre di Nesrin avrebbe guadagnato un sacco di soldi e loro due avrebbero lasciato già da un anno o più la squallida baracca in cui vivevano, e magari si sarebbero trasferiti in una baracca più grande, e più vicina al mare.

Malgrado le ristrettezze, Nesrin non aveva detto a suo padre che ormai era in grado di leggere con la stessa facilità con cui lui faceva schioccare le dita, e che riusciva a decifrare due o anche tre lunghe frasi in un minuto soltanto. Se lui lo avesse saputo, le avrebbe fatto lasciare la scuola, sostenendo che aveva già imparato abbastanza, e l'avrebbe mandata a lavorare per aiutarlo.

Nesrin, però, non aveva niente da fare lì. Non aveva fratelli o sorelle, e la madre era morta. Con suo padre non parlava molto. Nel caso in cui fosse venuto a sapere da un estraneo che il mare era scomparso, gli avrebbe detto che non era riuscita a leggere il titolo in prima pagina perché pensava ci fosse un errore. Avrebbe insistito sul fatto che c'era un errore. Come poteva il mare sollevare tutti i pesci e le creature marine e andarsene via? Ma lei era determinata a trovarlo, e a portarlo in paese per farlo vedere a suo padre. Gli avrebbe fatto immergere la mano nelle sue acque per tastare un pesce o un ciottolo, o magari solo per tirare fuori le dita e annusarle, così lui avrebbe saputo di aver toccato il mare.

Per prima cosa Nesrin doveva farsi delle scarpe che si adattassero ai suoi piedi nudi. Perciò sgozzò la gallina più grassa tra quelle che non deponevano più le uova. Lo fece in un posto lontano da casa. Staccò la pelle del pollo senza strappare le piume e la fece essiccare nel modo migliore che conosceva: ricoprendola di sale fresco. Il sale abbonda ovunque nel nostro paesino. Era un bene che Nesrin avesse scelto la gallina dalle ali rosse, quella che suo padre conservava per l'Eid, perché un pollo più piccolo non sarebbe bastato per due calzature. In ogni caso, Nesrin sapeva come fare le scarpe. A forza di osservare suo padre, aveva imparato da lui. Ma, in effetti, non lo aveva mai visto fabbricarle con la pelle di pollo. La gente gli portava pelle di gazzella o di coniglio e persino serpenti e lucertole. Ma una gallina! Assolutamente no.

Qualche giorno dopo, Nesrin lasciò il villaggio all'alba, allontanandosi piano piano come aveva fatto il mare, calzando la pelle di mezzo pollo in ciascuno dei suoi piedini. Cercò di non fare rumore, ma il padre riconobbe nel sonno il suono attutito dei suoi passi. Allora si alzò e andò alla porta, ma era già troppo tardi. Lei sentì che la chiamava: «Nesrin! Nesrin!», e forse stava piangendo e dai suoi occhi sbarrati venivano giù le lacrime. Ma Nesrin continuò a camminare e in un sussurro da molto lontano disse: «Tornerò, papà. E porterò con me il mare».

Lungo il tragitto iniziò a pensare: «E se fosse pesante e io non riuscissi a trascinarlo facilmente? E se fosse altezzoso e una ragazzina come me non riuscisse a convincerlo a venire in un paesino sperduto per farsi toccare da un calzolaio cieco?». Per non scoraggiarsi troppo, Nesrin escogitò un piano. Invece di prendere il mare, avrebbe catturato un pesce. Sarebbe stato meglio. D'altronde, non si era detta che tutti i pesci si erano aggrappati al mare con le loro piccole fauci quando se n'era andato? Ma sì, poiché non sapeva che aspetto avesse il mare, avrebbe cercato un pesce. Un pesce argentato, vivo. Lo avrebbe afferrato, e allora le sarebbe stato possibile trascinare l'intero mare con sé. Come se il pesce fosse la maniglia di una porta enorme. Ma chissà se i pesci vivi erano davvero come quelli che aveva visto disegnati sulla confezione delle sardine in scatola!

Nella testa di Nesrin ogni idea sul mare e sui pesci all'inizio era semplice e poi cresceva fino a diventare un labirinto. Prese la borraccia e bevve un sorso d'acqua. Questo la rincuorò un po'. Esaminò i soldi che aveva preso in prestito dalla manica di suo padre mentre lui dormiva. Adesso era arrivata sulla strada principale. E sapeva dove fermarsi per prendere l'autobus: il palo di ferro arrugginito. Una volta lì, si sedette sul marciapiede, che la mattina presto non era troppo caldo. Aveva i piedi un po' sudati ma non si tolse le scarpe. Ne andava fiera. Nesrin era ormai molto brava a imitare suo padre. Poi, intorno alle dieci del mattino, arrivò l'autobus. Non ne sarebbe passato nessun altro fino all'indomani. «Voglio andare al più presto dove c'era il mare», disse Nesrin all'autista, dandogli tutti i soldi. Mezz'ora dopo, il conducente fermò l'autobus e la fece scendere in un punto in cui erano ammassate rocce lisce e ovali di ogni dimensione. Era una zona disabitata. Nesrin non vedeva nessuno in giro. Ma l'autista disse con fermezza: «Il mare era qui». Solo dopo esser scesa, mentre l'autobus si allontanava, le era venuto in mente di chiedergli: «Quando? Quando era qui?». Ma non aveva fatto in tempo.

Nesrin adesso non sapeva cosa fare. Né da che parte andare. Si mise a camminare avanti e indietro. Cercava qualunque cosa somigliasse al disegno di una sardina. Ma non trovò nulla che potesse placare la sua smania. Il sole sembrava sul punto di esplodere una volta per tutte, e la calura le risucchiava l'aria dai polmoni e le faceva girare la testa. Ma lei continuava a cercare e le sue braccia tastavano l'aria, perché forse il mare si era nascosto lì, dentro una tasca segreta, insieme a tutti i suoi pesci. L'aria, infatti, è più grande del mare. Questo prima di rendersi conto che le scarpe di pollo che portava ai piedi emanavano un odore sgradevole. Perché la pelle non era ancora del tutto asciutta. E forse quel fetore era stato il motivo per cui il conducente dell'autobus l'aveva fatta scendere lì. Nesrin era così delusa che pianse un po': non aveva più soldi con sé e non sapeva quando il mare fosse andato via né dove si trovasse adesso. Ma si aspettava forse di trovarlo facilmente? Magari doveva solo superare quella prima fase e poi tutto sarebbe diventato più facile. Stremata, disse a voce alta: «Dormirò un po'». E si distese accanto a una grande roccia. Le ci volle solo qualche istante per addormentarsi.

Nel sonno, Nesrin vide il mare venire verso di lei. Non era così vasto come dicono. Anzi, era grande quanto il suo paesino o poco più. Pallido e verde. Nesrin capì subito che era malato. Strisciava a pancia in giù con l'aiuto di dozzine di piccoli pesci che fungevano da piedini sottili e lo facevano muovere ondeggiando. Aveva la pancia piena di ogni sorta di animali acquatici. C'erano anche uccelli annegati, reti da pesca, monete, siringhe e giocattoli. Persone, esploratori, relitti, marinai, barche e mine. Tutto ciò a cui le persone non vogliono più pensare era lì. Vide anche una medusa enorme che illuminava parte del suo villaggio. Ma non casa sua. Casa sua era al buio. Riusciva a scorgere soltanto la porta e un paio di scarpette che suo padre aveva fatto per lei e lasciato sulla soglia. Per la prima volta da quando era andata via, pensò alla solitudine di suo padre e si disse che doveva tornare a casa. Ma ora il mare si ergeva in piedi davanti a lei, e Nesrin sentiva che le stava fissando i piedi, senza spargere neppure un piccolo spruzzo d'acqua. «Perché il mare mi guarda i piedi in quel modo?», si chiese. Abbassò gli occhi e vide che i suoi piedi non erano più piedi, ma erano stati inglobati in piccole sfere di sughero. Migliaia di palline si estendevano dalle sue gambe a perdita d'occhio, simili a due piccoli fiumi. Era uno spettacolo inquietante, ma Nesrin mantenne la calma. Anzi, cercò di pensare in modo pragmatico. Dei piedi che possono sciogliersi così, da un momento all'altro, sono perfettamente inutili. Avrebbe forse potuto allungare la mano e raccogliere una manciata di acqua di mare per impastare le palline vicino alle sue gambe e fare due piedini della sua misura. Il mare avrebbe potuto tenere il resto. Questo gli avrebbe consentito di scorrere facilmente, senza far stancare i pesciolini fino allo stremo.

Il mare continuava a fissare i piedi di Nesrin senza dire una parola. Lei avvertiva la paura, come se ci fosse qualcosa lì a minacciarla, ma con la vaga certezza, e questo la confondeva ancora di più, che quella paura non fosse generata dal mare. E tuttavia cercò di darsi un contegno e disse al mare: «Li vuoi?». Ovviamente si riferiva ai suoi piedi. E in quel momento, mentre tutte le navi, i marinai e gli altri oggetti nel suo ventre sfilavano docilmente davanti a lei, Nesrin capì che il mare aveva detto: «Sì». Così portò la mano in fondo alle gambe per scrollarsi di dosso le palline che erano rimaste ancora attaccate. Quando toccò la prima sfera, i suoi piedi riacquistarono la loro forma consueta. Ora poteva seguirlo. Ma Nesrin, come ormai sappiamo, non era il tipo da rimangiarsi la propria parola, perciò iniziò a togliersi i piedi. Non sapeva, però, che questo avrebbe riempito il suo esile corpicino di dolore, tanto da non avere neppure la forza di versare una lacrima o urlare o addirittura aprire gli occhi e svegliarsi. Mentre Nesrin si sfilava via i piedi in sogno, infatti, degli animali randagi si avvicinavano a lei, attirati dal suo corpo adagiato vicino alla roccia. Animali con mascelle più grandi di quelle dei cani. In paese tutti, me compreso, pensano che fossero iene e che non avessero mangiato nulla da quando ogni cosa intorno a noi ha cominciato a desertificarsi. Erano state attratte dall'odore della pelle domestica. Si misero a mangiare i piedi di Nesrin nello stesso istante in cui la bambina, nel sogno, stava tendendo la mano per toglierseli e darli al mare.

Nesrin non è mai tornata nel nostro paesino. Suo padre la sta ancora aspettando. Non sa cosa sia successo alla sua bambina. Ma aggiusta le scarpe alla gente e prega. Ogni tre o quattro mesi fa un nuovo paio di scarpe per Nesrin e le lascia davanti alla porta. Perché il suo piede dev'essere un po' cresciuto. La gente invece pensa che Nesrin non sia tornata al villaggio a causa della vergogna che provava nei confronti di suo padre, per non essere riuscita a portargli il mare.

Pranzo di famiglia

Mi siedo tra mio fratello e Nina. Nina è la ragazza straniera che lavora in casa sua. Stiamo pranzando. Anche mia madre, mio padre, la moglie di mio fratello e i loro due figli sono seduti a tavola. La bambina è la commensale più giovane. All'improvviso si mette a urlare. Non si calma a meno che non le lasci tenere il coltello. Ha solo nove mesi. Mio fratello una volta ha assalito la cameriera. È stato il nostro fratello minore a dirmelo. Lui è il più bello tra noi. Quando eravamo piccoli e mio padre non voleva lavorare, è stato adottato da una ricca signora. Una nostra vicina, inquilina del palazzo. L'ha guardato e ha detto che la sua faccia le ricordava il suo cane, morto per un infarto improvviso. Lo coccolava con giocattoli e vestiti nuovi. È stato mio padre ad accettare. A patto che la signora si facesse carico delle spese per farci studiare, anche noi, fino alla laurea. All'inizio il mio fratello minore dormiva per metà settimana a casa nostra e per l'altra metà dalla vicina. Ma con il passar del tempo, non lo abbiamo più visto molto. Quando andavamo a trovarlo a casa della nostra ricca vicina, lui non ci apriva la porta. Sentivamo che ci stava origliando. Respirava. Io strizzavo l'occhio a mio fratello, quello di mezzo: «A quanto pare non è in casa». E me ne andavo.

Mio fratello invece si sentiva offeso. Con il passar dei giorni, si è rifiutato di venire con me a casa della vicina. «Cosa ci vai a fare?», mi diceva. «Resterai lì in piedi come uno scemo e lui non ti aprirà».

Il mio fratello minore si è trasferito in una scuola per bambini ricchi, mentre io e l'altro nostro fratello frequentavamo una scuola pubblica. Quando in seguito abbiamo dovuto lasciare l'edificio, lui si è trasferito con la madre adottiva in un nuovo alloggio. Per un po' non abbiamo saputo nulla di lui, finché non è ricomparso. La mamma lo ama. Lui le dice, scherzando: «Sbatterò tuo marito in galera se si azzarda a toccarti». Il suo intento è farle capire che lui sa che mio padre non la tratta bene. Una volta il mio fratello di mezzo ha litigato con lui, e il minore ha detto: «Tu e tuo fratello dovreste essere grati. Se non fosse stato per mia madre, non avresti potuto portare a termine i tuoi studi».

Il mio fratello minore rimane a pranzo con noi per un po'. Mi sussurra che nostro fratello ha aggredito la sua governante. Solo per dar a intendere che lui sa tutto di noi. Mentre parla, esamino la sua uniforme e le decorazioni che ha ricevuto finora. Il suo autista, anche lui in uniforme militare, siede da solo a un tavolo vicino, sorseggiando con la cannuccia un succo di carota dal bicchiere che ha davanti. Mio padre guarda l'autista militare e gli sorride, ma il soldato si gira compostamente dall'altra parte. È probabile che sia stato mio fratello a dirgli di farlo. E a me vorrebbe dire qualcosa che mi riguarda. Ma quando vede cosa ha fatto mio padre, si alza dicendo che ora ha un turno e va via, seguito dal suo autista.

Mentre mi informa della storia di nostro fratello e della governante, la figlia di quest'ultimo inizia a strofinare i denti, che sono spuntati solo da due settimane, con un coltello. Sento che lei è l'unica a capire tutto quello che sta succedendo, e non appena inizierà a parlare, la prima cosa che dirà sarà: «Papà è andato a letto con Nina».

Suo fratello, mio nipote, ha sette anni. Afferra il pugno di suo padre, e colpisce in faccia mio padre. Come se fosse mio fratello a prenderlo a pugni direttamente. A mio padre, che ha settantaquattro anni, non importa, anzi, si fa un selfie. È la prima volta che lo vedo fare un selfie. Non sapevo che fosse in grado di farli. Per non parlare del fatto che ha un distacco della retina. Almeno questo è quello che sappiamo. Invia la foto tramite WhatsApp. Mi arriva per sbaglio. Nell'angolo in alto a destra ha scritto: «Uno sguardo pieno di desiderio per te». Cancello la foto restando impassibile. Poi mi volto con calma verso mia madre, pregando che non l'abbia vista.

È mezza addormentata. È stata operata pochi giorni fa. Non mi ha invitato ad accompagnarla in ospedale. «Sono cose da donne», ha detto, tagliando corto. Ancora adesso, non so che tipo di operazione abbia fatto. Le hanno rimosso l'utero o hanno solo asportato qualche tumore? Oppure c'è dell'altro? Mia madre ha depositato i referti medici in banca in modo che non li vedessimo. Ma mio padre dice che sono l'unico a sapere la verità sull'operazione e se mia madre morirà presto. Mentre ripenso a tutto questo, provo risentimento, quindi gli scrivo un messaggio informandolo che il selfie l'ha mandato a me per errore. Al che lui si alza dalla sedia, pensando che il destinatario del selfie gli abbia risposto, e dice di voler andare in bagno, chiedendomi di prenderlo per mano e accompagnarlo. Mio padre non può camminare da solo e usa una stampella. Ma ora l'ha deliberatamente lasciata sulla sedia. Metto la mia mano nella sua e andiamo insieme in bagno. Lungo il tragitto, cambia la posizione delle dita per intrecciarle alle mie. Provo fastidio, chiudo nervosamente il pugno ma lui me l'afferra come se fosse una maniglia. Entriamo in bagno e io, per non vedere cosa accadrà, dico: «Torno a tavola».

«Non c'è problema. Chiamami il cameriere. Quel giovanotto, digli di venire ad aiutarmi».

«Lo farò», rispondo.

Il giovane cameriere è l'amante di mio padre. Per questo, ogni volta che la famiglia si riunisce, mio padre insiste per venire in questo ristorante. Torno al mio posto tra mio fratello e Nina, che subirà un nuovo assalto dopo questo incontro. Non appena mi siedo, mio fratello mi passa un pezzo di pollo grigliato intinto nell'hummus perché lo porga a lei.

Il mio fratello minore non sa che Nina, all'ultima riunione di famiglia, mi ha raccontato quello che le ha fatto l'altro nostro fratello. Quattro o cinque mesi fa. Ma non ho fatto niente. Anche se ho promesso che ne avrei scritto. Lei prende un pezzo di pollo e ha tutta l'aria di chiedermi: «Quando?».

Il pranzo è finito ma rimaniamo al ristorante. Se andassimo a casa, non ci scambieremmo neppure una parola perché ognuno di noi sente che quell'incontro non era necessario. Noto che mia madre sta sudando, quindi le asciugo la fronte e il viso con un fazzolettino. A volte comincia a sudare di punto in bianco e senza una precisa ragione. Forse la fatica di lunghi anni si risveglia all'improvviso nel suo corpo. Mio padre le sente il polso per controllare se è viva o meno. Durante la nostra ultima lite, ha minacciato di perseguitarmi se non gli avessi dato metà dei risparmi di nostra madre, che gestisco io. Mia madre mi ha fatto una delega per comprare a lei e a mio padre un bilocale, o anche un monolocale, in montagna. Non sa nulla di ciò che fa lui. Lì diventerà per forza gentile, ha detto. È la sua ultima possibilità. Mio padre è l'unico uomo che lei abbia mai amato. Non ho comprato la casa. E non le ho detto il perché. Ho affermato di aver sperperato i soldi. Questo fatto le ha spezzato il cuore, e da quel giorno si è ammalata. Il mio fratello minore è riapparso nelle nostre vite tentando di ricattarmi. Sa che tengo i soldi e vuole la sua quota. Forse avrei dovuto comprare un visto e un passaporto per Nina con una parte della somma, in modo che potesse andarsene. Ma non l'ho fatto. So che mia madre è arrabbiata con me. Dai suoi occhi. Dalla sua voce bassa. Il suo silenzio assoluto. Il suo pianto soffocato a tarda notte, che fingo di non sentire.

Ora le prendo con delicatezza la gamba, sotto il ginocchio, per vedere se è bagnata o meno. Mio padre strofina pollice e indice, come a dire: «Soldi». Gli chiedo cosa intende con quel movimento e lui dice: «Sangue. C'è sangue?». Scuoto la testa, cosa che sta a significare: «No, non c'è niente».

Da quando sono iniziati i suoi problemi all'utero, mia madre indossa calze di cotone nere e stivali invernali fino al ginocchio per contenere l'emorragia all'interno senza che nessuno si accorga di niente. Mi affretto a mettere la mano nella tasca dei pantaloni. I miei pantaloni sono blu scuro. Con la stoffa della tasca e alcune banconote, mi asciugo le dita con un movimento appena percettibile.

In quel momento mio padre chiama al nostro tavolo il giovane cameriere. Gli prende la mano. Il ragazzo fa uno sforzo per divincolarsi ma non riesce ad avere la meglio. Mio padre manovra il braccio per tenere la mano nella mano del giovane il più a lungo possibile. Dopo che il cameriere si arrende, o forse finge di farlo, mio padre, con la mano saldamente appollaiata su quella dell'avversario come una cacciagione sul tavolo, mi dice: «Sii generoso con lui, perché ci siamo presi il suo tempo mentre lavorava».

«Lo aggiungeremo al conto», dico, in modo che mio padre non veda le banconote macchiate di sangue.

Il giovane se ne va e io mi giro dall'altra parte, verso Nina, che inclina la testa verso di me e mi sussurra quali sono le mosse delle arti marziali più efficaci quando l'adrenalina nel sangue è più alta e la concentrazione è più bassa. Tutte dietro la testa. Nessuna di loro richiede abilità eccezionali. «Fai come se stessi bussando a una porta», dice. La persona aggredita ci metterà alcuni giorni per riprendere conoscenza del tutto e, se sei fortunato e lo fai nel modo giusto, entrerà in coma e i medici non saranno in grado di diagnosticare la causa. Ma vale la pena tentare. Non so se Nina lo sta dicendo per me o se sta accennando a quel che intende fare.

Più tardi quel giorno, il dottore mi rivolge parole dure in ospedale. È molto indignato per quello che è successo a mia madre. I medici di solito non prendono sul personale le sofferenze dei pazienti. Ma mia madre... come posso dire? Non che non avrebbe dovuto unirsi a noi per il pranzo di famiglia, o che avesse sanguinato per tutto il tempo mentre eravamo seduti a tavola, ma un forte calo di pressione le ha causato danni cerebrali e ora è in coma. «Se qualcuno le avesse cambiato posizione sulla sedia una volta, o addirittura l'avesse scossa, lo avreste evitato. Non ti sei accorto di niente?», dice il dottore, esasperato. Entro nella sua stanza e la guardo, sembra diversa, tranquilla, vent'anni più giovane. Come nella mia foto preferita. Mi avvicino e le sussurro: «Resta dove sei, mamma. Resta lì». Vorrei dirle che è bella, tanto bella, come una principessa addormentata. Ma temo possa pensare che la sto prendendo in giro.

Due settimane dopo, la trasferisco in un reparto speciale di un ospedale lontano, in montagna, dove desiderava avere una casa. La sua camera si affaccia su un paesaggio naturale mozzafiato, dove si sente il gorgoglio del fiume e il fruscio degli alberi e ci si gode il silenzio e l'aria priva del respiro altrui. Ma davanti alla sua finestra laterale c'è un grande albero, e in esso ci sono centinaia di uccelli che dormono con un occhio aperto e l'altro chiuso. Puoi vederlo dalla luce delle stelle riflessa nei loro occhietti. L'infermiera mi spiega che sono uccelli ansiosi. Mentre metà del loro cervello dorme, l'altra metà è sveglia, e così via, alternando gli emisferi cerebrali. Alla mia prossima visita, verrò con un'estetista. Nessuno di noi, infatti, ha mai detto a mia madre, neppure mentendo, che era bella o in forma. «D'ora in poi, ogni volta che verrò a trovarti, ti dirò quanto sei bella. Perché è così che sarai», dico tra me e me.

Mentre racconterò a mia madre la storia degli uccelli, la signora si prenderà cura della sua pelle, delle unghie, dei capelli, dei piedi e della pulizia del viso con i migliori cosmetici e preparati. La signora verrà da mia madre tre volte a settimana. E tutto ciò andrà avanti esattamente per un anno, quattro mesi e due settimane. Cioè fino all'ultimo giorno di permanenza di mia madre in ospedale. Ho calcolato tutto, accuratamente, dai suoi risparmi.

L'angelo di riso al latte

I

Mio zio

Riso al latte

Non ritenevo che in quel momento mi fosse successa una cosa brutta. Stavo lavorando, e non è che sono scivolato, come a un adulto piacerebbe farti credere. Noi bambini, quando ci divertiamo, non consideriamo ciò che stiamo facendo un gioco, bensì un lavoro. E a volte sono due lavori contemporaneamente. Lavori che hanno tutti la stessa importanza. Per questo, non mi interessa se la gente mi si raccoglie intorno quando mi capita qualcosa di brutto. Continuo a considerarmi di turno. Perché io, come tutti i bambini, mi attengo ai miei doveri fino all'ultimo. Quanto ai dolori, ai momenti critici e alla speranza che si affievolisce, sono solo formalità. Prendi il mio caso. Anche se sono piccolo, e so parlare a malapena, quando mi hanno chiesto cosa stessi facendo, mentre mangiavo l'angelo di riso al latte sotto la macchina, ho risposto: «Sto lavorando», senza aggiungere altro.

Pupazzi

La bicicletta rossa di zia Salwa era incastrata tra il mio corpo e il telaio dell'auto, e le mie gambe erano spiaccicate come banane. Avevano un aspetto terribile, ma io non sentivo nessun dolore. Quanto al resto del corpo, era tutto okay. Mia sorella Ferial non era con me, bensì nel parcheggio dei taxi dell'aeroporto, a vendere pupazzi di carta ai membri della Commissione economica e sociale delle Nazioni Unite. Compravano i pupazzi perché pensavano che sarebbe stato meglio che non comprarli. Non si fidavano di noi, perciò volevano evitare problemi. A volte Ferial portava con sé Fakhri il Vaso, a volte altri bambini. Per lasciar intendere che erano una grande banda. Questo, infatti, aumentava le possibilità di vendita. E quando nessuno dei ragazzi era disponibile, allora portava me. Diceva che quando sarei stato un po' più grande non avrebbe preso nessun altro che me, e sarei diventato il suo braccio destro, perché i ragazzini con cui andava erano dei poco di buono, la toccavano, e si pigliavano anche una parte dei soldi.

«Basta guardarli negli occhi e pensare a un brutto ricordo. Ne abbiamo così tanti nella nostra vita!», diceva sarcasticamente nel parcheggio dei taxi dell'aeroporto. E tanto bastava per mettere a disagio i membri della Commissione, che compravano il pupazzo al prezzo che ritenevano opportuno. Io non portavo con me un oggetto affilato come faceva il Vaso o altri ragazzi. Ma avevo il mio metodo. Riuscivo a far passare nella loro mente un brutto ricordo della mia vita, con la differenza che in esso vedevano se stessi invece che me. La cosa li spiazzava. Tanto più che non conoscevano nessuna delle persone apparse nella scena che gli era balenata in testa. Tiravano fuori i soldi dal portafogli e prendevano un pupazzo di carta, per poi andare via perplessi, o almeno così credevo.

Ferial creava pupazzi con la carta che raccoglievamo davanti al negozio di alimentari, all'ufficio del Comune, sotto alle automobili o per strada. Giornali, bollette della luce azzurre o gialle, carta carbone, ritagli, opuscoli, sacchetti di carta, verbali... Con i poster era facile. Ma poi non è stato più possibile dopo quello che è successo tra mio padre e Morso. In ogni caso questo non significava che io e Ferial raccoglievamo qualunque pezzo di carta ci capitasse a tiro. Sceglievamo solo quelli che ci mettevano allegria con le loro righe, forme o colori. E siccome sono il più piccolo, ciò che provavo per ogni tipo di carta determinava la nostra decisione di prenderla oppure no.

Ferial dice che il nostro senso del mondo con il tempo si confonde, e che sono gli eventi negativi a formare una persona. O almeno, qui è così. Quando non riuscivamo a trovare abbastanza carta per fare nuovi pupazzi, mi arrangiavo. Ma nel vero senso della parola... Prendevo un album da disegno di qualche mio compagno di classe e lo sfogliavo pagina per pagina. Anche quando, durante una lezione, notavo che qualcuno per noia aveva fatto un bel disegno sul suo libro, lo strappavo appena se ne presentava l'occasione. Poi dicevo a Ferial di averlo trovato per strada. Mentre esaminava i pezzi di carta, lei mi guardava di sbieco con aria imbronciata e scettica e poi mi diceva: «Se ti imbatti di nuovo in questi fogli per strada, non raccoglierli», e mi chiedeva di riportarli dove li avevo trovati. Rimetterli negli zaini degli alunni avrebbe però fatto più danni che lasciarli al proprio destino, quindi li ammucchiavo nel mio zaino sotto i libri, perché quello era il posto più vicino a dov'erano prima.

Anche questo è un brutto ricordo che posso rievocare. Voglio dire, il modo in cui le pagine e i fogli strappati sono finiti spillati sul mio grembiule di scuola nel cortile, con il preside al mio fianco. E come a causare tutto questo sia stato Luce, un mio compagno di classe. Gli è balenata in mente l'immagine della pagina strappata del suo libro nel mio zaino. È stato allora che ho scoperto di avere questo potere. Una sorta di meccanismo di difesa. Dato che non riuscivo a tener testa agli altri studenti in un combattimento fisico, durante la rissa inviavo telepaticamente immagini di brutti eventi dalla mia memoria e così perdevano la concentrazione.

Discoteca

Una volta mio padre ha tentato il suicidio. Non per mamma, bensì per Sirin. O forse per se stesso, non so. Sirin ora è la moglie di mio zio. Una volta era l'amore di mio padre, e lo è ancora. E mio zio è suo amico da quando erano adolescenti. Dopo la morte di Nimrod, il figlio del loro vicino, entrambi volevano diventare DJ. Non perché fossero appassionati di musica, ma perché lo stesso Nimrod era un DJ. L'unico tra i ragazzi del quartiere che non era costretto ad avere con sé una pistola. Aveva uno stile di vita molto particolare, come se vivesse nel futuro. Anche se i suoi vicini non approvavano quello che faceva, il solo vederlo uscire di casa in macchina di notte e tornare all'alba senza che nessuno lo importunasse dava loro la sensazione che tutto andasse bene. Lo consideravano saggio, anche se era un DJ, non uno studioso. Dio solo sa chi c'era a quelle feste. Quando morì, mio padre e mio zio pensarono che alla comunità frequentata da Nimrod mancasse un DJ. E così cominciarono ad andare tre volte alla settimana alla discoteca Cinque Lune per esercitarsi a mixare canzoni. Il Cinque Lune era il locale migliore di Beirut. Pagavi a ore e ti esercitavi a mixare canzoni con il loro giradischi. Ma mio padre e mio zio non avevano neppure il dieci per cento della cifra che bisognava versare ogni mese al proprietario della discoteca. Né intendevano procurarsela. Continuavano a posticipare il pagamento con il pretesto di essere i vicini di Nimrod, ma promettevano di ripagare tutto quando avrebbero iniziato a fare soldi. Fino a quando quell'uomo non ha perso la pazienza e ha ordinato ai suoi fratelli di far saltare in aria la motocicletta di mio padre. Il messaggio era chiaro: se non mi paghi, allora non voglio i soldi, ma farò qualcosa che ti danneggerà seriamente. La moto di mio padre si è trasformata in una frittata di ferro. Il messaggio in realtà era diretto agli altri clienti della discoteca, per far capire loro che non si poteva farla franca con il Cinque Lune.

Mio padre e mio zio si vantavano sempre del fatto che, eccetto la povertà, né loro né i parenti avevano subito alcun danno durante gli anni della guerra. «Quelli che hanno combattuto, lo hanno fatto per non morire. Quelli che non hanno combattuto pure, lo hanno fatto anche loro per non morire». Così diceva mio padre. Ma il vero motivo per cui ha lasciato la scuola è che sua madre era la donna delle pulizie. Ogni giorno portava con sé un contenitore con il pranzo preparato a casa, perché lui potesse mangiare mentre lei puliva le aule. Per questo motivo non aveva amici. Ma un bambino di un anno più piccolo rimaneva in cortile a guardare papà mangiare. Mio padre ha cominciato a condividere il pasto con lui. Quel bambino era mio zio. Da quel giorno sono diventati amici. Mio zio non era esattamente l'amico che mio padre avrebbe desiderato, ma era l'unico compagno che non badava alle apparenze. Mia nonna continuava a pulire le aule dopo le lezioni, ma la loro situazione economica non è migliorata granché, tranne per il fatto che ora avevano uno scooter Jog rosso. In realtà era per sua madre, che lo usava per spostarsi tra i luoghi in cui andava a fare le pulizie nel pomeriggio. Mio padre ha sentito l'esplosione del motorino dalla sua stanza, così come molti nel quartiere. Lui, però, in seguito a quell'episodio, ha perso il senso dell'olfatto. Gli hanno fatto esami neurologici e al sistema nervoso. Ha detto di aver sentito, nel momento dell'esplosione, il suo corpo cambiare in qualche modo, ma non sapeva come. Le visite non hanno portato a nessuna diagnosi. Fino a quando un medico giovane e grasso disse a sua madre, mettendole una mano sulla spalla: «Gli faccia fare un test di fertilità». Pronunciò quelle parole in modo così freddo e sicuro che in quel momento mio padre ebbe un sospetto, un brutto presentimento. La valutazione del medico era corretta. Quando è arrivato il risultato delle analisi che confermava la sterilità, l'addetta alla reception dell'ospedale ha detto a sua madre: «Molto probabilmente suo figlio si è preso un grosso spavento, senza rendersene conto. E la cosa ha causato uno squilibrio ormonale». Papà aveva chiesto allo zio di non dirlo a nessuno, perché quel fatto lo avrebbe reso lo zimbello del rione, diventato sterile perché il suo motorino era esploso, anche se tutti sapevano che voleva fare il DJ per salvare sua madre dall'estenuante lavoro come donna delle pulizie, che per di più lo faceva sentire in imbarazzo.

Il giorno dopo che mio zio promise a mio padre di non dire a nessuno della sua sterilità, gli uomini della discoteca lo fermarono e gli chiesero i soldi. Lo zio spifferò che mio padre era diventato sterile per lo shock dell'esplosione. La notizia corse di bocca in bocca e giunse alle orecchie di Sirin, la sorella minore di Nimrod.

Sirin era ancora un'adolescente, come papà. E la loro relazione sarebbe potuta finire dopo qualche mese o magari dopo una settimana, come tutte le storie tra ragazzini. Ma quello che era successo per lei era più imbarazzante di quanto potesse sopportare. Perché ora mio padre non soltanto era sterile, ma si era anche rivelato un codardo. E per vigliaccheria era diventato sterile quando lo scooter di sua madre era esploso. Mio padre incolpò mio zio, che cercò invano di convincerlo di non aver avuto altra scelta che dire la verità agli uomini della discoteca. Due di loro, infatti, lo avevano afferrato per le braccia mentre il terzo lo colpiva con la mano di taglio, come un karateka che spezza una tavola di legno. Fino a quando mio zio non riuscì più a sopportare il dolore.

Poi mio padre cercò di far tornare Sirin ingoiando tutte le pillole contro la sterilità rimaste nella scatola. Lo ha fatto il giorno del compleanno di mia madre, allora solo la sorella del suo amico, a cui non aveva mai prestato attenzione. Era ospite a casa loro, ed è stata proprio mia madre a trovarlo. In camera di mio zio. Stava schiumando, i suoi occhi sembravano sul punto di esplodere, le pupille erano piccole come punte di spillo e tremava come se avesse preso una scossa elettrica. Lo portarono in ospedale con l'auto del padre. Ma Sirin non si arrese. Disse che chi pensa di uccidersi può uccidere chiunque altro. E se non si fossero suicidati, gli aspiranti suicidi sarebbero diventati serial killer, sicari o persino assassini di cani. Perché i suicidi sono egoisti. E mio padre lo era sempre stato.

Mia madre invece vedeva le cose da un'altra angolazione. Aveva una cotta per lui già da prima. Per come parlava di Sirin. Secondo lei papà è diventato nervoso solo dopo la morte di sua madre. Lui stesso continuava a dire che era morta in quel modo per fargli un dispetto. Una mattina l'avevano trovata sdraiata sul pavimento, esanime, in un'aula della sua scuola, quella dell'undicesima classe. L'ultima che lui aveva frequentato prima di abbandonare gli studi per fare il DJ. Sua madre aveva continuato a pulire la scuola, sperando che lui tornasse sui propri passi. O forse era morta perché non percepiva uno stipendio: in cambio del suo lavoro veniva esentata dal pagare la retta per tutto l'anno scolastico. Oppure perché il motorino era suo, e si sentiva vittima di un'ingiustizia. Qualunque fosse il motivo, morendo in quel modo aveva voluto dirgli qualcosa. E così, anni dopo, papà finì per sposare la sorella del suo amico, che lo aveva salvato dalla morte, mentre quest'ultimo si sposò con Sirin. Ma mio padre non amava mia madre, e lei lo sapeva. Pensava che l'avrebbe amata solo se fosse diventata mamma, come aveva amato sua madre. Poi è rimasta incinta di Ferial. Nonostante la sorpresa, dato che credeva di non poter avere figli e sebbene non facesse che elogiare la forza dell'utero di mia madre durante la gravidanza e le fosse molto riconoscente, quando nacque Ferial si ritrovò a pensare di nuovo a Sirin.

L'ultima cena

Se non fosse stato per l'incidente con il giocattolo di legno, io e Ferial non avremmo saputo tutto questo. Quel giorno mio zio e Sirin erano ospiti a cena da noi. L'ultima cena. Di lì a pochi giorni, infatti, sarebbero partiti. Sarebbero emigrati. Sarebbero emigrati e avrebbero avuto dei figli. Due figli, tre, quattro... Quello era il piano di mio zio fin dall'inizio: non avere figli in questo paese miserabile. Non avere figli fino a quando non fosse emigrato in un paese dove il bambino avrebbe avuto un futuro. Altrimenti, si chiedeva, che senso ha avere figli che vivono nella paura? Io e Ferial avevamo la sensazione che stesse alludendo a noi, e la cosa non ci piaceva. Ma mio zio quella sera venne da solo, dicendo che aveva litigato con la moglie. Le aveva chiesto senza mezzi termini chi fosse a pagare per tutte le cose che lei comprava. Vestiti, accessori, piccoli oggetti. Ce lo raccontò mentre mangiava.

«Ma perché parli con la bocca piena? È disgustoso», gli disse mio padre.

«Sto parlando di una cosa importante. Non guardarmi. Ascoltami e basta. Perché ho ancora altro da dire».

«Meno male che non hai avuto figli, altrimenti avrebbero dovuto sorbirsi un padre ripugnante».

«Sì, meno male che non ne ho avuti, altrimenti i tuoi figli avrebbero capito cosa vuol dire avere un padre», rispose mio zio.

Papà afferrò il mio pupazzo di legno a forma di supereroe zingaro, e lo scagliò contro lo zio, colpendolo in testa. Era la prima cosa che gli era capitata a tiro. Mio zio perse conoscenza ma senza chiudere gli occhi. Strinse i denti e fece un respiro profondo, con gli occhi spalancati. Mio padre, invece, era fuori di sé dalla rabbia.

«Vuoi sapere chi è a pagarle tutto? Sono io».

E così abbiamo appreso che mio padre e Sirin una volta al mese immaginavano di essere sposati. Vivevano quell'idea. Passavano una giornata insieme, mio padre le comprava delle cose, e tradivano mio zio. Perché aveva fatto quel che aveva fatto per portargli via Sirin e fargli sposare sua sorella. Ma lui non aveva mai amato mia madre. Parole che ferivano. Mamma è scoppiata a piangere. Ferial ha fatto lo stesso. E benché non capissi cosa stesse succedendo, ho pianto pure io. Come piangono gli asini, con sincero dolore.

In seguito a quell'episodio, mio zio e Sirin non sono più partiti. Dopo la botta in testa, lui ha cominciato a subire graduali trasformazioni. Per prima cosa ha ripreso a camminare come faceva da bambino, strusciando il piede destro a terra per nascondere il buco nella suola della scarpa, mentre alzava normalmente il sinistro. Poi abbiamo scoperto che il colpo alla testa aveva cancellato dalla sua memoria quel che gli causava stress e confusione, per esempio tutto ciò che riguardava sua moglie. Per quanto ci provassi, non riuscivi in alcun modo a convincerlo del fatto che era sposato con la donna che viveva in casa con lui. «Impossibile», diceva.

«Perché è impossibile?», gli chiedevi.

«Non lo so. È impossibile e basta».

Tutti i ricordi e i sentimenti associati a lei erano stati cancellati. E passava più tempo da noi. Ma la sera mia madre lo riaccompagnava a casa sua. Magari si sarebbe innamorato daccapo di Sirin, diceva. Ma lui rideva. La sua immaginazione faceva battute e lui rideva. Quanto a mio padre, ormai non aveva più nulla da nascondere. Diceva che il tribunale, al momento del divorzio da mia madre, avrebbe certamente affidato noi figli a lui, ma aggiungeva di essere disposto a negoziare la cosa con lei. In altre parole, venderci a mamma. Mia madre, invece, diceva che non avrebbe comprato i suoi figli, piuttosto si sarebbe rivolta a un'avvocatessa. E da quel giorno ha iniziato a lavorare per mettere i soldi da parte. Ma non sapevamo se lo stesse facendo per pagare l'onorario dell'avvocatessa o per comprarci da nostro padre. Io e Ferial abbiamo anche provato a stimare il prezzo che avrebbero potuto concordare. Quello che sapevamo era che mio padre non ci sopportava più. Se Ferial starnutiva in un modo che non gli piaceva, si arrabbiava; se mangiava in un modo che non gli piaceva, si arrabbiava. E se persino sorrideva in un modo che non gli piaceva, si arrabbiava. Un giorno io e lei stavamo camminando, di ritorno da scuola, totalmente sfiduciati. Non ci scambiavamo neppure una parola, non facevamo niente. Ferial ha iniziato a raccogliere carta per strada e io ho fatto lo stesso senza sapere a che scopo. Quella è stata la prima volta che Ferial ha realizzato i suoi pupazzi.

«Super Incredibile»

Per suscitare in mia madre preoccupazione e angoscia, mio padre ha cominciato a venirci a prendere all'uscita da scuola. Veniva con un furgone da lavoro, un piccolo Suzuki bianco, con cui distribuiva un prodotto per le pulizie altamente infiammabile. Lavorava per due fratelli che avevano aperto una piccola fabbrica in un quartiere popolare. A parte loro due, mio padre era il solo impiegato della ditta. Rappresentante commerciale. Girava per negozi, grandi e piccoli, per convincere i proprietari che il prodotto era davvero «Super Incredibile», come si chiamava. Non era un compito facile. I fratelli, infatti, non avevano abbastanza soldi per pubblicizzare il loro detersivo. E fare pubblicità a un prodotto solo per una settimana o per qualche giorno sarebbe stato più dannoso che non farla affatto. Così hanno insistito perché convincesse in particolare il padre di Fakhri il Vaso, proprietario del negozio più grande del quartiere, ad acquistarne una certa quantità. Sarebbe bastato che il padre di Fakhri ne acquistasse una scorta perché tutti gli altri negozi seguissero il suo esempio. Del resto, se mio padre non fosse riuscito a convincere il negoziante della sua strada ad acquistare il prodotto, chi altri avrebbe potuto convincere?

La verità è che il padre di Fakhri il Vaso non avrebbe mai corso il rischio di acquistare un prodotto che non appariva in televisione. E così, a mio padre non restava altra scelta che acquistare ogni mese una certa quantità di Super Incredibile per non perdere il lavoro, fingendo che l'avesse comprata il padre di Fakhri il Vaso. Conservava il detersivo a casa di mio zio. Una sostanza infiammabile. Inodore e incolore, solo viscida.

Ma quel che più irritava mia madre non era questo, bensì l'idea che venendoci a prendere a scuola volesse dirle qualcosa, qualcosa del tipo: «D'ora in poi voglio abituarmi all'idea di essere padre». Come chi tiene in mano uno strumento che non sa usare bene, ma d'altra parte non vuole farne a meno. Quando ti aggrappi a qualcosa che gli altri vogliono, il suo valore raddoppia. Io e Ferial eravamo addolorati al pensiero che mio padre facesse tutto questo per venderci a mia madre. Dopo un po' lei ha trovato un lavoro per poter far fronte all'onorario dell'avvocatessa che avrebbe convinto il giudice ad affidarci a lei. In sostanza, stava lavorando per pagare le parole che un'estranea avrebbe pronunciato in tribunale per convincere un altro estraneo a farci restare con lei.

Zaino

Quel giorno, dopo le lezioni, ero confinato nell'ufficio del preside, che mi aveva fatto girare per il cortile della scuola con le pagine strappate e i fogli di album da disegno appuntati sul petto. Ha detto che mio padre avrebbe dovuto pagare per tutti quei libri distrutti. Ferial è rimasta con me. Aspettava fuori dalla stanza su una sedia. Di tanto in tanto si allontanava e poi tornava, fino a quando mi ha sussurrato in tono entusiasta, da dietro la porta: «Guarda fuori dalla finestra». Ho guardato fuori dalla finestra dell'ufficio del preside e ho visto mio padre che ci aspettava davanti alla scuola a bordo del furgone Suzuki.

Era seduto al posto di guida, immobile, e alcuni alunni gli stavano parlando. Gli hanno detto che ero in punizione per un'ora. Ma lui non ha fatto nulla. Piuttosto, ha messo in moto ed è andato sul retro della scuola, ha preso una bottiglia di Super Incredibile e ha iniziato a pulire il furgone. Quella era una delle proprietà miracolose di Super Incredibile. Potevi usarlo per pulire piatti e bicchieri, pavimenti e superfici, ma anche le automobili e le loro ruote. Bastavano uno straccio e qualche goccia di prodotto, non c'era bisogno di usare acqua. Intanto gli alunni rimasti gli si sono raccolti intorno. Mi sono reso conto del fatto che aveva approfittato della mia punizione per fare pubblicità al prodotto davanti ai ragazzi. Chi meglio di loro? Sarebbero andati dai genitori a parlare di tutta quella magia, quella fascinazione per una sostanza chimica. Tre quarti d'ora dopo ha finito di pulire il furgone, senza mai sollevare lo sguardo verso di me. Anche se gli altri ragazzini mi avevano visto lì in piedi a guardare da dietro la finestra del preside.

Ferial era sconvolta. Il comportamento di mio padre era una chiara prova che in realtà non gli importava nulla di noi. Quando siamo usciti da scuola, io e Ferial ci siamo seduti vicino a lui sul sedile anteriore. Io in mezzo e lei accanto al finestrino. Sul cruscotto del furgone, davanti al volante, c'era un sacchettino di semi di anguria salati, e io stavo morendo di fame. Questa è una delle caratteristiche dell'ufficio del preside: la persona punita ne esce stremata. Ho preso una manciata di semi, ma prima che iniziassi a mangiarli, Ferial ha cercato di togliermeli e darmene solo cinque, per evitarmi un blocco intestinale. Io ho tirato indietro la mano, chinandomi verso mio padre, che non ha detto una parola. Siamo rimasti in quella posizione per circa mezzo minuto, finché mio padre si è voltato alla sua destra, verso Ferial, e proprio quando stava per dire qualcosa, siamo andati a sbattere da qualche parte. Nel preciso istante in cui stava per sgridarci, mio padre aveva urtato un'auto color avorio in una curva dal lato di Ferial. Non è stato un incidente grave. Solo qualche danno alla carrozzeria. Ma il conducente dell'auto è sceso per controllare cosa fosse successo, e con la mano ha fatto un cenno rabbioso a mio padre.

«Ma sei scemo?». In macchina con lui c'era un bambino. Un ragazzino un po' più piccolo di me. Legato alla cintura di sicurezza. Non gli era successo niente, ma il suo naso aveva preso a sanguinare. L'uomo non sembrava agitato. «Senti un po', idiota», ha detto a mio padre in tono perentorio, «devi pagare subito i danni». E ha aggiunto che la sua macchina era uscita proprio quella mattina dall'autofficina, dopo un incidente nella stessa curva. Non aveva ancora neppure finito di saldare il conto del carrozziere. Mio padre gli ha detto che avrebbe pagato tutto quello che voleva, ma non adesso, perché al momento non aveva soldi con sé. «Subito», ha replicato quell'uomo. «Adesso. Anche a costo di vendere il furgone seduta stante. Credimi, se non lo fai te ne pentirai amaramente». Mio padre si è avvicinato a noi, che eravamo ancora seduti nell'abitacolo, e mentre faceva finta di cercare i quattrini nel cruscotto dell'auto, ci ha chiesto: «Avete dei soldi?».

«No», ha risposto Ferial.

«Sicuri?».

«Sì».

«Be', prendete un fazzoletto e andate ad asciugare il sangue del naso al ragazzino, così il tizio si calmerà un po'». Senonché Ferial mi ha preso per mano ed è rimasta in silenzio.

Mio padre si è parato davanti all'uomo e ha vuotato le tasche e il portafogli. Intanto io e Ferial non muovevamo un dito, anzi, ci siamo messi a guardare il bambino dal furgone. Il fatto che lo stessimo fissando, con il grembiule di scuola ormai macchiato di sangue, la testa all'insù mentre si premeva le dita sul naso, è stato sufficiente a far divampare il fuoco tra quell'uomo e mio padre. Il primo si è avvicinato al furgone, ha aperto bruscamente il vano portaoggetti e l'ha esaminato. C'erano solo penne Bic, un blocchetto delle ricevute e dei documenti. Poi è andato allo sportello posteriore del furgone. L'ha aperto nervosamente e si è messo a controllare cosa c'era lì dietro. Bottiglie di Super Incredibile, una cassetta degli attrezzi, la ruota di scorta. Ha sbattuto la portiera ed è rimasto lì in piedi scuotendo la testa come se stesse minacciando un nemico, ma senza sapere come fargli del male. Mio padre non ha fatto nulla, ma si sentiva in qualche modo sollevato per il fatto che quell'uomo si era assicurato da sé che non stessimo mentendo. Non ha mosso un dito perché uno che si comportava in quel modo non poteva che essere spalleggiato da qualche apparato di sicurezza. Ma non era finita lì: l'uomo, che ora sembrava aver trovato il modo di farci del male, si è avvicinato a me e Ferial, ha allungato la mano dentro il finestrino, ha tirato fuori il mio zaino, che tenevo tra i piedi, e l'ha portato alla sua macchina, per poi tornare indietro e fare la stessa cosa con quello di Ferial. «Segnati la targa della macchina», ha detto a mio padre. «Se vuoi riavere gli zaini dei tuoi figli, vieni con 725 dollari». Voleva la somma che gli mancava per saldare il conto precedente dell'autofficina, più le nuove spese di riparazione e anche il grembiule del ragazzino che si era macchiato di sangue. Adesso parlava con un tono completamente diverso. Quando ha notato che io e Ferial eravamo sconcertati, sembrava stesse vivendo i migliori istanti della sua vita. Poi ha rimesso in moto ed è partito tranquillamente, nel silenzio della piccola folla che si era raccolta intorno a noi.

Quanto a mio padre, non è ripartito con il furgone. Siamo rimasti dov'eravamo, pensando che quell'uomo sarebbe tornato. «Nessuno farebbe veramente una cosa del genere», ha detto. Tuttavia, non abbiamo mai più rivisto i nostri libri.

Trasmissione radiofonica

Mio zio non si è limitato a dimenticare tutto ciò che riguardava sua moglie Sirin. Qualche tempo dopo, in lui si è manifestato un altro cambiamento. Qualcosa che per un po' lo ha reso una celebrità della radio, almeno per la classe operaia. Tutto ha avuto inizio con una trasmissione radiofonica: «Se ricordi un evento della guerra, vieni da noi a registrarlo». Mio zio ha scoperto di ricordare per filo e per segno e con dovizia di particolari gli eventi che portarono alla guerra. Piccole scaramucce, guerriglia urbana, rapimenti, ordigni esplosivi, accordi di cessate il fuoco, scontri armati spontanei, uccisioni con proiettili vaganti; con tanto di orari, luoghi, nomi dei partiti e talvolta anche altri elementi. Tutto quello che aveva letto sui giornali e sentito alla televisione o alla radio prima che papà lo colpisse con il pupazzo di legno riaffiorava, riempiendo a poco a poco i vuoti della sua immaginazione come germogli di cactus. Poteva andare avanti per ore, senza alcuna esitazione. Con gli occhi annebbiati, e il cuore che batteva come se si fosse appena formato, imitando la voce del presentatore così come era risuonata anni prima in televisione o alla radio, o le parole del giornale così come le aveva immaginate nella sua testa mentre le leggeva. E per farti un regalino e darti modo di apprezzare ancora di più quei momenti – come quando acquisti tante cose e il venditore mette sopra la merce una barretta di cioccolato dicendo: «Questo è in omaggio» – mio zio ti faceva capire, grazie alla precisione del suo racconto dettagliato, che a un certo punto saresti dovuto morire, ma sei sopravvissuto. Perché qualcosa ha cambiato i tuoi piani all'ultimo minuto, al penultimo minuto o magari a inizio giornata. Un dettaglio semplice, semplicissimo, che ti tornava in mente mentre ripercorrevi la tua vita, a distanza di molti anni, ascoltando mio zio. Un litigio dei tuoi figli, magari, oppure il ritardo di un venditore ambulante di caffè, un autista che aveva sterzato all'improvviso con la sua auto, una persona anziana inciampata davanti a te, un'interruzione di corrente, un brutto sogno, qualcuno che ti aveva superato in fila, un adolescente che ti aveva urtato accidentalmente sulla spalla, un francobollo caduto di tasca, oppure una banconota o un bottone. Un evento di per sé ininfluente, tranne per il fatto che aveva causato uno squilibrio nella sequenza dei tuoi movimenti. Forse lì per lì quell'evento microscopico ti aveva spazientito, ma poi ti rendevi conto di essergli grato.

Era quella la parte più toccante dei racconti di guerra. Non avevamo mai visto mio zio così entusiasta. Correva alla radio come se si stesse precipitando a salvare la vita a qualcuno dei suoi ascoltatori. Il che lo rendeva l'unica persona grata per la guerra. Non lo diceva apertamente, ma il suo comportamento lo suggeriva. La sua voce veniva trasmessa in diretta, ma senza menzionare il suo nome. Poi la trasmissione non è più andata in onda, però gli hanno dato un assegno per poter conservare il materiale che sarebbe servito per un libro di testimonianze dal titolo *La guerra come nessuno la ricorda*. Il denaro guadagnato dalla radio, invece, lo ha dato a mia madre per ricomprarci i libri che ci erano stati sottratti. «A patto che d'ora in avanti io venga a stare da voi», ha detto.

Il Fantasticatore Azzurro 3

Ferial ha cercato di convincere mia madre a comprarci da mio padre con i soldi della radio. La sua argomentazione era che mio padre aveva lasciato andare i nostri zaini per farle capire che la cosa migliore per noi sarebbe stata che lei ci comprasse. A mia madre non piaceva che Ferial usasse parole come «comprare» e «vendere», ma non riusciva a trovare termini più appropriati. Il giorno dopo l'incidente d'auto, ci ha riaccompagnati a scuola. Il preside le ha detto che avevo distrutto più di venti libri e tre album da disegno, ed era impossibile convincere anche un solo studente a condividere i libri con noi in classe. «Se trova un alunno disposto a farlo, li riammetterò a scuola». Così siamo rimasti nel cortile, io, Ferial e nostra madre, seduti fianco a fianco su una panca di pietra, in attesa della prima ricreazione. Dato che il preside le aveva dato la possibilità di farlo, lei ci stava provando. Perché non avrebbe dovuto? Quando è suonata la campanella per il primo intervallo, abbiamo visto mamma passare da uno studente all'altro, parlando con loro, ma invano. Per noi è stato umiliante. Ferial si rifiutava di guardare nostra madre, ma io la osservavo, minacciando in cuor mio quelli che l'avevano delusa. Fino a quando è tornata da noi con un sorriso trionfante. Ha detto di aver trovato un mio compagno e un'alunna della classe di Ferial disposti a farci seguire dai loro libri di testo. Ma prima della fine dell'ultima lezione di quel giorno, tutti sapevano che mia madre li aveva pagati perché accettassero di farlo solo per qualche giorno, finché non ci avesse procurato i nostri libri.

Quei due erano fratello e sorella, come noi. E hanno spifferato tutto per evitare imbarazzi. Due giorni dopo si sono assentati da scuola e noi non potevamo seguire le lezioni. Non erano malati, niente del genere, ma i loro genitori avevano deciso di portarli al luna park a imparare nuovi trucchi, perché entrambi erano appassionati di giochi di prestigio. Nel primo piano di riconciliazione nazionale dalla cessazione degli scontri, infatti, le compagnie circensi hanno iniziato a venire da Beirut Est a Beirut Ovest, e viceversa, per tenere spettacoli e laboratori per adulti e bambini feriti e traumatizzati. Ferial ha proposto di andare al luna park, trovare quei due bastardi e riprenderci i nostri soldi. Giunti nei pressi del parco, siamo rimasti incantati nel vedere i manifesti dei gruppi di Beirut Est. Colori e disegni semplici e belle calligrafie con cui erano trascritte storie e indovinelli. Ferial li trovava perfetti per realizzare i suoi pupazzi di carta. Pochi minuti dopo, abbiamo iniziato a staccarli dai muri, ma con cautela, per evitare che qualcuno ci vedesse e interpretasse il nostro gesto come un messaggio da parte degli abitanti di Beirut Ovest per dire ai loro vicini che non erano ancora i benvenuti.

Con la carta di quei manifesti, a casa Ferial ha realizzato tre pupazzi con le sembianze della famiglia del Fantasticatore Azzurro, il mio supereroe preferito, che deve fantasticare per tirarsi fuori dai guai quando succede qualcosa di brutto. Ha acquisito quei poteri quando gli hanno impiantato in testa una pietra di un altro pianeta. Ecco perché Ferial ha messo un grosso sassolino nella testa di ciascuno dei tre pupazzi. Anche se nessun altro, a parte il Fantasticatore, ha quella caratteristica. Il sassolino faceva stare i pupazzi a testa bassa, come se avessero commesso un peccato.

Il giorno dopo li abbiamo presi e siamo tornati al luna park. Li abbiamo disposti su un asse di legno e abbiamo aspettato. Erano grandi e belli, ma nessuno sembrava interessato a comprarli. Un'ora dopo si è avvicinato un cane. Un bulldog francese, piccolo, robusto, con un orecchio da iena e un altro normale, da cane. Ha guardato uno dei pupazzi, ha scosso la testa e si è messo ad abbaiare minaccioso. Ho avuto la sensazione che il Fantasticatore Azzurro stesse dicendo qualcosa al cane. Avrei voluto prenderlo, ma in quel momento è arrivata una ragazza sui vent'anni. Era elegante, con un viso tondo, una fossetta sul mento e occhi meravigliati che le davano un'aria amichevole. Ma non sorrideva affatto. Era la padrona del cane. «Quanto costa uno?», ha chiesto.

«È una famiglia. Un bambino, una bambina e una madre. Tutti e tre costano dieci dollari», ha detto Ferial.

«No», ha ribattuto la ragazza con un certo disprezzo, sollevando per aria il Fantasticatore Azzurro e muovendolo in cerchio sotto lo sguardo attento del cane, che abbaiava ancora più forte. «Facciamo che lo provo e se va bene li prendo tutti e tre per sei dollari».

«D'accordo», ha detto Ferial. E in quel momento, la ragazza ha lanciato il Fantasticatore Azzurro sul marciapiede con tutte le sue forze, come se stesse scagliando una pietra. Orecchio da iena si è fiondato come un razzo verso di lui, per poi tornare indietro qualche istante dopo, schiacciando la testa del Fantasticatore Azzurro tra le sue possenti mascelle, prima di lasciarlo cadere ai piedi della sua padrona. Allora la ragazza ha tirato fuori l'equivalente di sei dollari e ha preso gli altri due pupazzi, mentre il mio eroe preferito è rimasto tra le fauci del cane, che lo stava masticando nervosamente.

«Cominceremo a raccogliere soldi per mamma con i pupazzi che venderemo la prossima volta», ha detto Ferial. E per festeggiare siamo entrati nel parco giochi con l'intenzione di fare un giro sul treno fantasma. Mentre andavamo alla biglietteria, però, vedere tutte quelle famiglie ci dava fastidio. O forse eravamo scocciati per il fatto che nessuno, tranne uno stupido cane, aveva prestato attenzione ai nostri pupazzi di carta. Quindi abbiamo cominciato a comportarci male. Abbiamo spaventato un bambino piccolo facendogli cadere di mano il cono gelato. Poi abbiamo preso di mira una bambina e l'abbiamo seguita, facendo gesti minacciosi fino a farle passare la voglia di restare lì al luna park. Finché Ferial non ha visto una ragazzina che le somigliava molto, ma più piccola di lei. Indossava sandali eleganti e lucidi e un vestito color panna con piccole api e un percorso tracciato per ciascuna di loro. Camminava mano nella mano con un signore anziano. Ferial le si è avvicinata e, quando l'ha raggiunta, le ha sputato sul vestito, da dietro. Quel gesto non mi è piaciuto, ma ho riso a gran voce in modo che Ferial non se ne accorgesse. La mia risata ha attirato l'attenzione della bambina, che si è voltata e si è accorta dello sputo sul vestito. È diventata tutta rossa, le tremavano le labbra. Ho capito subito che stava per scoppiare a piangere. Mentre i suoi occhi si riempivano di lacrime, ho avuto un tuffo al cuore. Mi ha guardato con risentimento: «Ti auguro di avere un incidente».

«Dove sono tua madre e tuo padre?», le ha chiesto Ferial. «È questo che è successo a loro? Un incidente?».

«Solo a mia madre. Mio padre è lui. Era lui che guidava», ha detto tristemente la bambina.

«Ah. Non ha bisogno di un incidente. Morirà prima che tu abbia la mia età».

A quel punto, l'uomo si è voltato e si è avvicinato a me e Ferial in tutta calma e senza dire nulla.

«Cosa c'è?», gli ha detto mia sorella con aria di sfida, pensando che avrebbe iniziato a farci una ramanzina.

Lui non ha aperto bocca, ma ha afferrato Ferial per i polsi e l'ha spinta con forza facendola sedere sui gradini di metallo della giostra a forma di derviscio rotante, con i sedili sul mantello che girava su se stesso. E a quel punto ha chiesto alla sua figlioletta di prendermi a schiaffi, e di non smettere finché non avessi pianto. Una folla di persone si era radunata intorno a noi. Hanno riconosciuto quell'uomo. Anni prima, stava guidando a tutta velocità per portare la moglie partoriente in ospedale, quando aveva perso il controllo dell'auto. Hanno ordinato a Ferial di stare zitta. Uno ha detto: «Ieri li ho visti strappare i manifesti degli spettacoli». La bambina mi si è avvicinata con fare esitante. Ferial, che non poteva fare niente, mi ha strizzato l'occhio per incoraggiarmi. La bambina era di fronte a me e prima di colpirmi si è asciugata le lacrime. Ma invece di darmi uno schiaffo, mi ha tirato forte i capelli, poi mi ha abbracciato e si è allontanata. Il padre l'ha rimproverata: «Torna indietro e prendi tutti i soldi che ha in tasca. Così non potranno più restare qui a disturbare la gente». Allora la bimba è tornata e senza guardarmi in faccia mi ha preso di tasca i sei dollari che avevamo guadagnato vendendo il Fantasticatore Azzurro e la sua famiglia. Non ho opposto resistenza per paura che quell'uomo facesse del male a Ferial.

«Ora andate da vostro padre e ditegli di venire qui a riprendersi i soldi», ha detto.

Siamo usciti dal luna park avviliti e non ci siamo più tornati. In ogni caso, le giostre e i circhi di Beirut Est non sono più arrivati, perché la tensione è di nuovo salita alle stelle. Così abbiamo deciso di raccogliere molti manifesti per farci dei pupazzi e venderli all'ingresso del Children's Cancer Center, l'ospedale oncologico per bambini.

2
L'officina dei sogni

Zia Selwa

È così che abbiamo conosciuto zia Selwa. In quel momento stavamo armeggiando con un manifesto davanti al suo locale. Ha aspettato che finissimo e poi ci ha chiamati con voce nervosa e infastidita, come se qualcuno le avesse messo un sassolino nella scarpa. «Mooonelliiini... mooonelliiini... veniiite... Prego, tesooori, veniiite quiii!». Solo quando siamo entrati ci siamo resi conto che il poster che avevamo strappato dal muro era una pubblicità del locale. Il posto era piccolo e semplice. All'interno tutto era colorato. Tutto tranne l'aria e quattro tavoli per i clienti. Soltanto uno di questi era in uso, e si chiamava l'Officina dei sogni. Lì zia Selwa si sedeva con il cliente a bere una tazza di caffè. Sulle altre tre sedie, i clienti aspettavano il proprio turno per fare lo stesso. Tra queste sedie e l'Officina dei sogni c'era una tenda. In fondo al localc, all'altezza della porta, un bancone, un fornello per preparare il caffè e un frigorifero per i dolci.

Zia Selwa ci ha messo davanti un tè e una fetta di torta con panna e poi ha cominciato a parlarci. Ha detto che quando le persone crescono diventano un forziere per il bambino che sono state. E il suo locale non era per gli adulti, bensì per il bambino dentro ognuno di loro. Siamo rimasti lì per circa due ore senza vedere neppure un cliente. Forse perché il bambino in ciascuno di loro era morto soffocato dentro il forziere molto tempo prima. E quando usciva, era uno zombie. Il suo lavoro nel locale consisteva nel leggere nei fondi delle tazze da caffè i sogni che le persone avevano fatto da piccoli e di cui ormai non ricordavano più nulla. Sogni che allora li avevano lasciati perplessi per minuti, ore o giorni, di cui non conoscevano lo scopo e che poi avevano abbandonato. La sua filosofia era che i sogni di un essere umano sono spesso superiori al suo intelletto. E se le persone ricordassero i sogni della propria infanzia, tornerebbero al loro nucleo. Ai loro primi obiettivi. Quelli semplici. Per capire meglio se stessi, per diventare più trasparenti e sinceri. Perché il tempo è come una porta girevole. Ci entri da un punto e in un batter d'occhio ti ritrovi fuori da un altro punto, in un mondo in cui lavori ai sogni di qualcun altro, qualcuno che potresti non incontrare mai.

A Ferial non piaceva questa idea. «Forse i sogni esistono per essere solo sogni», ha detto.

Zia Selwa mi ha messo una mano sulla testa, gli occhi le si sono riempiti di lacrime e ha iniziato ad accarezzarmi nervosamente i capelli: «Tua sorella è ancora una bambina, e molto probabilmente dice così perché la vita non vi ha ancora dato la possibilità di sognare. So che dovete avere una buona ragione per staccare i manifesti dai muri», ha concluso, aggiungendo che avrebbe anche potuto scoprirlo dalla tazza, ma non lo faceva perché il suo sesto senso le diceva che sarebbe stato doloroso. Vedeva chiaramente che i nostri genitori non ci avevano messi al mondo per amore. Ed era dispiaciuta per quello che ci sarebbe successo.

Quelle parole hanno fatto arrabbiare Ferial, che l'ha guardata dritto negli occhi: «Esatto. Mamma e papà non si sono mai amati. Mamma si è trovata un lavoro per pagare la parcella di un'avvocatessa che convinca il tribunale a farci rimanere con lei. Così dice, ma noi sappiamo che risparmia perché papà ha intenzione di venderci a lei. E facciamo pupazzi di carta per metterli in vendita e aiutarla a risparmiare più soldi».

Sulla strada di casa, Ferial ha pianto. Era la prima volta che la vedevo piangere in un luogo pubblico. Mi dispiaceva. Così ho pianto anch'io, ma dentro. Ferial ha detto che non si fidava di Madame Selwa. Perché il bianco dei suoi occhi era giallo come la colla d'amido vecchia, il che denotava un'assenza di sentimenti.

Identici all'originale

Ciononostante, siamo tornati da lei il giorno dopo. Zia Selwa, infatti, si era offerta di insegnare a Ferial a realizzare pupazzi di carta in un modo che avrebbe lasciato la gente a bocca aperta. «Sarai in grado di guardare una persona e fare un pupazzetto di carta con le sue sembianze, identico all'originale», aveva detto. Ma non senza qualcosa in cambio. «Visto che non andate a scuola, verrete qui tutti i giorni per tre o quattro ore dopo le dieci del mattino. Tu ti eserciterai a fare pupazzi mentre tuo fratello lavorerà per il locale». Inoltre, i primi venti pupazzi sarebbero spettati a lei e sarebbero stati una sua copia esatta.

Il mio lavoro nel locale di zia Selwa consisteva nel consegnare i suo messaggi al figlio. Aveva un solo figlio. Era nato il giorno della festa della mamma. E lei aveva promesso di non rifiutargli mai una richiesta e di non costringerlo mai a fare qualcosa. Si scambiavano regali da quando aveva tre anni. Lui le faceva un regalo per la festa della mamma e lei gliene faceva uno per il compleanno. L'anno prima aveva scoperto che il figlio aveva difficoltà a capire ciò di cui aveva bisogno. Come la maggior parte degli esseri umani. Tuttavia, zia Selwa poteva saperlo, anche se era a chilometri di distanza. Perché i suoi occhi lacrimavano all'improvviso ogni volta che a lui serviva qualcosa. Proprio come era successo quando Ferial aveva detto: «Forse i sogni esistono per essere solo sogni». Allora zia Selwa preparava una tazza di caffè e la osservava, per sapere di cosa avesse bisogno il ragazzo in quel momento, e io prendevo la sua bici rossa e partivo a tutta velocità per soddisfare la sua necessità. Questo era il mio lavoro.

Vivevano nell'edificio più alto di quella parte di Beirut Ovest, il che rendeva più facile vedere la casa di zia Selwa. Ogni volta percorrevo in bicicletta strade e vicoli nuovi. Lo trovavo divertente, dato che dovevo arrivare entro un quarto d'ora. I bisogni del figlio di zia Selwa erano a volte una barretta di cioccolato, una fetta di torta, una banana, un panino al formaggio o persino un bicchiere d'acqua... e altre volte una matita, una penna, un evidenziatore, una gomma, un pennarello... e così via. In casa loro lavorava una ragazza di nome Lata. Non apriva mai la porta. Solo uno spiraglio. Io dicevo, per esempio: «Zia Selwa ha detto di dare a suo figlio una brioche farcita di *halawa* perché ha fame...», e me ne andavo.

Fumetti

Un giorno zia Selwa mi ha chiesto di andare a passare del tempo con suo figlio. Ciò di cui aveva bisogno questa volta non era cibo, né bevande, né giochi: ero io. Non capivo come una persona potesse sentire il bisogno di qualcuno che non aveva mai visto prima. Ma ci sono andato. La sua stanza era bianca e piccola. Molti libri, ritagli di carta e disegni. Disegni alle pareti, sul pavimento e sul soffitto. Sull'armadio, sui cassetti, persino sullo zaino di scuola, sulle scarpe da ginnastica e sulla maniglia della porta. Doveva avere un paio d'anni più di me ma parlava come un adulto. Non appena sono entrato nella sua stanza, ha detto scrutandomi attentamente: «Proprio come ti ha descritto mia madre. Una bruttezza ammirevole. Il naso. Le orecchie. La bocca. Lo spazio tra gli occhi. Tra la bocca e il naso. Tra le orecchie e la bocca. E la cosa più importante, l'espressione di terrore sul tuo viso. Bruttezza e terrore. Un mix che dà al tuo aspetto un potenziale enorme». Mi ha chiesto di sedermi su una sedia. Poi si è messo a farmi un ritratto. Dopo circa mezz'ora, mi ha mostrato il disegno. Era un fumetto, una caricatura, con protagonista la mia faccia e senza dialoghi.

Da quel giorno zia Selwa ha iniziato a esortare Ferial, mentre le insegnava a creare pupazzi di carta, a raccontarle storie della nostra vita, per poi riferirle a suo figlio che ne ricavava dei fumetti. Gli servivano le nostre foto. Così gliene ho data una per paura che zia Selwa cacciasse Ferial, a maggior ragione perché mia sorella aveva fatto grandi progressi con le bambole di carta. «Voglio anche che tu sia terrorizzato quando vieni da me», mi ha detto il ragazzo. E c'era solo un modo per farlo. Cacciarmi nei guai lungo il tragitto per casa sua. Ho scoperto che la cosa migliore era guidare la bicicletta di sua madre in modo spericolato. Per esempio, rischiare di schiantarmi contro un'auto o un pedone per strada o di investire un gatto. Venivo inondato di insulti o inseguito da bambini e adulti. E arrivavo a casa sua terrorizzato, come mi aveva chiesto.

Morso

Mia madre non ha potuto far altro che procurarci libri usati e rimandarci a scuola. Questo le è costato, oltre ai soldi che mio zio aveva guadagnato alla radio, gran parte dei suoi risparmi. Eravamo già oltre la metà dell'anno scolastico ed era difficile trovare libri di testo usati. Il preside aveva detto che in caso contrario non c'era alcuna possibilità che venissi promosso in quinta elementare, e lo stesso valeva per Ferial. Pertanto, il meglio che poteva offrirci era che fossimo esonerati dagli esami di fine anno, che non si potevano anticipare né posticipare, con uno sconto sulla retta. E alla fine avremmo ottenuto una bocciatura.

Ma gli sforzi di nostra madre per tenerci lontani dai problemi sono stati vani. Qualche giorno dopo, tornando da scuola, siamo passati davanti a un manifesto su un muro con dei disegni dai tratti caricaturali. Una striscia di fumetto su foglio A3. Il fatto che quei personaggi ci somigliassero ha attirato l'attenzione di Ferial. E quando ci siamo avvicinati al poster, i suoi sospetti sono stati confermati. Era una delle opere del figlio di Selwa ispirate alle nostre vite. Mio padre, mia madre, mio zio, sua moglie Sirin, io e Ferial. Poi, in fondo al fumetto, la scritta: CONTINUA...

Ferial era allibita. Ma per non piangere si è messa a maledire e minacciare la zia e suo figlio. Mi sentivo male, credevo che fosse tutta colpa mia. Ma non sapevo cosa fare. Così ho allungato la mano sulla caricatura alla parola CONTINUA..., cercando di staccarla dal muro. Una parte della sua metà inferiore si è strappata, insieme a un pezzo di un poster più grande che si trovava lì accanto. Ferial ha cercato di aiutarmi a staccare il resto della caricatura, ma nulla da fare: era impossibile. Quando ha capito che non ci saremmo riusciti, ha messo la mano nel mio zaino e ha tirato fuori i miei colori a matita. E ha iniziato a scarabocchiare la sua faccia con il blu scuro. Soltanto il viso. «Cancella solo la tua immagine», ha detto. «Le altre facce non ci interessano. Domani non andremo a scuola. Cercheremo questi manifesti ovunque e faremo la stessa cosa». Io ho preso il verde e ho iniziato a scarabocchiare la mia faccia sul poster.

Non avevo ancora finito quando entrambi abbiamo sentito delle braccia pesanti afferrarci da dietro. L'uomo chino proprio dietro di noi era Morso, il tizio del dipartimento di intelligence più vicino al nostro quartiere. Lo conoscevamo tutti. La sua bocca piccola lo rendeva ancora più freddo, aveva denti gialli come una sega usata, parlava lentamente e portava una pistola alla cintola. Ci ha chiesto perché avevamo strappato il manifesto accanto alla caricatura. Ferial ha detto che non l'avevamo fatto apposta. Volevamo solo stracciare il fumetto perché la storia che conteneva parlava delle nostre vite.

«Questo è mio padre, questa è mia madre, questo è mio zio, questa sono io e questo è il mio fratellino. Qui è quando mio zio ha riportato un danno cerebrale dopo che mio padre gli ha tirato in testa un giocattolo di legno e si è nascosto nel negozio del padre di Fakhri il Vaso». Io ho raccolto da terra la parte strappata del fumetto e l'ho unita al resto con l'intento di aiutare Ferial a spiegare. «E in tutte le scene mio fratello appare terrorizzato, proprio come è adesso», ha aggiunto, sperando di suscitare la simpatia di quell'uomo nei nostri confronti, mentre Morso scorreva con gli occhi gli eventi della nostra vita e rideva.

«E questa? Questa chi è?», ha chiesto.

«La moglie di mio zio. Mio padre la ama», ha risposto Ferial.

«Cazzo, che vita!», ha esclamato. Io e Ferial non ci trovavamo niente di divertente, ma il figlio di zia Selwa aveva disegnato le nostre vite in un modo che faceva ridere gli altri. «Adesso sedetevi», ci ha ordinato Morso. E noi abbiamo preso posto lì, per terra. Ci ha chiesto se sapessimo chi fosse l'uomo nella foto sul manifesto che avevamo strappato, quello accanto alla caricatura. E se avessimo visto, in tutta Beirut, un manifesto simile danneggiato in qualche modo.

«No», abbiamo risposto a entrambe le domande. Ferial lo ha scongiurato di non portarci al dipartimento. Morso ha detto che non ci avrebbe punito, perché dopo tutto quello che aveva visto nel fumetto, non c'era speranza che diventassimo delle brave persone in futuro. Qualcosa in noi si era rovinato. Ma non lo sapevamo ancora. Per non parlare del fatto che avevamo facce da ladri. Anzi, lui scommetteva che avessimo già rubato. Ferial ha giurato che non l'avevamo mai fatto.

«Bugiarda!», ha ribattuto lui. «Guarda che ti porto al dipartimento se non mi dici la verità».

«Una volta abbiamo pensato di rubare, ma poi non l'abbiamo fatto, glielo giuro», ha detto Ferial.

«Questo significa che sapevate entrambi cosa volevate rubare?».

«Sì».

«E anche dove?».

«Sì».

A quel punto, Morso ha detto che per assicurarsi che stessimo dicendo la verità pretendeva che lo portassimo nel posto in cui avremmo voluto rubare, e che voleva vederci farlo. Se avessimo rubato la stessa cosa allora, argomentò, voleva dire che stavamo dicendo la verità.

Ubbidendo agli ordini di Morso, lungo il tragitto io e Ferial non ci siamo scambiati una parola, e neppure uno sguardo. Ma quando siamo arrivati al negozio del padre di Fakhri il Vaso, avevamo in testa la stessa identica idea: rubare la nostra pagina dal quaderno dei creditori. Ci avevamo pensato dopo aver sentito dire in giro per il quartiere che al padre di Fakhri si era rotto il vaso, e da quel momento era diventato sbadato. Ma non eravamo riusciti a trovare l'occasione giusta. Non avevamo mai rubato prima. Quando siamo arrivati al negozio, il bambino più piccolo del quartiere stava saltando dal pavimento allo scalino e viceversa, e rideva di cuore, come se stesse balzando da una grande altezza. Era la cosa più divertente che io e Ferial avessimo visto quel giorno. Nel frattempo, il padre di Fakhri camminava su e giù per il negozio, cercando di vedere se Preservativo era nei paraggi.

Da ragazzo, intorno ai tredici o quattordici anni, il padre di Fakhri il Vaso aveva sempre fatto il prepotente con un compagno di classe soprannominato Preservativo. Tutti gli alunni lo facevano, anche i meno temerari. A volte lo costringevano a fare cose stupide contro la sua volontà. Il ragazzino se ne stava in silenzio, oppure si limitava a sorridere. Fino a quando non ha rubato dagli zaini i soldi di tutti gli alunni della sua classe, è fuggito dalla scuola e di lui non si è saputo più nulla. È scoppiata la guerra, poi è cessata, poi nuovi scontri, undici piccole guerre, poi un temporaneo cessate il fuoco, e ancora uno, sempre temporaneo, e forse altre cento tregue, fino a quando gli scontri armati sono stati repressi con la forza e quasi tutti i miliziani hanno deposto le armi. È iniziata la ricostruzione della città. Edifici, case, negozi. Tutto. Compresi i bidoni della spazzatura e i pali della luce. Un'organizzazione religiosa ha offerto al padre di Fakhri il Vaso centoventimila dollari in cambio dello sgombero del negozio. Volevano trasformare l'edificio in una stazione radio. Lui non ha accettato, ma da quel momento ha cominciato a trattare con arroganza gli abitanti del quartiere, dandosi arie da ricco. Il suo unico figlio ha ereditato quel comportamento prepotente. Finché un giorno nel negozio è entrato uno sconosciuto. Non ha detto nulla, ma ha scrutato negli occhi il padre di Fakhri il Vaso prima di presentarsi con due semplici parole: «Sono Preservativo». Il padre di Fakhri dice di aver sentito il suo corpo ribollire dentro. Ha immediatamente collegato tutto. Preservativo, il suo ex compagno di scuola, era lo stesso che sparava nella canzone. Il suo nome era scritto sul retro della cassetta. «Testi e musica: Wajdi Abu Rish. Spari: Preservativo». Tuttavia, prima che il padre di Fakhri avesse il tempo di dire alcunché, Preservativo ha spinto lentamente, con il dorso della mano, il vaso che il padre di Fakhri teneva sulla sua scrivania nel negozio, fino a farlo cadere a terra e mandarlo in frantumi. Il padre di Fakhri credeva che quel vaso gli portasse fortuna. Un piccolo pezzo di porcellana, ovale, che teneva sempre con sé. Anche quando andava a passeggio sul lungomare o a far visita a qualcuno, oppure a pescare. In macchina lo metteva sul cruscotto e in negozio sulla scrivania.

Così, quando abbiamo saputo che si era rotto in mille pezzi, la notizia ha colpito il rione come un fulmine a ciel sereno. Preservativo ha detto al padre di Fakhri: «Arrivederci», ma con un tono che significava: «La prossima volta che ti incontro, per te finirà molto male». Questo era successo più di due mesi prima. Poi però quell'uomo non si era più fatto vedere. Ma secondo il padre di Fakhri il Vaso, ciò si doveva solamente al fatto che non era ancora arrivato il suo turno: non c'era dubbio che Preservativo stesse regolando i conti con gli altri suoi compagni di classe.

Senza torcergli neppure un capello

Sono andato in fondo al negozio, dove il padre di Fakhri il Vaso teneva le uova, il formaggio e le verdure fresche in un enorme, vecchio frigorifero, e una volta lì ho iniziato a urlare con tutte le mie forze. Come se avessi visto uno sconosciuto. Il padre di Fakhri si è precipitato fuori dal locale. A quel punto Ferial ha preso il quaderno dei creditori e si è accovacciata sotto la scrivania come se fosse terrorizzata da una minaccia incombente. Doveva trovare la pagina, strapparla e gettare il taccuino sul pavimento come se fosse caduto in mezzo al trambusto. Io, però, ho continuato a urlare finché Morso non mi ha gridato di stare zitto e di uscire. Teneva Ferial per mano. Allora gli ho teso la mia e lui l'ha afferrata con l'altro pugno, ma senza stringerla. Il padre di Fakhri il Vaso e suo figlio adesso erano di fronte a noi, mentre alcuni residenti del quartiere erano davanti al negozio. Morso ha detto al padre di Fakhri il Vaso che stavamo rubando. Aveva colto in flagrante Ferial con le mani sul quaderno dei creditori. Adesso qualcuno doveva andare a chiamare nostro padre. Poco dopo lo abbiamo visto arrivare. Si capiva chiaramente che stava dormendo quando lo avevano informato dell'accaduto. Aveva gli occhi socchiusi e arrossati e camminava pesantemente. Di malumore, e senza accorgersi della presenza di Morso, ha detto: «Fa' di loro quello che ti pare, così imparano e non lo rifanno mai più».

«Eh no, amico», gli ha risposto Morso, disgustato. «Sarai tu a venire con me al dipartimento».

Mio padre ci ha detto in seguito che lungo il tragitto Morso non gli aveva mai rivolto la parola. Ma quando sono arrivati, si è voltato verso di lui e ha pronunciato un'unica frase: «Sarai punito per la tua vita». Lo hanno portato in un ufficio nell'ultimo corridoio del pianterreno, un piccolo locale che conduceva in un'altra stanza ancora più fredda e angusta. All'interno, un giovane sui vent'anni contemplava dalla finestra il giardino sul retro del palazzo, reggendo sul palmo disteso una teiera bollente, senza avvertire alcun dolore. Era il caporale. Mio padre ci ha poi raccontato che la vista del caporale che camminava con una teiera bollente sul palmo della mano lo ha pervaso di terrore. Morso lo ha fatto entrare nella stanza stretta e ha chiuso la porta. Poi si è messo a parlare con il caporale.

«Voglio che quest'uomo sia punito», ha detto.

«Cosa ha fatto?», gli ha chiesto il caporale.

Morso non ha menzionato il furto. «Non mi piace la sua vita», ha detto, e poi ha iniziato a raccontare la nostra storia. Quello che mio padre non sapeva era che la stava riferendo così come l'aveva letta nel fumetto del figlio di zia Selwa.

Il caporale ha detto a Morso che ormai non potevano più torturare le persone indiscriminatamente, come ai tempi degli scontri. Erano sotto il radar di quelle maledette organizzazioni internazionali. «Se mi dici che ha attaccato o vilipeso uno dei nostri simboli o slogan, non solo lo torturerò, ma punirò anche la sua famiglia, i parenti e tutti quelli che lo conoscono. Persino il barbiere che gli taglia i capelli».

Morso avrebbe potuto dire che avevamo strappato il manifesto, ma non l'ha fatto. Invece ha ribattuto che quando non trovavano nessuno da torturare per un po' se la prendevano proprio con lui. Peggio ancora, doveva pure fare il buffone mentre lo picchiavano. Ma ora pretendeva che evitassero quel genere di festini.

«No. Tu fai tutto questo perché i tuoi figli abbiano una vita tranquilla. Sai che nessuno oserebbe far loro del male finché sei con noi. È così che compensi la tua assenza. Per non parlare del fatto che ti sei unito a noi dopo aver fallito nel tentativo di diventare qualcos'altro».

«La vita non me ne ha dato l'opportunità... Mio padre...».

«Lo so, lo so», l'ha interrotto il caporale. «Ma hai mentito, e avremmo potuto considerare la cosa una presa in giro nei nostri confronti. O anche peggio. È come se stessi dicendo che siamo feccia. L'ultima spiaggia per chi nella vita ha fallito».

«Davvero credi che penso una cosa del genere? Io...».

«Ai tempi però non ti abbiamo punito, anche se eri in debito con noi. Di' un po': il tizio che hai appena portato. Se adesso uscisse e si mettesse a prenderci in giro, tu lo lasceresti fare?».

«No».

«E allora, fai conto di esserti beccato uno schiaffo o un calcio ogni tanto per pagare il tuo debito con noi. E in comode rate. Come in banca, dove al cliente vengono pagati gli interessi, con la differenza che noi ti vogliamo bene. Ti consideriamo uno di noi. Sappiamo anche che hai portato qui quest'uomo solo per usufruire di un congedo. Solo che quando ti diamo il permesso tu invece di andare a trovare la famiglia vai dalla tua amante...

Dai, non prendertela. Sto scherzando. Cerco solo di dire che conosciamo molto bene la tua vita e capiamo le tue motivazioni. Su, lascia perdere... Puniremo quell'uomo a modo nostro. E senza torcergli neppure un capello».

Mutande

Quando mio padre è tornato a casa, a piedi, era in mutande. Non sembrava imbarazzato quanto piuttosto preoccupato per me e Ferial. Ci ha raccontato quello che gli avevano fatto nel dipartimento. Quasi ironicamente, visto che la cosa riguardava una versione precedente di se stesso che non esisteva più. Non l'hanno toccato, ha detto. Gli hanno solo fatto togliere i vestiti, tranne le mutande e le scarpe. Poi gli hanno dato un pettine e del gel per sistemarsi i capelli e lo hanno liberato lasciandolo andare verso la sua nuova vita. «Va' e ricomincia da zero», gli hanno detto.

Da quel giorno ha iniziato a trattarci in modo diverso. Per ordine dei servizi segreti, è diventato affettuoso e ha cominciato a occuparsi di noi. Mostrava interesse. Era gentile con nostra madre. Faceva domande. Le nostre giornate, la scuola, i nostri sogni. «Avete mangiato i panini che ho preparato stamattina?», «Vi siete comportati bene, oggi?», «Avete lavato le mani?», «Andate a dormire presto!». Sembrava un'altra persona. Anche la sua voce era cambiata. Aveva una voce che non avevamo mai sentito prima, e per giorni, ogni volta che parlava, per un attimo abbiamo pensato che in casa ci fosse un estraneo. E ci voltavamo con un certo nervosismo. Poi, nel suo giorno libero, la domenica, puliva tutta casa: ogni mobile, angolo, elettrodomestico e cassetto, partendo dallo stipite della porta fino alle finestre, usando uno straccio e un piccolo spruzzino d'acqua. Come se quella sera fosse la vigilia di Capodanno. Con la differenza che non faceva nessuna festa, e la sera, come tutte le sere, andava al dipartimento a raccontare quello che era successo fino a quell'ora. Se a quelli del dipartimento la nostra vita di quel giorno piaceva, lo lasciavano stare. In caso contrario, lo rimproveravano e lo obbligavano a prendere appunti correttivi su carta il giorno dopo. Gli dicevano: «Se anche dovessimo apparirti in sogno chiedendoti di fare qualcosa, tu devi alzarti e farlo». Avevano fatto delle nostre vite il loro passatempo.

Ormai avevano il pieno controllo del paese intero, dall'esercito ai venditori ambulanti di lupini. I combattenti delle milizie di tutti i partiti cominciavano a scomparire con le loro armi in modo sospetto. In giro si diceva che i servizi di intelligence li spedissero, in seguito ad accordi segreti, a combattere in altri paesi. Così mio padre non osava nemmeno più andare in bagno a urinare di notte, per paura di disturbarci. Sarebbe stato sufficiente che uno di noi – io, Ferial, mamma, lo zio –, che uno qualsiasi si lamentasse di lui con Morso per rovinarlo. Questo è ciò che è trapelato nel quartiere e che abbiamo sentito dire da Fakhri il Vaso mentre vendeva pupazzi con Ferial.

Qualche giorno dopo che mio padre era stato portato al dipartimento dei servizi segreti, Sirin è andata via da casa di mio zio. Non sappiamo perché. Forse perché mio padre era diventato premuroso con noi e con la mamma. O forse, come ha detto, l'amore di mio padre per lei ha ispirato il suo cuore e risvegliato vecchi ricordi del primo amore della sua vita, che aveva conosciuto prima di mio padre, e così è andata a cercarlo. Sentivamo che mio zio ne era rattristato, ma non lo ammetteva. Diceva di essere triste ma senza saper spiegare il perché. Tutto questo ha raddoppiato l'interesse di mio padre per noi. Forse voleva dimostrare a Sirin, anche se non sapeva dove fosse, che lui era un buon padre. Poi abbiamo sentito mia madre dirgli che le sue attenzioni nei nostri confronti, eccessive e insolite, ci esaurivano più di quanto fossimo già esausti. Doveva smetterla, perché era una cosa superficiale. E come ogni cosa priva di profondità, era destinata a svanire.

Il problema di mio padre era il fatto di non essere mai stato pronto ad accettare che fossimo la sua famiglia. Così lui è andato al dipartimento a raccontare quello che gli aveva detto mia madre. E loro hanno considerato la sua ribellione nei confronti di papà come una sfida alla loro autorità. Li hanno fatti dormire nei loro uffici e hanno costretto mio padre a scoparsela con la forza in una stanza a parte, mentre loro bevevano il tè e ridevano sentendola opporre resistenza e gemere. Da quel giorno mia madre è stata obbligata a condividere il letto con lui.

3
L'angelo di riso al latte

La mia voce nella testa di mio padre

Io e Ferial siamo come la mamma e, senza metterci d'accordo con lei, abbiamo cominciato a evitare nostro padre. Per via di quel suo comportamento affettuoso, avevamo la sensazione che fosse un estraneo, una persona che non conoscevamo. Soprattutto dopo che ha iniziato a dirmi ogni volta che mi vedeva: «Ora riesco a sentire nella testa tutto quello che ti dici tra te e te». Ma io non ne ero sicuro. Fin da piccolo, infatti, mi sono sempre distinto dagli altri bambini per il fatto che non parlavo, ma se avevi il benché minimo legame con me, avresti potuto leggermi nel pensiero. Tutti ci riuscivano. Mamma, Ferial, mio zio, i bambini del quartiere, i compagni di scuola, i vicini, il padre di Fakhri il Vaso, zia Selwa e suo figlio. Persino quando mia madre mi portava a comprare vestiti o articoli di cancelleria, i negozianti sentivano quello che dicevo tra me e me. Mio padre era l'unico a non sentire la mia voce nella testa. E questo gli ha sempre provocato imbarazzo, fino al giorno dell'incidente in cui ha colpito mio zio con il giocattolo di legno. Quando, in seguito a quell'episodio, hanno litigato, lui ha detto a mamma che la mia nascita doveva essere un segno divino che gli indicava di smetterla di provare ad avvicinarsi a lei, e di tornare al suo amore di un tempo. Sirin.

Ferial era preoccupata all'idea che nostro padre riuscisse a sentire la mia voce nella sua testa. Ha detto che potevamo sincerarcene: «Chiedigli di fare qualcosa, chiediglielo nella tua testa. Se lo fa, significa che può davvero sentire la tua voce».

Ho chiesto a mio padre di trovare il gatto Sultan e di lasciarlo davanti alla nostra scuola, morto. Sultan apparteneva a un ragazzino della sezione B di nome Luce, che lo aveva vinto quando era un cucciolo in una competizione televisiva come parte di un progetto per instillare compassione ed empatia negli animi dei bambini del dopoguerra. Viveva con la sua famiglia in un condominio vicino. Per un po' abbiamo giocato insieme per strada o nel parcheggio del palazzo. Quando eravamo soli era gentile, ma se qualche altro bambino si univa a noi, o se arrivava qualcuno della sua famiglia, come sua madre, per esempio, diventava maleducato e antipatico, e non smetteva di molestarmi e di farmi del male. A causa sua, giocare con chiunque non era più divertente, quindi ho cominciato a rimanere a casa. E a passare più tempo con Ferial. Di conseguenza, il rapporto di mia sorella con la sua unica amica si è indebolito fino a interrompersi del tutto. Ma per quanto frustrati, siamo diventati più intimi. Da allora non avevo mai pensato di vendicarmi di Luce, neppure quando è apparso Preservativo per vendicarsi del padre di Fakhri il Vaso per lo stesso motivo.

Qualche giorno prima Sultan era scappato. Mentre la famiglia era seduta in terrazza al terzo piano e il padre di Luce stava giocando alla lotta con suo figlio, Sultan è saltato in strada e da allora non si è più visto. In ogni caso non è riuscito a insegnare a Luce l'amore. La sua fuga non solo ha spezzato il cuore del ragazzo, ma lo ha anche offeso. A scuola gli abbiamo sentito dire che, se Sultan fosse riapparso, lui lo avrebbe ucciso. Ma il suo migliore amico gli ha risposto: «Scommetto che non lo faresti, anzi, se lo vedessi morto crolleresti».

Quando ho chiesto a mio padre di portare il gatto morto, lui non ha detto una parola, ma un sorriso sospetto è apparso sul suo volto. Non mi ha chiesto perché. Era determinato a fare qualsiasi cosa per compiacere me e Ferial. In attesa che tornasse con il gatto, continuavo a dire a Luce, ogni volta che a scuola faceva il prepotente con me, che l'indomani avrebbe trovato Sultan morto davanti al portone. Finché non è successo davvero. E anche in modo peggiore di quanto immaginassimo.

Stavamo uscendo da scuola a fine giornata, come escono tutti gli alunni, quasi stessimo scappando, in mezzo a un gran baccano, quando all'improvviso davanti al portone Luce si è tolto lo zaino dalle spalle e ha iniziato a tastarlo, poi lo ha aperto e ci ha trovato dentro il corpo esanime di Sultan. Come sia riuscito mio padre a mettere Sultan nello zaino di Luce, nessuno lo sa. Ma quella scena ha lasciato gli alunni sbalorditi. Non era mai successo che qualcuno avesse paura di un gatto morto come in quel momento. Il ragazzino si è messo a rigirare tra le mani il suo gatto, controllandogli la bocca, il naso, le orecchie e infine le zampe. Ma non c'erano tracce di sangue. Allora l'ha portato all'obitorio. Suo padre lavorava in una ditta di import-export. Il rapporto dell'autopsia affermava che Sultan molto probabilmente era morto per cause naturali, anche se non era in grado di individuarne una con certezza. Nessuna frattura alle zampe, organi interni intatti, nessuna emorragia, nessuna traccia neppure di un litigio con un altro gatto.

L'operazione del gatto morto è stato l'ultimo tentativo di mio padre di interessarsi a noi facendo qualcosa. Ferial si era molto spaventata per quel suo gesto, ma alla fine ha concluso che la cosa migliore da dire era che non gli avevo chiesto di uccidere il gatto, e questo stava a indicare che mio padre non riusciva a sentire nella sua testa quello che dicevo tra me e me. Quando glielo abbiamo detto, ci è rimasto male. Si è anche infastidito. Ma non ha osato obiettare. Il personale dell'ufficio, infatti, per noia, o forse per mantenere la sicurezza dopo la sospetta scomparsa di membri delle milizie e l'arrivo di una commissione d'inchiesta al riguardo, ha iniziato a picchiare Morso sempre più spesso. Ma più lo maltrattavano, più spazio gli davano per sfogare la sua rabbia su mio padre, come indennizzo.

Tutto ciò ha reso mio padre una persona imprevedibile. Ferial e io continuavamo a evitarlo. In realtà speravamo che reagisse a Morso. In qualunque modo. Anche con la mossa per bloccare il collo che ogni persona al mondo ha fatto almeno una volta nella vita. Per dargli un indizio gli abbiamo messo nella tasca della giacca il pupazzo del supereroe zingaro con cui aveva colpito mio zio. Ci siamo detti che magari avrebbe potuto prenderlo, mentre Morso lo picchiava, e sbatterglielo in testa. A quel punto sarebbe uscito dalle nostre vite diventando un eroe agli occhi delle persone che ritenevano l'improvvisa scomparsa dei miliziani, pur non avendoli mai sopportati nemmeno per un attimo, un fatto sospetto. Sarebbe stato un accordo vantaggioso per tutti. Ma niente di tutto questo è successo.

Piuttosto, abbiamo iniziato a vedere nostro padre che ci seguiva per strada. Era rimasto a lavorare nella fabbrica del Super Incredibile e a conservare le bottiglie che non riusciva a vendere nell'appartamento vuoto di mio zio dopo che Sirin se n'era andata via. O forse lo faceva solo nella speranza di entrare in quella casa e ritrovarla lì. Le vendite del detergente erano aumentate rispetto a prima. Perché i proprietari della fabbrica avevano inventato un nuovo modo di fare pubblicità: il rappresentante indossava un costume da Superman, solo che il logo sul petto era una bottiglia di detergente. E così all'uscita da scuola ci voltavamo a guardare indietro per un attimo, solo per scoprire che Super Incredibile ci stava seguendo a qualche metro di distanza con un'espressione estremamente ansiosa – una sorta di panico, come se stesse per succederci qualcosa di brutto. Poiché lo evitavamo, mio padre aveva bisogno di mostrare interesse per noi in qualche modo, per poter avere qualcosa da dire, la sera, all'ufficio dei servizi segreti.

«Dunque è questo che stai facendo adesso?».

«Sì», ha risposto mio padre.

«Li segui?».

«Sì, da scuola a casa».

«Bene! Continua così. Ora però chiudi gli occhi e aspetta qui», gli ha detto il caporale assumendo un tono di voce irritato. Mio padre ha notato che non teneva nel palmo della mano una teiera bollente come le altre volte. Forse proprio per questo era arrabbiato. Nella stanza non c'era traccia della teiera. Ha pensato di dire al caporale: «Se vuole una teiera, posso andare a prenderne una». Morso non c'era, e in sua assenza mio padre si sentiva un po' a disagio, anche se in quell'ufficio era sempre lui a maltrattarlo. Gli è venuto in mente di lasciare il posto con il pretesto di portare al caporale una teiera di tè bollente, finché Morso non fosse tornato.

Ma era solo un'idea, perché mio padre non osava aprire bocca e, anzi, se ne stava seduto sui gradini fuori dall'ufficio, in attesa.

Così, ha sentito alcuni agenti parlare delle proprie vite private. Le loro famiglie, i nuovi posti di lavoro e quel che avrebbero fatto. Ha anche sentito parlare della commissione d'inchiesta. Chiacchieravano e intanto raschiavano i muri con delle spatole, dicendo che era necessario non lasciare tracce dietro di sé. Avevano ricevuto l'ordine di andare via. Tutti se ne sarebbero andati, compreso Morso. Al loro posto sarebbe arrivata un'altra squadra di intelligence. Poi uno di loro ha detto scherzando: «Morso è l'unico che lascerà un suo alter ego in questa città». E ha aggiunto che il bastardo prendeva il congedo per andare dalla sua amante invece che dalla moglie e dai figli. «Ma ce lo ricorderemo, quel poco di buono. È vissuto in mezzo a noi senza aver mai provato affetto nei nostri confronti, e ora ci vuole offrire la cena. Tutto questo per indurci a fare da tramite perché diventi il custode del nuovo dipartimento di intelligence». Quando è tornato, Morso aveva con sé tre sacchetti con pollo arrosto, salsa all'aglio e sottaceti, e sembrava preoccupato. Dopo essere passato da mio padre senza parlargli, uno di quegli uomini gli ha detto: «Stavamo giusto parlando di te. Dicevamo che di solito la gente lascia una foto, una scritta, un qualche ricordo. Tu invece lascerai in città un tuo alter ego... un prototipo». E sono scoppiati a ridere.

Morso si è fermato, interdetto. O forse stava solo fingendo di esserlo. «Non capisco. Che vuol dire?».

«Lo sai... è stato divertente. Da quando lo abbiamo rimandato a casa in mutande...», gli ha detto l'agente, indicando mio padre.

Poi un altro ha aggiunto: «Ti sfido a cominciare a picchiarlo adesso, e non appena ti chiederà di smetterla, tu non riuscirai ad andare avanti, perché lui è il tuo alter ego».

Era vero. Mio padre ha scoperto che poteva impedire a Morso di fargli del male semplicemente dicendo: «Smettila!». Una cosa così semplice e sciocca... Ha detto che Morso si era reso conto del fatto che maltrattare mio padre era una trappola tesa per lui dai suoi colleghi. Ha capito che volevano umiliarlo facendogli punire un suo alter ego. Mio padre si è accorto che quello che dicevano era vero. Quando lo hanno rispedito a casa in mutande, stavano punendo Morso, non lui.

Rievocazioni

A casa siamo convinti che questo sia ciò che ha portato alla scomparsa di mio zio. Io e Ferial stavamo raccogliendo poster per strada quando l'ho visto. Stava viaggiando su un furgone blindato, uno di quelli in cui trasportano soldi o forse carne, e c'era traffico. Ha sporto la testa dal finestrino e ha appoggiato un attimo la mano sulla grata. E poi ha sorriso. Non era felice. Né triste. Ha sorriso come si sorride quando non si è in grado di esprimersi, poi il furgone si è allontanato.

Ferial stava leggendo un manifesto del figlio di zia Selwa in cui io e lei comparivamo insieme a lui, mentre ci diceva che quello sarebbe stato l'ultimo poster, dopodiché avrebbe aspettato che gli raccontassimo il resto della nostra storia per completare il suo progetto. Non le ho detto niente. Forse perché stava ridendo, gongolando per il figlio di zia Selwa. O forse perché la vista di mio zio mi aveva spaventato. Da allora non sono più entrato nella cucina di casa nostra. C'è un lucernario, lì, che sembra il finestrino di un furgone portavalori. A volte immagino la testa di mio zio che fa capolino da dietro la grata. Poi hanno cominciato a dire che trentuno persone, tra i civili, erano scomparse. Loro, a differenza dei membri delle milizie, non hanno mai imbracciato armi. Come mio zio. Abbiamo inviato la sua foto al giornale e alla commissione d'inchiesta. Io, mamma e Ferial siamo andati a incontrarli. Poi è arrivato anche mio padre e si è unito a noi. Ha raccontato tutto. Dal suo ritorno a casa in mutande ai maltrattamenti di Morso, fino alle sue ultime visite all'ufficio dei servizi segreti, prima che facessero le valigie e se ne andassero.

Così ho sentito la storia completa. I membri della commissione erano tre. Uno di loro, il più importante, mentre mio padre parlava spostava continuamente gli occhi da lui a mamma. Ogni tanto scriveva una o due parole. Mio padre si esprimeva in maniera concitata, come se fosse stato lui stesso Morso. Tra una frase e l'altra digrignava i denti. Una cosa che non gli avevamo mai visto fare prima. Tutto questo nella più completa indifferenza da parte di mamma, che non avrebbe battuto ciglio neppure se in quel momento lo avesse colpito un infarto. Da quando era stata costretta a dormire con lui per ordine dei servizi segreti, non gli rivolgeva più la parola. E non solo: da quel giorno, non l'ha più guardato in faccia. Anche mentre erano a letto. Ha detto proprio così. Prendeva delle pillole, un antidolorifico. A base di oppio. E mio padre le parlava mentre faceva sesso con lei come se ci andasse d'accordo, ma lei non riusciva a capire cosa dicesse a causa della medicina.

La mattina, prima di andare a scuola, Ferial si incaricava di raccontarle quello che aveva sentito. Mi ha detto che Morso non ha più fatto del male a nostro padre dopo la sua ultima visita al dipartimento, ma ha iniziato a fare molte domande sullo zio, e che la cosa ha fatto preoccupare nostra madre, che ha cominciato a portare con sé lo zio ogni mattina quando andava al lavoro. Lo lasciava al portiere del palazzo accanto al suo posto di lavoro fino alle tre meno un quarto. Pagava a ore. È stato davanti a quell'edificio che di lui si è persa ogni traccia. Quel giorno mamma ha tardato quarantacinque minuti in più al lavoro, perciò il portiere ha portato mio zio fuori di casa, dicendogli che poteva aspettare sua sorella nell'androne del palazzo. Altrimenti avrebbe dovuto conteggiarle un'ora in più, cosa che non voleva fare. Mio padre ha detto che anche lui era preoccupato, tanto che aveva persino pensato di trovare a mio zio un impiego insieme a lui come rappresentante per la fabbrica di detersivi. Ma non era possibile, perché dopo la scuola doveva prendersi cura di noi. La commissione ha chiesto se fosse vero. Ferial ha raccontato che dopo la scuola mio padre appariva all'improvviso con il costume da Super Incredibile e ci seguiva di nascosto con fare sospetto, così camminavamo senza meta per ore, senza far altro che raccogliere cartacce da terra, finché non si stufava di pedinarci e se ne andava.

«Quando è iniziato tutto?», ha chiesto il capo della commissione.

Mio padre ha detto che Morso, dopo la sua ultima visita al dipartimento, era ossessionato dal dubbio, voleva sapere se lui e mio padre si somigliassero davvero. E mio padre non poteva dare una risposta, perché se avesse detto di sì, Morso se la sarebbe presa; mentre invece se avesse detto di no, quelli dei servizi segreti se la sarebbero presa. Perciò diceva: «Non lo so». Morso ripeteva che qualcosa doveva succedere, «per cambiare radicalmente la tua personalità e metterci agli antipodi l'uno dell'altro». Ma mio padre non prendeva sul serio le sue parole, perché Morso e tutto il personale dell'ufficio si sarebbero presto trasferiti altrove. Una volta, volendo distogliere Morso dall'argomento della loro somiglianza per parlare di qualcos'altro, ha tirato fuori dalla tasca il giocattolo di legno, dicendo che ultimamente aveva cominciato a trovarlo nella tasca della giacca, e che doveva avercelo messo mio zio per dirgli di finire il lavoro. Sentiva le parole di mio zio: «Finisci quello che hai cominciato... Un solo colpo in più e avresti potuto liberarmi definitivamente dalle mie sofferenze. Farmi perdere del tutto la ragione sarebbe stato più misericordioso». E se in quel momento Morso gli chiedeva se volesse ancora bene a mio zio, mio padre diceva che gliene voleva come sempre, perché era il suo migliore amico. È vero che non provava rimorso per ciò che gli aveva causato, ma se adesso gli fosse successo qualcosa di brutto, lui non se lo sarebbe mai perdonato.

Da quel giorno, Morso ha cominciato a chiedere di mio zio. Finché il povero zio non è scomparso e, pochi giorni dopo, i membri del dipartimento, compreso Morso, se ne sono andati. Il capo della commissione ha detto che ci avrebbe mostrato un videoclip. Voleva che lo commentassimo. Durava meno di dieci secondi. C'era mio zio, imbracciava un'arma, aveva indosso un'uniforme militare a tinta unita, l'aria confusa mentre puntava il fucile contro una famiglia davanti a una casa. E così ci ha confermato che mio zio era stato spedito come mercenario in un'altra guerra, e che faceva parte di un gruppo che non era addestrato a combattere e molto probabilmente era stato inviato per far dispetto alla missione inquinando le indagini.

A casa, Ferial mi ha detto che la malvagità dei servizi segreti, il rancore di Morso e l'egoismo di nostro padre avevano ucciso lo zio.

Pochi giorni dopo il nostro incontro, il capo della commissione si è dimesso e un'altra persona ha preso il suo posto. All'aeroporto, ha detto che stava tornando al suo vecchio lavoro di docente di scuola, perché non avrebbe mai immaginato che la scomparsa dei combattenti delle milizie da una città potesse provocare una condizione di trauma, smarrimento e instabilità tra i cittadini, che si comportavano in modo aggressivo, come se avessero perso il loro centro di gravità.

Giardino

Dopo tutto questo, io e Ferial non sapevamo come tirare avanti. «Ricominciamo a fare pupazzi», le ho detto tra me e me. Era l'ultima cosa che ci era piaciuta. Lei ha accettato perché non sembrava esserci nient'altro che sapessimo fare bene. «Ma d'ora in poi non pregheremo nessuno di comprarli. Sono stufa. E tu ti eserciterai a creare pupazzi che non solo ti somigliano, ma che suscitino in chi li guarda anche un certo tipo di sentimento. Gioia, nostalgia, speranza, ma anche mistero e perdita. Poi li esporremo davanti al Children's Cancer Center». Avevamo bisogno di soldi, perché mio padre alla fine avrebbe scoperto di non avere altra scelta che venderci a mia madre e uscire dalle nostre vite. E noi dovevamo essere pronti a concludere la trattativa.

E così, quando abbiamo visto che nostro padre ci stava alle calcagna, io e Ferial siamo andati in direzioni diverse, in modo che lui dovesse scegliere chi di noi seguire, mentre l'altro sarebbe andato a raccogliere manifesti. Tra questi c'era un'immagine di mio zio presa da quel videoclip, con la frase: È STATA UNA SUA SCELTA?, così come i poster con i fumetti del figlio di zia Selwa, che parlavano di noi. Dato che avevamo smesso di andare al negozio di sua madre, disegnava le sue previsioni di quello che ci sarebbe successo. Cose violente e da incubo. Fino a quando Ferial non è tornata a casa dicendo che non voleva più vendere i pupazzi davanti all'ospedale, ma senza dare una spiegazione chiara.

Ogni volta che affrontavo l'argomento, si agitava e diceva che venderli in aeroporto era più facile. I membri della commissione, infatti, viaggiavano due volte al mese, un tempo sufficiente per realizzare un nuovo quantitativo di pupazzi. Mio padre tornava dal lavoro due o tre ore prima di mia madre, che viaggiava in minibus, rimaneva bloccata nel traffico e arrivava a casa esausta. O almeno così diceva. Finché non l'ho vista, una volta, nel giardino del Children's Cancer Center. Ero andato per curiosità, per scoprire perché Ferial avesse cambiato idea. E anche perché non mi piaceva che andasse all'aeroporto, a volte portando con sé Fakhri il Vaso o altri bambini con cui non eravamo amici. Il giardino dell'ospedale pediatrico era l'unico posto in cui la gente poteva rilassarsi un po'. L'aria della Corniche era polverosa a causa delle demolizioni e ricostruzioni del centro città. Così la gente andava a sedersi nel giardino dell'ospedale per calmare i nervi, mentre i pazienti guardavano dalle finestre.

All'inizio non ho notato mia madre. Ad attirare la mia attenzione è stato un manifesto di un'agenzia di viaggi che proponeva offerte speciali per le famiglie: «Cinque giorni in una grotta nella Valle della Camomilla per rinnovare la vostra vita coniugale». L'annuncio mi ha infastidito, e così ho allungato la mano e l'ho staccato dal muro. E in quel momento l'ho vista. Era seduta poco distante su una panca di legno, e dietro di lei c'era una fontana non funzionante. Le mani abbandonate sulla borsa che teneva in grembo. Guardava per aria. E di tanto in tanto contava sulle dita con un filo di voce, senza sollevare le mani dal loro posto, e poi taceva. Non era vero che ritardava a causa del traffico, lo faceva per evitare il più possibile di stare in casa con mio padre. E Ferial lo sapeva. Per la prima volta ci ho litigato e siamo arrivati alle mani. Quando ci siamo calmati, lei ha detto che doveva esserci un modo per far andare nostro padre in quella guerra a riprendere lo zio. Questo sarebbe piaciuto anche ai servizi segreti.

«Sì ma come?», ho chiesto.

«Non lo so. Pensa a qualcosa. Perché devo sempre risolvere tutto io?».

Ingenuo come tutti i bambini, ho pensato soltanto a portare il resto della storia della nostra vita al figlio di zia Selwa, a condizione che facesse un disegno in grado di spingere i servizi segreti a mandare mio padre in guerra e riportare indietro mio zio. Forse era impossibile, ma non riuscivo a pensare ad altro. Quando sono arrivato nel negozio di zia Selwa, la sua bicicletta era parcheggiata sul marciapiede e lei era in piedi lì accanto. Era molto felice di vedermi. Mi sono ricordato di quando ci aveva detto che suo figlio disegnava la vita di altre persone come terapia, per non pensare a se stesso. I dottori gli avevano detto che avrebbe perso la testa se avesse continuato a concentrarsi su di sé. Sono salito in bicicletta per poi sfrecciare verso casa sua a tutta velocità, poiché ogni volta che andavo a trovarlo dovevo essere terrorizzato. Lungo il tragitto, mi sono trovato a passare dalla discesa di casa nostra.

Mi sono fermato in cima alla discesa, ho preso un bel respiro e mi sono messo a pedalare con tutte le mie forze, in modo da uscirne abbastanza spaventato da convincere il figlio di zia Selwa ad accettare la mia richiesta. Poi sono finito in fondo alla discesa, davanti al negozio del padre di Fakhri il Vaso, oltrepassando il nastro segnaletico e una squadra di artificieri dell'esercito i cui membri si muovevano in contemporanea, e scivolando con la bicicletta sotto la Volvo Station Wagon che il padre di Fakhri usava per trasportare la verdura ogni mattina. Preservativo aveva riempito di esplosivo l'auto per compiere la sua vendetta, come promesso al suo ex compagno di classe. E così, in un batter d'occhio, mi sono ritrovato incastrato tra il telaio della macchina e la bicicletta di zia Selwa. Le gambe schiacciate, ma senza dolore, e accanto a me un angelo di riso al latte, che ho cominciato a mangiare borbottando.

La foto di mio padre, che avevo intenzione di portare al figlio di zia Selwa, mi era caduta dalla tasca. E questa era la cosa che mi preoccupava di più. E se mia madre avesse pensato che tenevo sempre con me una sua foto e che non le volevo bene? Per non spezzarle il cuore, ho allungato la mano per afferrare la foto e nasconderla. E ho visto mio padre che mi guardava, disteso a terra. Era accanto alla macchina, con indosso il costume da Super Incredibile, e tendeva un braccio verso di me per farmi uscire da lì. Gli ho preso la mano e l'ho stretta forte. Ha provato a tirarmi fuori, ma non ci è riuscito. Ero incastrato. Mentre i militari gli gridavano di andarsene, e che l'auto era carica di esplosivo, ha cercato di sfuggire alla mia presa. Ci ha provato più che poteva, ma invano. A ogni morso, l'angelo di riso al latte mi rendeva sempre più forte.

Un furgone

«Cosa aspetti? Sali!», mi ha detto l'autista spegnendo la sigaretta con un movimento circolare del piede che denotava una certa crudeltà. Questo perché ero fermo davanti al furgone con il sacchetto pieno di fazzolettini, che porto sempre con me per paura di cominciare a starnutire se qualcuno dovesse rivolgermi la parola. Quando il conducente ha parlato, ho capito perché tutti i passeggeri mi stessero guardando. Ho anche capito che la sedia pieghevole, che continuavo a fissare mentre me ne stavo lì impalato, non era rotta come pensavo. E che la mia preoccupazione in quel momento era dovuta, a quanto pareva, all'incertezza sul fatto che quella sedia funzionasse o meno. Avrei potuto chiedere a uno dei passeggeri: «Questa sedia funziona?», ma ho preferito non farlo. Ho aperto la sedia con la mano con cui non tenevo il sacchetto di fazzolettini e mi ci sono seduto sopra. Mentre mi sedevo, però, ho immaginato che i miei lineamenti lasciassero trasparire che ero sconvolto, come se mi fossi appena seduto su una sedia elettrica, e che i passeggeri mi stessero fissando non per esortarmi a salire sul furgone, bensì perché mi vedevano impaurito.

Quando l'autista ha chiuso la porta scorrevole, l'incarto di una barretta di cioccolato, che era rimasto attaccato al bordo della portiera, è caduto a terra. Ho avuto la sensazione che la carta non fosse completamente priva di cioccolato quando era stata gettata, e che doveva esser caduta di mano a un bambino che era seduto accanto a sua madre e non ha osato chiedere aiuto per paura del padre, anche se in quel momento lui stava sonnecchiando accanto a loro, e che il bambino, il padre e la madre stessero tornando dall'ospedale. Ma la mia sensazione si fermava lì, quindi non potevo sapere, per esempio, che tipo di malattia avesse il bambino, e altri dettagli, del tipo se suo padre gli avesse comprato la cioccolata prima che venisse dimesso dall'ospedale o mentre camminavano per strada come una famiglia felice. Non so quanto tempo sia passato mentre pensavo alla carta del cioccolatino, tanto che non mi sono accorto che il furgone era ancora fermo, e che non si era mai mosso nonostante fosse pieno di passeggeri, e che l'autista, sebbene avesse calpestato la sigaretta davanti a me, ora era seduto al volante e ne aveva un'altra in bocca. E mi sono reso conto che quella che aveva calpestato di fatto non era la sua, ma una sigaretta che un passante aveva gettato per terra vicino a me, e il conducente forse l'aveva spenta perché non incendiasse il mio sacchetto pieno di fazzolettini. Così in quel momento mi sono ritrovato a dirgli: «Grazie» con una voce che hanno sentito tutti i passeggeri, oltre all'autista che non ha affatto badato a me ed è rimasto seduto nella stessa posizione, fumando, immerso in profonde riflessioni. Ho notato che nessuno dei passeggeri aveva nulla da ridire, quindi sembrava normale, e socialmente accettabile, che un furgone affollato rimanesse fermo fino a quando l'autista non avesse finito la sua sigaretta. E, quando l'ha finita, ha gettato la cicca per terra, ha aperto la portiera, è sceso dall'auto e l'ha calpestata con lo stesso movimento circolare, ma questa volta con tenerezza. Quando è tornato su, il conducente del furgone che sarebbe dovuto partire dopo di lui si è avvicinato e gli ha sbattuto la portiera in faccia senza dire una parola, e a quel punto il nostro autista si è mosso con un atteggiamento remissivo.

Quando il furgone aveva percorso dieci metri o poco più, lungo la strada ho notato un asino legato con una catena a uno degli enormi pilastri del ponte. Dal luccichio negli occhi dell'animale, ho immaginato che il furgone stesse camminando sottosopra. L'asino era circondato da zanzare che gli volteggiavano intorno e lo pungevano in tutto il corpo. E ho sentito che non era infastidito dalle zanzare solo perché confidava sul fatto che i rigonfiamenti lasciati dalle punture avrebbero ingigantito il suo corpo e che un giorno, al suo risveglio, si sarebbe ritrovato a essere un asino gigante, con zoccoli giganti e passi da gigante, e anche un dolore gigantesco. E allora non avrebbe esitato a trascinare il ponte con tutte le macchine che c'erano sopra e mettersi in cammino. Questa idea ha fatto nascere in me la sensazione che il furgone stesso fosse la scena di un musical, e allo stesso tempo mi è venuta in mente l'immagine di quell'asino, ora gigantesco, innocente e strappato, con enormi pezzi di gommapiuma che gli cadevano di dosso lungo la strada, senza che questo significasse alcunché. Mi sembrava che ciò a cui ero esposto fosse intollerabile, tanto più che il furgone adesso era fermo a un semaforo e noi eravamo in prima fila.

Quando mi sono girato verso il finestrino per fare in modo che la scena più vicina mi facesse dimenticare l'asino, nell'auto ferma accanto a noi c'era una bambina piccola che teneva in mano un sacchetto con dentro un pesce. E la bambina mi guardava, impietrita, come se, fissandomi, volesse per un momento non pensare al pesce che sembrava essere un tale fardello per la sua piccola vita. Mi sono sentito irritato. Ho provato a farle un cenno che significasse esattamente «*psss, psss*», ma non sapevo come fare, dato che non avevo mai pensato prima di allora a un gesto della mano che significasse «*psss, psss*». Ma, siccome avevo già cominciato ad alzare la mano, ho continuato a sollevarla e ho fatto qualche movimento. Un movimento così casuale da catturare la mia attenzione, e così ho preso a osservarlo con stupore invece di continuare a guardare la bambina. Quando mi sono voltato di nuovo verso di lei, ho visto che non mi stava più fissando e che aveva la testa china sul sacchetto e lo aveva slacciato. Proprio in quel momento, mentre iniziava ad aprirlo, sua madre ha accelerato per ripartire e il sacchetto le è caduto. L'acqua si è riversata fuori insieme al pesce. Mi sono ritrovato a provare rabbia. Questo perché, se la bimba avesse lasciato cadere il pesce e il sacchetto prima che l'auto partisse, io avrei potuto imparare qualcosa di più reale su me stesso, avrei potuto imparare se la mia natura in tali situazioni tende più verso la bambina o verso il pesce. Ma ho subito superato la cosa, pensando che non potevo essere davvero sicuro che dentro il sacchetto ci fosse un pesce giallo o piuttosto un sottile ramoscello verde di un albero, o forse una piuma di gallina bianca. Tuttavia, non riuscivo a trattenere la voglia di scendere dal furgone e pizzicare la bimbetta su entrambe le mani, anzi, sentivo che lei stessa non desiderava essere pizzicata alle mani da nessun'altro che me. E a quanto pareva era una voglia così travolgente che non mi sono neppure accorto che l'auto su cui viaggiava la bambina non era più vicina a noi. Così ho aperto la portiera del furgone, che ora sfrecciava veloce al centro dell'autostrada. Il passeggero davanti a me ha afferrato lo sportello e l'ha sbattuto energicamente, confermando così l'impressione che mi aveva dato, quella cioè di una persona molto agile e dai riflessi pronti. Ma ho avuto la sensazione che lo avesse fatto solo per dirmi che quel giorno aveva una grande fiducia nella felicità e non voleva che nulla la rovinasse.

Gli altri passeggeri mi stavano fissando perché avevo cercato di aprire la portiera, e l'autista mi ha chiesto: «Vuoi scendere qui?». Non gli ho risposto. Il fatto che non mi sia messo a litigare con il passeggero davanti a me era sufficiente per far capire a tutti che non c'era motivo di farmi quella domanda. Ma l'autista ha comunque fermato il furgone sul ciglio della strada. E visto che si era fermato, ho pensato di dover scendere. Ed è quello che ho fatto. Invece di mettere la mano in tasca e prendere i soldi per pagare la corsa, mi sono ritrovato a mettere le dita sulla cerniera dei pantaloni e ad abbassarla. Nel frattempo, mi sono anche tolto le scarpe. Poi ho voltato lentamente le spalle al furgone e ai passeggeri e ho urinato sul muro adiacente. Questo perché posso fare pipì solo a piedi scalzi. In effetti, non mi aspettavo che mi stesse scappando fino a quel punto. Devo aver urinato con trasporto, tanto che ai passeggeri è parso che fossi malato, e nessuno di loro si è lamentato di quel che avevo fatto né del tempo perso, compreso l'autista, che però, quando sono tornato su, mi ha detto: «Dovrai pagare la corsa per tre passeggeri».

Poi il furgone è ripartito, e io mi sono messo a osservare, da dietro, l'orecchio del conducente, mentre lui si accarezzava il lobo senza sosta. Dal suo gesto carezzevole, ho creduto di essere sul punto di indovinare perché avesse detto proprio «tre passeggeri». Ma non ci sono riuscito. Questo perché il suo modo di massaggiarsi il lobo dell'orecchio andava oltre le mie aspettative, e ho scoperto che lo guardavo solo per resistergli e che un movimento così banale può avere un grande impatto psicologico sugli esseri umani. Di colpo ho intuito che non era altro che un movimento ipnotico. Stava persino cominciando ad avere effetto sui passeggeri, sebbene non lo guardassero con la mia stessa attenzione. A poco a poco hanno smesso di parlare. Guardando i volti di almeno due di loro ho avuto l'impressione che avessero completamente dimenticato dove si trovavano o cosa stessero facendo in quel momento. Poiché potevo notarlo, mi sono reso conto di essere ancora sveglio, anzi, abbastanza sveglio da sentirmi disgustato dal fatto che gli altri si fossero subito arresi al lobo dell'orecchio dell'autista. Concentrarsi su un solo tipo di emozione, come il disgusto, sembrava molto difficile, soprattutto perché il conducente non la smetteva di accarezzarsi il lobo dell'orecchio, e il suo modo di farlo aveva su di me un pessimo effetto psicologico. Avrei voluto urlargli: «Basta!», ma non ci sono riuscito. E questo perché in quel momento la mia mente aveva già cominciato a pensare che il furgone fosse trainato da due montoni. Mi sembrava che tutto al suo interno stesse accadendo per un solo motivo: per ricordarmi che ci ero salito solo per porre fine alla vita del conducente. Per farlo, dovevo solo trovare la corda che qualcuno aveva nascosto da qualche parte nel veicolo. Ho guardato il tetto, i sedili dei passeggeri e il pavimento, dicendomi: «Forse era un coltello, non una corda». Ma a un tratto mi sono sentito esausto, come se avessi avuto un improvviso calo di zuccheri e avessi a malapena la forza di affondare un coltello alla nuca o stringere una corda intorno al collo. Ho notato, mentre roteavo la testa con un movimento circolare simile al modo in cui l'autista aveva calpestato la sigaretta, alla ricerca di uno strumento di morte, che il furgone stava passando davanti a casa mia e che le luci nell'appartamento erano insolitamente spente, il che significava che forse mia madre era stata legata con il nastro adesivo e chiusa all'interno dell'unico armadio di casa nostra.

Non riuscivo a togliermi dalla testa la scena di mia madre legata dentro l'armadio, tanto che ho avuto paura di dimenticare perché stavo viaggiando sul furgone in quel momento. Non potevo chiedere a un altro passeggero di ricordarmi di uccidere il conducente. Ho deciso che sarei sceso per ultimo. Mi sono concentrato per mantenere questa idea nella mia testa perché mi avrebbe ricondotto al motivo per restare nel furgone fino all'ultima fermata, ripetendomi: «Sarò io l'ultimo a scendere dal furgone, non l'autista... Sarò io l'ultimo a scendere dal furgone, non l'autista...».

Il conducente ha smesso di accarezzarsi l'orecchio, ha tirato fuori dal pacchetto la sua seconda sigaretta, l'ha sollevata un attimo in aria e tutti i passeggeri l'hanno vista, poi se l'è portata alla bocca. Si sarebbe detto che, alzando la sigaretta, l'autista intendesse svegliare i passeggeri dall'ipnosi, poiché la maggior parte di loro scuoteva la testa per indicare che non sopportava il fumo. E, cosa che ha reso la scena ancor più confusa, uno dei miei denti anteriori ha iniziato improvvisamente a sanguinare. Avrei voluto prendere un fazzolettino, ma non ero sicuro di voler allungare la mano verso il sacchetto. Temevo che la corda con cui avrei ucciso l'autista fosse sotto i mucchi di fazzoletti. E se l'avessi toccata, poi non l'avrei più lasciata andare, ma non era ancora il momento giusto per la mia missione, soprattutto perché i passeggeri erano svegli e qualcuno di loro, in buona fede, avrebbe cercato di fermarmi. Per evitare ciò, ho sollevato un braccio, ho afferrato la lampada del furgone e l'ho strofinata fin quasi a romperla. Poi ho ingoiato sangue senza dar adito a dubbi che stessi facendo movimenti di deglutizione regolari. Avevo bisogno di rinfrescare tutto il mio corpo o almeno le gengive. Aprivo e chiudevo la bocca quando non ingoiavo il sangue, come il pesce caduto dal sacchetto della bambina in macchina (ammesso che quel che c'era nel sacchetto non fosse un ramoscello o una piuma). E l'autista mi ha visto afferrare la lampadina, aprire la bocca, chiuderla e deglutire. Ma non ha detto niente, non ha sorriso né cambiato di un millimetro la sua espressione, come invece hanno fatto sarcasticamente alcuni passeggeri. Ma ha ammiccato con l'occhio più vicino allo specchio, come per confermare quello che stavo giusto pensando: «L'otturazione è avvelenata».

Si riferiva all'otturazione del mio dente. Sentivo che voleva fare in modo che tutti i passeggeri lo capissero. Brillante tentativo di depistaggio, da parte sua. Sono dovuto correre ai ripari con i passeggeri dicendo che l'autista aveva sollevato la sigaretta solo perché conteneva tabacco velenoso e, se l'avesse fumata, saremmo morti. Ma ho provato sollievo nel saperlo e ho anche capito che era meglio così per me. Ho quasi sorriso. A quanto pareva, ero stato incaricato solo di uccidere qualcuno che meritava di essere ucciso. Chi mi aveva assegnato quel compito doveva senz'altro avere una profonda conoscenza della natura umana. E inoltre l'uccisione dei passeggeri da parte dell'autista era ciò che sarebbe dovuto accadere prima che io uccidessi quest'ultimo. Quindi, dovevo aspettare che morissero. Ho preso un fazzolettino dal sacchetto e me lo sono messo sulla bocca per evitare il veleno della sigaretta. I passeggeri pensavano che l'avessi fatto per pulire il sangue.

Ho reclinato la testa all'indietro e chiuso gli occhi per schiacciare un pisolino ed evitare così di veder morire i passeggeri. Ma non riuscivo a dormire. Ho riaperto gli occhi per scoprire che un ragazzo stava fissando intensamente il sacchetto di fazzolettini. Mi sentivo a disagio perché alla sua mano mancava un dito. Evidentemente era questo a impedirmi di dormire. Forse il ragazzo aveva notato che c'era un'estremità della corda nel sacchetto. Il che mi ha fatto pensare di tirare subito fuori un fazzoletto, farne un cavallo e dirgli: «La corda è mia e il cavallo è tuo», e porre fine alla questione. Ma, essendo ancora agitato, temevo di mettere la mano sulla corda e con essa strangolare il ragazzo senza neppure rendermene conto. Ho allungato la mano verso la portiera, cercando di aprirla per poi buttare il ragazzo fuori dal veicolo, ma non ci sono riuscito perché l'autista aveva messo la sicura dopo che l'avevo aperta la prima volta. Stavo per ordinargli di sbloccare la serratura, ma in quel momento ho ricevuto una telefonata dalla mia ragazza.

Quando ho risposto, mi ha detto: «Sai che mi mancherai?», anche se quella mattina avevamo litigato e lei mi aveva chiesto di lasciarla, e durante il litigio io non avevo avuto altro da dire se non: «Pensi che non sia in grado di andare avanti senza uno scopo?». Poi sono andato via con il vecchio idraulico, che durante la nostra lite era a casa, impegnato a tirar fuori il gattino dal cestello della lavatrice. Il gattino era il mio regalo di compleanno per lei. Confesso che non avevo abbastanza soldi per comprare un gattino in buona salute, quindi ho dovuto scegliere l'unico cucciolo malato tra tutti i gattini del negozio. Ma l'ho nascosto alla mia ragazza. E devo dire che il nostro litigio non ha offeso il gatto in alcun modo, perché era morto. Ma quello che la mia ragazza ha detto al telefono mi ha sorpreso al punto da farmi sussultare. E non si è fermata lì ma ha aggiunto: «Quando mi spogli e facciamo sesso mi sento completa. Mi piace». Sentivo che quello, per una ragazza, non era il modo migliore per dire a un ragazzo se le piaceva o non le piaceva. «Addio».

Era il momento perfetto per tirare fuori la corda, se l'avessi trovata, dal sacchetto dei fazzoletti e dare il colpo di grazia all'autista anche se non aveva ancora acceso la sigaretta. Ma quello che ha detto la mia ragazza mi ha messo in agitazione. L'erezione mi ha impedito di continuare a voler uccidere l'autista. Il mio sesto senso diceva che quella sarebbe stata la mia ultima erezione, quindi ho deciso di non fare nulla per contenerla. Ho anche alzato i piedi da terra e mi sono accovacciato sul sedile del furgone. Ma la donna seduta accanto a me, una signora anziana, in quel momento mi ha colpito il ginocchio con il suo grosso dito tremante. Stava cercando con gran difficoltà di digitare un messaggio in inglese sul suo telefonino. Mi sono ritrovato a guardare lo schermo del cellulare della vecchietta e a leggere il messaggio. Era da parte di sua figlia. «Per favore, aiutami a leggerlo», ha detto l'anziana. «Prima ti ho sentito dire una parola in inglese al telefono». E anche se non ricordavo di aver detto nulla in inglese durante la chiamata, e sebbene lei non mi avesse implorato abbastanza, ero intenzionato a chiudere la faccenda della vecchietta il prima possibile per mantenere l'erezione del mio membro, quindi ho detto con una voce arcana, impercettibile: «Dice che il dottore non le ha ancora risposto». Quando ho finito, ho avvertito la necessità di sapere se la testa della donna somigliasse a un uovo dritto o un uovo capovolto e che questa faccenda aveva direttamente a che fare con il modo in cui la signora riceveva quel genere di notizie. Esaminare tutta la testa della vecchietta era ciò che intendevo fare, se non fosse stato che il mio sguardo si è impietrito davanti ai due aloni neri intorno ai suoi occhi. Mentre guardavo quelle occhiaie, ho sentito che la figlia aveva una malattia terminale. E che lo nascondeva a sua madre. In quel momento l'autista ha acceso la sigaretta. «Non resterà niente, nonna», ho detto alla vecchietta, con la stessa voce arcana che ero sorpreso di saper usare con una sfumatura teologica. La donna si è messa a piangere, cosa che ha fatto diventare i due cerchi intorno ai suoi occhi così neri che non riuscivo più a sentire quello che mi stava dicendo di sua figlia, o forse non la sentivo perché il mio pene era ancora eretto. In ogni caso, l'erezione è stata l'ultima cosa che ho visto nel furgone perché, mentre chinavo la testa per contemplarla più da vicino, un grande gabbiano si è posato improvvisamente sul parabrezza, ha staccato il tergicristallo con il becco e se l'è portato via. Tutti i passeggeri sono rimasti senza fiato e poi si sono messi a parlare degli eventi più memorabili della loro vita. Nessuno di questi avvenimenti è stato significativo quanto il gesto compiuto dal gabbiano. L'autista ha avuto un crampo alla gamba destra, che ora premeva sull'acceleratore, cosa che ha portato il furgone a dirigersi dritto verso un *tuk-tuk* con a bordo tre o quattro orfani che stavano andando in gita. Dopo l'urto, che non ha causato danni a nessuno, il conducente è sceso dal furgone, sostituito senza intoppi da un altro autista. E in quel momento ho pensato che la parola che avevo detto in inglese alla mia ragazza al telefono non fosse altro che *predictability*, che significa la capacità di prevedere gli eventi.

Indice

Come un giorno di sole in panchina

Questo volume è stato stampato
su carta Arena Ivory Smooth
delle Cartiere Fedrigoni
nel mese di novembre 2024

Stampa: Officine Grafiche soc. coop., Palermo

Legatura: LE.I.MA. s.r.l., Palermo

Il contesto

1 Buket Uzuner. Ada d'ambra
2 Roberto Bolaño. I detective selvaggi
3 Jaime Bayly. Non dirlo a nessuno
4 Alicia Giménez-Bartlett. Una stanza tutta per gli altri
5 Anna Kazumi Stahl. Fiori di un solo giorno
6 Alicia Giménez-Bartlett. Vita sentimentale di un camionista
7 Mercè Rodoreda. La morte e la primavera
8 Sergio Bianchi. La gamba del Felice
9 François Vallejo. Madame Angeloso
10 Pietro Grossi. Pugni
11 Jaime Bayly. L'uragano ha il tuo nome
12 Francesco Recami. L'errore di Platini
13 Alicia Giménez-Bartlett. Segreta Penelope
14 Roberto Bolaño-A. G. Porta. Consigli di un discepolo di Jim Morrison a un fanatico di Joyce
15 Francesco Recami. Il correttore di bozze
16 Marijane Meaker. Highsmith. Una storia d'amore degli anni Cinquanta
17 Nino Vetri. Le ultime ore dei miei occhiali
18 Pietro Grossi. L'acchito
19 Alicia Giménez-Bartlett. Giorni d'amore e inganno
20 François Vallejo. Il barone e il guardacaccia
21 Francesco Recami. Il superstizioso
22 Maria Attanasio, Giosuè Calaciura, Davide Camarrone, Santo Piazzese, Gaetano Savatteri, Lilia Zaouali. Il sogno e l'approdo. Racconti di stranieri in Sicilia
23 Andrea Camilleri, Ugo Cornia, Laura Pariani, Ermanno Rea, Francesco Recami, Fabio Stassi. Articolo 1. Racconti sul lavoro
24 Francesco Recami. Prenditi cura di me
25 Nino Vetri. Lume Lume
26 Jaime Bayly. La canaglia sentimentale

27 Alicia Giménez-Bartlett. Dove nessuno ti troverà
28 Tayeb Salih. La stagione della migrazione a Nord
29 Alicia Giménez-Bartlett. Exit
30 Sylvain Tesson. Nelle foreste siberiane
31 Martin Suter. Il talento del cuoco
32 Bi Feiyu. I maestri di tuina
33 Fabio Stassi. L'ultimo ballo di Charlot
34 Marco Balzano. Pronti a tutte le partenze
35 Clara Usón. La figlia
36 Furukawa Hideo. Belka
37 Tayeb Salih. Le nozze di al-Zain
38 Maria Attanasio. Il condominio di Via della Notte
39 Giosuè Calaciura. Bambini e altri animali
40 Sheila Heti. La persona ideale, come dovrebbe essere?
41 Alain Claude Sulzer. Il concerto
42 Ella Berthoud, Susan Elderkin. Curarsi con i libri. Rimedi letterari per ogni malanno
43 Kyung-sook Shin. Io ci sarò
44 John Jeremiah Sullivan. Americani
45 Xu Zechen. Correndo attraverso Pechino
46 Fabio Stassi. Come un respiro interrotto
47 Benjamin Alire Sáenz. Tutto inizia e finisce al Kentucky Club
48 Yasmina Khadra. Gli angeli muoiono delle nostre ferite
49 Mia Couto. La confessione della leonessa
50 Iván Repila. Il bambino che rubò il cavallo di Attila
51 Radhika Jha. Confessioni di una vittima dello shopping
52 Bi Feiyu. Le tre sorelle
53 Marco Balzano. L'ultimo arrivato
54 Pietro Leveratto. Con la musica. Note e storie per la vita quotidiana
55 Luisa Adorno, Maria Attanasio, Andrea Camilleri, Luciano Canfora, Francesco M. Cataluccio, Alicia Giménez-Bartlett, Ben Lerner, Marco Malvaldi, Andrea Molesini, Salvatore Silvano Nigro, Laura Pariani, Benjamin Alire Sáenz, Leonardo Sciascia, Fabio Stassi, Sylvain Tesson, Sergio Valzania, Piero Violante. Almanacco 2014-2015
56 Francesco Recami. Piccola enciclopedia delle ossessioni
57 Ben Lerner. Nel mondo a venire
58 Alejandro Zambra. I miei documenti
59 Yasmina Khadra. Cosa aspettano le scimmie a diventare uomini

60 Sylvain Tesson. Abbandonarsi a vivere
61 Mia Couto. L'altro lato del mondo
62 Yasmina Khadra. L'ultima notte del Rais
63 Theodore Zeldin. Ventotto domande per affrontare il futuro. Un nuovo modo per ricordare il passato e immaginare l'avvenire
64 Jung-myung Lee. La guardia, il poeta e l'investigatore
65 Martin Suter. Montecristo
66 Alicia Giménez-Bartlett. Uomini nudi
67 Maria Rosaria Valentini. Magnifica
68 Clara Usón. Valori
69 Gigi Riva. L'ultimo rigore di Faruk. Una storia di calcio e di guerra
70 Alain Claude Sulzer. Post scriptum
71 Jenny Erpenbeck. Voci del verbo andare
72 Sylvain Tesson. Beresina. In sidecar con Napoleone
73 Roberto Alajmo. Carne mia
74 Hanya Yanagihara. Una vita come tante
75 Christophe Boltanski. Il nascondiglio
76 Sergio del Molino. Nell'ora violetta
77 Giosuè Calaciura. Borgo Vecchio
78 Ben Lerner. Odiare la poesia
79 Davide Enia. Appunti per un naufragio
80 Yasmina Khadra. Dio non abita all'Avana
81 Samar Yazbek. Passaggi in Siria
82 Marc Fernandez. Onde confidenziali
83 Ella Berthoud, Susan Elderkin. Crescere con i libri. Rimedi letterari per mantenere i bambini sani, saggi e felici
84 Peter Heine. Delizie d'Oriente. Una storia della cultura gastronomica
85 Maria Rosaria Valentini. Il tempo di Andrea
86 Furukawa Hideo. Tokyo Soundtrack
87 Roberto Alajmo. L'estate del '78
88 Sylvain Tesson. Sentieri neri
89 Chen He. A modo nostro
90 Martin Suter. Creature luminose
91 Alejandro Zambra. Storie di alberi e bonsai
92 Robert Menasse. La capitale
93 Yasmina Khadra. Khalil
94 Simona Baldelli. Vicolo dell'Immaginario
95 Masha Gessen. Il futuro è storia

96 Scott Spencer. Una nave di carta
97 Clara Usón. L'assassino timido
98 Sheila Heti. Maternità
99 Samar Yazbek. Diciannove donne
100 Giorgio Fontana. Prima di noi
101 Ivana Bodrožić. Hotel Tito
102 Philippe Jaenada. Lo strano caso di Henri Girard
103 Sergio del Molino. La Spagna vuota
104 Mazen Maarouf. Barzellette per miliziani
105 David Lopez. Il feudo
106 Pezzi da museo. Ventidue collezioni straordinarie nel racconto di grandi scrittori
107 Maxim Biller. Sei valigie
108 Pajtim Statovci. Le transizioni
109 Ben Lerner. Topeka School
110 John Lanchester. Il muro
111 Sylvain Tesson. La pantera delle nevi
112 Eliane Brum. Le vite che nessuno vede. Appunti dal Brasile che insorge
113 Angelo Carotenuto. Le canaglie
114 Furukawa Hideo. Una lenta nave per la Cina. Murakami RMX
115 Giosuè Calaciura. Io sono Gesù
116 Ingrid Seyman. La piccola conformista
117 Max Porter. Lanny
118 Mia Couto. L'universo in un granello di sabbia
119 Simona Baldelli. Alfonsina e la strada
120 Alejandro Zambra. Poeta cileno
121 Francesco Recami. L'educazione sentimentale di Eugenio Licitra. L'Alfasud
122 Pajtim Statovci. Gli invisibili
123 Bernardo Zannoni. I miei stupidi intenti
124 Jill Abramson. Mercanti di verità. Il business delle notizie e la grande guerra dell'informazione
125 Fabio Stassi. Mastro Geppetto
126 Matthew Baker. Perché l'America
127 Mattia Corrente. La fuga di Anna
128 Sarah Hall. L'arte di bruciare
129 Carlos Fonseca. Museo animale
130 Masha Gessen. L'uomo senza volto. L'improbabile ascesa di Vladimir Putin

131 Scott Spencer. Un oceano senza sponde
132 Jung-myung Lee. Buio in sala
133 Yasmina Khadra. Il sale dell'oblio
134 Marcial Gala. Chiamatemi Cassandra
135 Sergio del Molino. Pelle
136 Giosuè Calaciura. Una notte
137 Emiliano Morreale. L'ultima innocenza
138 Louis-Philippe Dalembert. Milwaukee Blues
139 Simona Baldelli. Il pozzo delle bambole
140 Maxim Biller. Il saluto sbagliato
141 Claudia Petrucci. Il cerchio perfetto
142 Scott Spencer. Un amore senza fine
143 Lorena Salazar Masso. Il canto del fiume
144 Ivana Bodrožić. Figli, figlie
145 Bernardo Zannoni. 25
146 Eliane Brum. Amazzonia. Viaggio al centro del mondo
147 Sylvain Tesson. Bianco
148 Alejandro Zambra. Messaggio per mio figlio
149 Pajtim Statovci. Il mio gatto Jugoslavia
150 Saba Anglana. La signora Meraviglia
151 Paolo Pecere. Il senso della natura. Sette sentieri per la Terra
152 Eleonora Lombardo. Sea Paradise
153 Radhika Jha. La foresta nascosta
154 Janek Gorczyca. Storia di mia vita
155 Robert Menasse. L'allargamento
156 Angelo Carotenuto. Viva il lupo
157 Francesco Recami. Wunderland
158 Roberto Alajmo. Il piano inclinato
159 Jenny Erpenbeck. Kairos